Katherine Collins lebt mit ihren zwei kleinen Töchtern in einem kleinen Dörfchen inmitten des Vest. Seit 2014 veröffentlicht sie historische Liebesromane sowohl in Verlagen, als auch als Selfpublisher. Unter dem Pseudoym Kathrin Fuhrmann schreibt die Autorin Liebesgeschichten, die mal mit Crime und mal mit Fantasy unterlegt sind.

Katherine Collins

Vorwort des Verlags

Dies ist eine überarbeitete Neuauflage des bereits erschienenen Titels *Verbunden durch alle Zeiten* von Katherine Collins. Da wir uns stets bemühen, unseren Leser:innen ansprechende Produkte zu liefern, werden Cover sowie Inhalt stets optimiert und zeitgemäß angepasst. Es freut uns, dass du dieses Buch gekauft hast. Es gibt nichts Schöneres für die Autor:innen und uns, zu sehen, dass ein beständiges Interesse an ästhetisch wertvollen Produkten besteht.

Zeitreiseromane sind ein zeitloses Gut, denn sie bestechen durch die Mischung aus modernen Charakteren und alten Weisheiten. Vielleicht sind sie deswegen so beliebt, weil wir uns auch manchmal genau danach sehnen.

Wir hoffen du hast genau so viel Spaß an dieser Neuauflage wie wir.

Dein dp-Team

Prolog

„Katharina!" Die schrille Stimme meiner Schwester hätte ich überall wiedererkannt und doch blieb ich verwirrt. Ich keuchte, spuckte Wasser und wusste absolut nicht, was los war. Arme umfingen mich. Jemand zog mich fest an sich und weinte an meinem Hals.

„Mein Gott!"

Ich blinzelte völlig durcheinander. Es war hell, eine leichte Brise wehte mir Vanessas Haar ins Gesicht. Es klebte an meinen nassen Wangen.

„Nein", wisperte ich und erfasste den Grund für mein Grauen. Ich war zurück. Ich war in die Fairy Pools gesprungen und in meiner Gegenwart wieder angekommen. Ich war am Leben, aber das Letzte, woran ich mich erinnern konnte, war der Knall eines Schusses. Und Finlay, der über die Kante des Abgrunds der Fairy Pools torkelte, bevor er in den Wasserfall fiel. Panisch sah ich mich um, schälte mich aus der Umarmung meiner aufgelösten Schwester. Mein Schädel pochte, mein Rücken brannte lichterloh und ich schaffte es kaum, mich zu drehen, aber der Schmerz war es wert. Die schönsten braunen Augen der Welt blickten mich an und ich kreischte auf. Mit einem letzten Schubs befreite ich mich von Vanessa und warf mich dem Mann mit den braunen Augen an die Brust.

„Finlay! Gott sei Dank!"

Zu viel war passiert, die letzten Monate waren nicht nur eine abenteuerliche Reise gewesen, sondern ein beständiger Schrecken, den ich ohne Finlays Beistand nie überstanden hätte. Aber das war nicht der Grund, warum ich ihn liebte.

Ich klammerte mich an ihn, als drohe mir immer noch das Ertrinken im eisigen Wasser der Fairy Pools. „Wir haben es geschafft." Mein Wispern war an niemanden gerichtet, lediglich eine verbale Versicherung an mich selbst. Erst laut ausgesprochen wurden Tatsachen wahr.

Finlay räusperte sich. Mir fiel auf, dass er mich nicht fest umarmte, es war die loseste Umarmung, die ich je von ihm bekommen hatte. Eigentlich wollte ich mich nicht beirren lassen, nichts sollte zwischen mir und diesem unglaublichen Glücksgefühl kommen, das mich wie ein warmer Umschlag umhüllte. Allerdings kam es auch nicht infrage, wieder in altes, egoistisches Verhalten zurückzufallen. Er war mir wichtig, und wenn er sich unwohl fühlte oder ein Problem hatte, hatte dies mehr Vorrang als mein Bedürfnis, mein eng umschlungenes Glück in die Länge zu ziehen. Ich lockerte also die Umklammerung und sah zu ihm auf. Sein kantiges Kinn, die fein geschwungenen Lippen und die deutlichen Wangenknochen waren feinsäuberlich rasiert. Sein Haar ... mein Herz stockte. Gewöhnlich wallte es offen um seine breiten Schultern, hin und wieder band er es mit einem einfachen Lederband zurück, aber nun war es raspelkurz! Das blonde Haar hing ihm in die Stirn und tropfte. Es veränderte sein Aussehen, und ich musste mich blinzelnd versichern, dass er Finlay tatsächlich ähnlich sah.

„Miss", murmelte der fremde Mann, wobei er mich weiter von sich schob. „Sie sollten sich schonen, bis die Bergrettung ankommt."

„Nay", wisperte ich. Etwas war hier absolut falsch und ich konnte meinen Blick nicht von dem Unbekannten abwenden. Vanessa nutzte meine Verwirrung und drängte sich zwischen uns. Sie nahm mich in den Arm.

„Alles wird gut! Die Ambulanz ist verständigt. Es wird ein Hubschrauber geschickt, weil man mit dem Rettungswagen nicht auf den Berg hinaufkommt." Sie überschüttete mich mit weiteren Worten, die ihre ausgestandenen Ängste ausdrückten. Ich bekam es nur beiläufig mit, denn ein Piepen schwoll in meinen Ohren an und wurde immer lauter.

Noch immer starrte ich Finlay an. Er trug Jeans! Und ein Shirt mit Markenemblem. An seinem Handgelenk glitzerte eine Armbanduhr.

Kein Kilt, kein Plaid, kein Baumwollhemd ...

Es kreischte mittlerweile in meinem Schädel, Schwärze engte mein Sichtfeld ein. Ich kannte das Gefühl einer nahenden Ohnmacht nun wahrlich zur Genüge, kämpfte aber dagegen an. Ich wollte verstehen, was vor sich ging, denn eines war sicher: Ich befand mich nicht mehr im neubegonnenen Jahr 1747!

1. Alles anders

Mein zweiter Tag im Krankenhaus blieb verstörend. Zwar waren ernsthafte Verletzungen schnell ausgeschlossen worden, aber ich hatte mir bei meinem Sturz den Kopf angeschlagen. Die Wunde war genäht worden und mein Look bestach nun mit einer wilden Frisur. Die rasierte Stelle ließ sich unter dem Haar verdecken, das man mir gelassen hatte, aber natürlich starrte ich sensationslüstern in den Handspiegel und besah mir explizit die gepflasterte Stelle. Der Fernseher lief, versorgte mich mit den neuesten Nachrichten, die mich jedoch nicht interessierten. Ich wartete nur auf eine bestimmte Meldung, die einfach nicht kam. Mein Kopf schmerzte trotz der Medikamente und ich sehnte mich nach Maireads übelschmeckender Tinktur, die mich wie ein Baby hatte schlafen lassen. Der Gedanke weckte Melancholie. Ich vermisste sie, auch wenn ich mich ihr nie besonders nah gefühlt hatte. Mairead war meine einzige Bezugsperson in dieser völlig konfusen Zeit meines Lebens gewesen – neben Finlay – was offenbar zu einer Bindung zu ihr geführt hatte. Ihr freundliches Gesicht tauchte vor meinem inneren Auge auf. Ihr von einem Schleier umhülltes Haar war stets streng zurückgesteckt, ihre Kleidung immer akkurat geschlossen gewesen. Ihre Art hatte mich zwar anfangs wahnsinnig aufgeregt, schließlich war ich solch leise

Zurückhaltung nicht gewohnt, aber mit der Zeit hatte ich es zu schätzen gelernt. Ebenso wie ich Finlay lieben gelernt hatte. Es schmerzte zu sehr und ließ mich wie einen wilden Tiger in meinem Käfig – dem Krankenhauszimmer – hin und her wandern. Es machte mich rasend, wahnsinnig und nur noch ungeduldiger, als ich ohnehin war. Tausend Fragen hetzten einander in meinem Kopf. Die Wichtigste: Wo war Finlay, was war ihm geschehen, während ich aus dem eisigen Wasser gezogen und ins Krankenhaus gebracht worden war? Hatte ihn denn niemand gesehen?

Er musste verwirrt sein, wenn nicht sogar verletzt, schließlich erinnerte ich mich, einen Schuss gehört zu haben, kurz bevor ich in das eisige Nass der Fairy Pools eingetaucht war. Ich schüttelte mich, gefangen in der Erinnerung und niedergedrückt durch meine Handlungsunfähigkeit.

Bei meinem ersten Sturz von der Aussichtsplattform war ich von einer Taschendiebin gestoßen worden, beim zweiten Mal war es Finlay gewesen, der mir einen Schubs gab, um mich aus der Gefahrenzone zu bugsieren, denn uns waren englische Soldaten gefolgt, die mich nur zu gern wieder in die Finger bekommen hätten. Ich schloss die Augen. An beiden Tagen hatte die Sonne geschienen, nur war es einmal die Sommer- und einmal die Wintersonne gewesen.

Es klopfte. Erschrocken ließ ich den Spiegel sinken, in den ich schon längst nicht mehr geblickt hatte, und sah zur Tür. Alles in mir verkrampfte sich und Fluchtgedanken nahmen überhand. Ich sprang aus dem Bett und strauchelte.

„Hi." Vanessa steckte den Kopf durch den Türspalt. „Du bist wach." Sie kam rein, schloss vorsichtig die Tür und kam händeringend auf mich zu. Besorgnis grub sich in tiefen Falten in ihre Stirn. „Alles in Ordnung?"

„Nay." Die Wahrheit, bei meiner Schwester sparte ich nie mit ihr. „Mir geht es bescheiden bis dreckig."

Ich zwang mich, zu relaxen.

„Vielleicht solltest du liegenbleiben. Oder musst du ..." Ihr Blick schweifte zu der offenen Schiebetür des Nassraums.

Dass ich mal auf Klo musste, wäre natürlich eine gute Erklärung dafür, warum ich außerhalb des Bettes durch die Gegend eierte. Stattdessen seufzte ich und ließ mich wieder aufs Bett fallen.

Ich war hin- und hergerissen, ob ich mich ihr anvertrauen sollte. Einerseits musste ich wissen, was Finlay zugestoßen war, dann jedoch erschien mir selbst die ganze Geschichte, wie die einer Geistesgestörten. „Nee. Du hast mich erschreckt, als du reinkamst." Ich zuckte die Achseln und schlug die Decke wieder über meine Beine. Es sollte mich beruhigen, mir die nötige Sicherheit geben, um mutig mit der Wahrheit herauszuplatzen, wie ich es eigentlich stets handhabte. Diese Unsicherheit zerrte an meiner Kraft, ich war Selbstzweifel nicht gewohnt. Alles in mir drängte danach, mit meinen Fragen herauszuplatzen, weshalb ich meine Worte nicht überdachte: „Ich wurde zu oft überfallen."

Vanessa zog sich einen Stuhl heran und stockte erschrocken. „Wie bitte?"

Nun erst wurde mir bewusst, was ich gerade gesagt hatte, und ich fand mich unter Zwang, eine Entscheidung zu treffen. Sollte ich mich meiner älteren Schwester anvertrauen? Ich war mir plötzlich nicht mehr sicher, ob ich es wollte.

Wir hatten uns nie besonders nahegestanden, was man einzig mir ankreiden konnte. Die zehn Jahre Altersunterschied, die uns trennten, hatten mich immer gestört, immer hatte Vanessa mit ihrem (Besser-)Wissen um sich geworfen und mich stetig angeleitet. Leider hatte ich es gehasst, dass sie mir sagte, was ich tun und lassen sollte.

„Wir können uns glücklich schätzen, heute zu leben, früher war es echt hart für Frauen", warf ich hinterher und suchte schnell nach einer Ablenkung, während ich fahrig an der Ecke der Bettwäsche herumfummelte. „Also? Entlassen sie mich aus dem Krankenhaus?"

„Sie wollen noch Tests machen." Sie hob die Schultern. „Ian kümmert sich darum."

Vanessa hätte wohl weniger Ärger mit den Ärzten als ich bekommen, schließlich hatte sie, seit ihrer Hochzeit mit dem adligen Ian, schnell gelernt, ihre Angelegenheiten von anderen Regeln zu lassen. Aber natürlich war Vanessa eher der ruhige Typ, jener, der zufällig einem Duke in die Arme fiel, als sie einen Selbstfindungsurlaub machen wollte, und heiratete ihn binnen zweier Wochen. Sie war die Verrückte in der Familie, wenn man mich fragte, also sollte ich mit meiner wahnsinnigen Story gut bei ihr aufgehoben sein. Das galt auch für meinen Gefühlsaufruhr, der von aufgedreht und gehetzt, alles zu unternehmen, um Finlay zu helfen, bis todtraurig und überzeugt, alles nicht erlebt haben zu können, reichte. Vanessa war schließlich durch ihre jahrelange Depression Stammgast bei Therapeuten und Psychologen gewesen.

„Derzeit ist man unter den Fachärzten beunruhigt wegen deiner Ohnmacht." Sie lächelte tapfer. „Die Gehirnscans sind ohne Befund und bisher gibt es keinen Grund, dich länger hier zu behalten."

Dann wollte ich ihnen auch keinen liefern, indem ich eine völlig absurde Geschichte über eine Zeitreise von mir gab, wo ich gewesen war. Bisher hatte ich kein Wort verloren und versucht, mir die Informationen, was seit meinem Verschwinden passiert war, heimlich zu beschaffen.

Seit meinem Sturz in die Wasserfälle der Fairy Pools war keine Zeit vergangen. Ich hatte drei, fast vier Monate in der Vergangenheit im Jahr 1746 zugebracht, aber hier war nicht ein einziger Tag vergangen.

„Sehr gut, ich muss gestehen, ich hasse es im Krankenhaus."

Vanessa lachte auf. „Stell dich nicht so an, es sind ja bisher keine zwei Tage und du bist hier als VIP und nicht in der Holzklasse." Auch darum hatte mein Schwager Ian McDermitt, der Duke of Skye, sich gekümmert, wofür ich ihm dankbar war. Ein Einzelzimmer mit Klimaanlage und frischgekochtem Essen, anstelle des üblichen Einheitsfraßes. Zudem die Chefarztbehandlung und eine Vorzugsstellung bei den Tests. Es gab keinen Grund zu klagen.

„Ich weiß, danke." Einen Moment senkte ich den Blick. Wann hatte ich mich zuletzt bei meiner Schwester für irgendetwas bedankt? Es war lange her, gewöhnlich war ich eine Kratzbürste, besonders Vanessa gegenüber.

„Woher kanntest du ihn?"

Wieder schreckte ich auf. „Wen?"

„Mr McInnes. Den Mann auf der Plattform. Du bist ihm ziemlich enthusiastisch um den Hals gefallen." Sie lachte auf. „Für jemand, die sich frisch von ihrem Freund getrennt hat."

„Du kennst ihn?" Meine Finger bebten, weshalb ich sie in die Decke krallte. Der Mann, der mich aus dem Wasser gezogen hatte, war nicht Finlay, auch wenn er ihm in verstörender Weise zum Verwechseln ähnlich sah. Soviel hatte ich mir eingestanden. Was schwieriger war, war mit dem Verlust umzugehen. Finlay hätte hier sein sollen, bei mir. So war es geplant gewesen und ich verstand nicht, wie es hatte schiefgehen können. Man hatte ihn nicht im Wasser gefunden. Wo war er dann und ging es ihm gut?

„Nicht wirklich. Ich habe mich selbstverständlich bei ihm bedankt, dass er dich gerettet hat, aber er war recht zurückhaltend. Was auch immer zwischen euch ist, er hat nichts preisgegeben." Wieder zuckte sie die Achseln. „Ich habe natürlich auch nicht gefragt, nur ... Bist du ihm am Flughafen begegnet?" Sie rutschte auf ihrem Stuhl nach vorn. Ihre Neugierde war merkwürdig. Seit wann interessierte sie, was in meinem Leben ... nein, jetzt wurde ich unfair. Ich war diejenige, die für nichts außer mir selbst Interesse aufbrachte.

Ich schüttelte den Kopf. „Ich habe ihn verwechselt", gestand ich ein. „Ich hielt ihn für ..." Was sollte ich sagen? Meinen Ehemann aus dem 18. Jahrhundert? In Hörweite der Ärzte? Besser nicht. „Na ja. Ich hatte mich geirrt. Hat er sich nach mir erkundigt?"

Vanessa schnaubte. „Hat er. Ich habe ihm gesagt, es gehe dir gut."

Obwohl es mir egal sein sollte, begann mein Herz bei dem Gedanken an Mr McInnes zu hüpfen. Er war nicht Finlay, nur ein zufälliger Doppelgänger und ich wollte mein Original!

„Ich werde mich auch bei ihm bedanken müssen. Welch ein Zufall, dass er ausgerechnet vorgestern an den Fairy Pools spazieren war." Ich hatte etwas Falsches gesagt. Vanessa sah mich mit diesem Ausdruck an, der das unmissverständlich verriet. Sie brauchte aber noch einen Augenblick, um sich dazu durchzuringen, mir zu sagen, was das Problem war.

„Mr McInnes war oben auf der Plattform und hat mir mit der Taschendiebin geholfen." Ihr Ausdruck wechselte ins zerknirschte. „Die ist leider entkommen. Er ist dir sofort hinterhergesprungen, als du von der Aussichtsplattform gestürzt bist. Ein wahrer Held. Wenn ich nicht mit Ian verheiratet wäre, könnte Mr McInnes mir gefallen." Sie zwinkerte verschmitzt, aber ich nahm es ihr dennoch nicht ab, dass sie Finlay – nein, Mr McInnes – anziehend fand. „Ich war noch völlig in Schockstarre, wenn er mich nicht zur Seite geschubst hätte – auch so war es knapp genug. Er hat dich beatmen müssen. Er hat dir wortwörtlich das Leben gerettet."

Nicht nur für Vanessa ein ungemütlicher Gedanke.

In meiner Erinnerung war es schwarz um mich herum geworden, also ja, es war gut möglich, dass ich ohne Mr McInnes ertrunken wäre. Genauso wie ich auf der anderen Seite ertrunken wäre, hätte Finlay mich nicht aus dem Wasser gezogen. Hatte ich das alles nur geträumt?

War mein ganzes Abenteuer nur ein Produkt meiner Ohnmacht?

Der Gedanke legte einen Augenblick lang jeden anderen lahm.

Kurz zog ich es in Betracht, dann wies ich es weit von mir. Ich war nicht verrückt und bildete mir sicherlich nicht in den wenigen Minuten einer Ohnmacht ein, durch die Zeit zu reisen und mich zu verlieben.

Meine Schwester rutschte auf ihrem Stuhl so weit nach vorne, dass sie auf der Kante balancierte und griff nach meiner in die Decke gekrallten Hand. „Mir ist das Herz stehengeblieben."

Die Intensität ihrer Gefühle, die sich in ihrer Stimme und Haltung spiegelten, war mir nicht geheuer, weshalb ich rasch das Thema wechselte: „Ähm, wo sind wir hier eigentlich? Ist das Krankenhaus noch auf der Isle of Skye?"

„Aber ja. Portree, die Hauptstadt der Insel. Ich hatte dir eigentlich nach unserem Ausflug an die Fairy Pools das Städtchen zeigen wollen." Sie seufzte theatralisch. „Das alles tut mir so unendlich leid."

„Ich bin gestürzt." Das Schulterzucken fiel mir nicht einmal schwer. „Shit happens, nicht wahr?"

Vanessa klappte bei meiner Ausdrucksweise der Mund auf, ebenso rund wurden ihre Augen.

„Lass das bitte. Ich fühle mich ziemlich dämlich, wenn du mich so ansiehst." So, als wäre etwas fürchterlich falsch mit mir, also genau so, wie Mairead mich stets betrachtet hatte, aber da war es verständlich gewesen. Meine Weltanschauung und Verhaltensweisen mussten einer Frau aus dem 18. Jahrhundert fremd vorkommen. Vanessa aber kannte mich nicht anders und wie sollte ich mich ihr anvertrauen, wenn sie mich schon davor ansah, als wäre ich nicht ganz richtig im Kopf?

„Entschuldige“, haspelte sie und nahm sich mit Mühe zusammen. „Also, wie geht es dir?“

„Ich langweile mich.“ Was aber nicht der Grund für meine Unruhe war. Hier konnte ich nichts herausfinden, denn weder in den Fernsehnachrichten noch in den von mir gehorteten Zeitungen und Zeitschriften stand etwas über eine unbekannte, tote Person, die nahe der Fairy Pools angespült und gefunden worden wäre. Es gab Berichte über mich, aber es wurde kein Mann erwähnt, der ebenfalls von dem Abgrund gefallen oder gesprungen sei, oder mit mir in den Fairy Pools versunken war.

„Ich kann dir Zeitschriften besorgen.“ Ein kalter Schauder ging über mich nieder. Es war einerseits zu einem Zwang geworden, alle Berichterstattungen zu durchforsten, aber sie brachten mich gleichzeitig völlig durcheinander.

„Nein.“ Ich spürte, wie sich eine Gänsehaut über meinen Körper zog. „Ich …“ Ich konnte nicht länger ruhig sitzenbleiben und rutschte aus dem Bett, um nun doch auf und ab zu tigern. Dabei rang ich die Hände. „Hast du …?“ Ich unterbrach mich schnell, aber konnte es einfach nicht weiter zurückhalten. „Hast du von dem Mann gehört, der ebenfalls in die Fairy Pools fiel?“

Vanessa blinzelte in Zeitlupe, ihre Lippen bildeten einen Kreis, bevor sie Worte formten, ohne sie tatsächlich auszusprechen. Damit hatte ich meine Antwort, sie wusste nicht, wovon ich sprach. Verzweifelt schwang ich herum und stapfte zur Tür, um die Stirn dort anzulehnen, während sich meine Finger klauenartig um die Klinke schlossen.

„Katharina?"

Ich hatte sie nicht näherkommen hören und zuckte unter ihrer leichten Berührung meiner Schulter zusammen.

„Was hast du denn?", wisperte sie und drehte mich zu sich herum, um mir in die Augen zu sehen. Ihre weiteten sich. „Soll ich …?"

Schnell unterbrach ich sie. „Ich muss hier raus."

„Aber …"

„Ich muss dir was erzählen, aber ich kann … spazieren, lass uns spazieren gehen. Einfach nur raus aus diesem Gebäude und ein paar Augenblicke so tun, als wäre nie etwas passiert."

„Also gut", stimmte sie ein. „Es spricht nichts dagegen, einen kleinen Rundgang zu machen."

Erleichtert schob ich Vanessa zur Seite und griff nach meiner Steppjacke. „Lass uns los." Es machte mich so verflucht bedürftig und momentan hatte ich niemanden, auf den ich mich verlassen konnte. Wie auf Finlay. Wie vermisste ich ihn! Der Gedanke war unglücklich, brachte er doch meine Augen zum Brennen. Schnell blinzelte ich und beschäftigte mich übertrieben intensiv mit meinen Nägeln. Sie waren perfekt manikürt. Ich verspürte einen kleinen Elektroschock. Der Lack müsste bereits abgesprungen und die Nägel eingerissen sein. Es fiel mir schwer, mich von dem Anblick loszureißen.

„Komm." Meine Stimme kratzte, bebte sogar, was sich auch auf meinen Körper übertrug.

„Mein Gott, du bebst am ganzen Leib, du solltest dich besser wieder hinlegen!" Sie drängte mich zurück, bis ich die Hacken in den Boden stemmte und meinen Standort behauptete.

„Was hast du denn nur?"

Es lag mir auf der Zunge, ihr alles zu sagen, aber als ich mich zu meiner Schwester umdrehte und die Besorgnis in ihren blassen Zügen bemerkte, schluckte ich die Wahrheit hinunter. Wie sollte ich damit klarkommen, ihr noch mehr Sorgen zu bereiten? Und ich sprach jetzt nicht von meiner Zeitreisen-Geschichte, oder davon, wie verrückt sie sich anhören musste, für jemanden, der sie nicht erlebt hatte. Eher davon, dass sie wegen des Unfalls bereits fürchterliche Schuldgefühle durchleben musste. Wenn sie nun auch noch davon ausging, dieses Erlebnis hätte meine geistige Gesundheit ruiniert ...

Ich wollte nicht schuld sein, dass Vanessa wieder in Depressionen abglitt. Aber ich wollte auch nicht selbst in die Klapse kommen, weil mich das Schweigen fertigmachte.

„Ich muss hier raus", haspelte ich rau, bitter bewusst, dass ich mich wiederholte. Vanessa seufzte tief und bedachte mich mit ihrem „Große-Schwester-Blick". „Danach geht es mir blendend, das schwöre ich dir!"

„Also gut", lenkte sie gedehnt ein, wobei sie mich scharf musterte, „machen wir einen kleinen Spaziergang. Das Hospital liegt auf der Halbinsel mit dem Hafen, und auch wenn es hier keinen Sandstrand gibt, ist die Aussicht wundervoll."

Zwar brauchte ich keine weiteren „Aussichten", war es mir recht, solange wir nur das Krankenhaus verließen und ich mich meiner Schwester anvertrauen konnte. Ich spürte den Druck, mit allem herauszuplatzen, und zog Vanessa bereits mit mir.

„Kati, warum hast du es denn so eilig?" Sie versuchte, mein Tempo zu drosseln, aber ich verstärkte mein Bemühen, voranzukommen.

„Katharina ..."

„Bitte, ich erkläre dir alles, sobald wir hier raus sind!" Was gar nicht so einfach war, wie es klang. Mein Hirn ratterte mögliche Worte herunter, ohne den richtigen Ton zu treffen, was mich nur nervös machte. Ich klang wie eine Verrückte, aber war das von Bedeutung, wenn es darum ging, Finlay zu finden und ihm womöglich das Leben zu retten?

Erneut sah ich ihn vor meinen Augen von der Klippe stürzen und musste sie schließen, um das Bild zu vertreiben, wodurch ich eine Treppenstufe verfehlte. Vanessa zog mich gerade noch rechtzeitig zurück. Mit einer Warnung, die einmal mehr nur aus meinem Namen bestand, aber wahre Epen beinhaltete.

„Komm." Ich flog die Stufen hinunter, dieses Mal jedoch am Geländer und zerrte Vanessa dabei hinter mir her. „Hier drin kann ich dir nicht erzählen, was mit mir los ist und das willst du doch wissen, oder?" Sie gab ihren Widerstand auf und folgte mir kommentarlos bis vor das Hospital, wo sie die Führung übernahm und mich den Gehweg entlang zum Hafen dirigierte.

Es war das erste Mal, dass ich in Portree war und obwohl ich mich nicht für meine Umgebung interessierte, glitt mein Blick über die urigen Häuser, die sich seit hunderten von Jahren aneinanderreihten. Es lenkte mich ab, Vanessa jedoch nicht.

„Nun, wie lange willst du mich noch auf die Folter spannen?", fragte sie, als wir an einem Gasthaus vorbei kamen und ich fasziniert in die Lagune starrte, die auf der anderen Straßenseite sichtbar wurde. Eine bunte Reihe kleiner Häuser säumte sie zur Rechten, während zur Linken eine Felswand steil hinabfiel. Segelboote tanzten auf den seichten Wellen und gaben dem Anblick etwas unglaublich Pittoreskes. „Was kannst du mir keinesfalls im Krankenhaus erzählen und macht dich noch hibbeliger als sonst?"

„Mir ist da was passiert", murmelte ich, nach den richtigen Worten fischend. Ich war völlig durcheinander. „Etwas, was unglaublich klingt." Damit hatte ich Vanessas volle Aufmerksamkeit.

„Du hast dich unsterblich in deinen Arzt verliebt, beschlossen, dein Leben bei uns auf Skye zu verbringen und dich der Wohlfahrt zu widmen." Sie lachte auf, verwarf die Vorstellung mit einem Wisch ihrer linken Hand. Die Rechte lag auf meinem Unterarm, hatte sie sich doch bei mir eingehakt.

„Raus damit, ich kann es kaum erwarten, deine unglaublichen Geschichten zu hören." Sie grinste mich an, als sei das ganze Leben ein riesiger Spaß. Zugegeben, gewöhnlich sah ich es auch so, aber dass wir offenbar die Rollen getauscht hatten, fand ich nicht amüsant. Ich wollte nicht die besorgte, ständig grübelnde Schwester sein, die sich dem Hohn der anderen ausgesetzt sah.

Nervös befreite ich mich von ihrer Umklammerung und brachte Abstand zwischen uns, bevor ich mich ihr stellte. „Ich habe tatsächlich jemanden kennengelernt.“ Meine Stimme schwankte. „Ähm, es ist kompliziert.“

Vanessa prustete. „Also doch verknallt in den Arzt!“

Die unschöne Konfrontation mit dem durchaus attraktiven Assistenzarzt schoss mir in den Sinn. Bereits am letzten Abend, nach einer Reihe von Untersuchungen und Fragen, hatte er sich zu mir gesetzt. Das hatte mich irritiert, schließlich war bis dahin alles sehr distanziert und fachlich gewesen. „Miss Hagedorn, ich sehe mich in einer Zwickmühle.“

Mir waren seine rötlichen Wimpern aufgefallen, weil ich ihn voller innerlicher Not angestarrt hatte.

„Seine Gnaden, ihr Schwager, wünscht eine erstklassige Versorgung, aber bisher kann ich nichts wirklich ausschließen. Sie haben sich bei ihrem Sturz den Kopf aufgeschlagen und sehr viel Blut verloren. Sie sind teilweise nicht ansprechbar, was mir ernstlich Sorge bereitet.“ Er hatte helle, blaue Augen, die sich besorgt verengt hatten, als ich ihn nur weiter anstarrte. „Momentan sieht es nach einer Gehirnerschütterung aus, deshalb stehen Sie unter Beobachtung. Wenn ihnen schlecht wird, die Kopfschmerzen schlimmer werden oder sie ungewöhnliche Empfindungen haben, geben Sie das bitte unverzüglich an.“

Das war der Punkt gewesen, an dem ich begonnen hatte, mir Sorgen zu machen. „Das gilt insbesondere bei Druck auf den Schädel, akustische oder visuelle Eindrücke.“

„Ich verstehe nicht“, hatte ich ihn krächzend unterbrochen. Mein Körper hatte gebebt und ich hatte meinen Mageninhalt nur zurückhalten können, weil ich seit dem Morgen nichts gegessen hatte.

Sein Blick hatte mich zusätzlich nervös gemacht. Es war, als wüsste er alles. „Sehen Sie, Miss Hagedorn, neben einer Gehirnerschütterung kommen noch andere Spätfolgen infrage. Es könnte sich Gehirnwasser stauen, oder eine Blutung auftreten. Wir werden am Morgen ein CT machen, dann wissen wir mehr." Er hatte geseufzt und mich angelächelt, ausgerechnet in dem Moment, in dem Vanessa und Ian hineingeschneit waren. Dass er zudem meine Hand getätschelt hatte, die eiskalt und abgetrennt von meinem Körper zu sein schien, hatte ich auch erst bemerkt, als Vanessa mir zugezwinkert hatte. Angestrengt riss ich mich von der Erinnerung los. Ich war wieder allein mit Vanessa.

Ich gab mir einen Ruck, aber es blieb schwer, es auszusprechen. Ich räusperte mich. „Es hört sich blöd an, aber als ich in den Wasserfall fiel, landete ich in der Vergangenheit."

Es war ihr anzusehen, dass Vanessa ihren Ohren nicht traute. „Bitte?"

„Ich weiß, wie es klingt. Aber Finlay zog mich im Jahr 1746 aus dem Wasser." Meine Stimme versagte.

Ihr nervöses Lachen war spitz und hohl. „Ich dachte, Catriona sei die Fantasievolle in der Familie, vielleicht solltet ihr euch unterhalten?"

„Ich meine es ernst." Und nahm es ihr gar nicht übel, dass sie es für Blödsinn hielt. Ich an ihrer Stelle ...

Vanessas Grinsen fiel und sie blinzelte mehrmals. „Kati, jetzt machst du mir Angst."

Wenn sie wüsste, wie es mir dabei ging!

2. Dunvegan –
Gestern und Heute

In mein Zimmer auf Dunvegan zu treten, weckte einen unangenehmen Schauer. Es war, als stürme die Vergangenheit auf mich ein. Finlay, Mairead, selbst der schreckliche Duke of Skye und der furchtbare Leutnant Carstairs tanzten in meinem Kopf herum und hielten mich zum Narren. Ich drehte mich, halb erwartend, eben jener englische Soldat träte in mein Zimmer, um mich erneut zu befragen und mich zu drängen, Finlay zu belasten, und sei es mit einer an den Haaren herbeigezogenen Lüge. Wann war ich?

Statt Carstairs stand Vanessa in der Tür, die Hände wringend und mich zögerlich anlächelnd. „Da sind wir."

Mein Blick wanderte weiter, um mich von der Nervosität meiner Schwester abzulenken, deren Ursache mir nur zu bewusst war. Meine Geschichte hatte sie wortlos aufgenommen, aber ich hatte ihr von der Nase ablesen können, wie sie darüber dachte. Immerhin hatte sie mich nicht für verrückt erklärt und mich auch nicht beim Krankenhauspersonal angeschwärzt, sonst hätte man mich sicherlich nicht entlassen. Ich konzentrierte mich notgedrungen auf die Gegenwart.

Die Vorhänge um das große Himmelbett waren zurückgebunden. Waren sie heller, als ich sie in Erinnerung hatte, oder einfach nur ausgeblichen? Das Fenster war der einzige Unterschied, der sofort ins Auge fiel, denn nun gab es eine moderne Verglasung. Der Kamin war nicht angeheizt, was auch nicht nötig war, schließlich war es Sommer, aber einige Holzscheite lagen malerisch bereit. Nur zur Dekoration, denn es gab eine elektrische Heizung, die sich hinter Holzvertäfelung verbarg. Der Raum roch eine Spur muffig, was bei den klimatischen Bedingungen hier oben nicht verwunderlich war. Selbst im Sommer war es nass und kalt, nicht nur im Herbst und Winter, und die 20 Grad von heute waren eher die Ausnahme. Außerdem war es ein altes Gebäude und die feuchte Luft zog durch die Steinmauern, wie bereits seit hunderten von Jahren.

Ich ließ meine Tasche fallen und schob sie unter das Fußende.

„Ruh dich aus", schlug Vanessa vor. „Gewöhn dich ein. Wir können später …"

„Ich bin ausgeruht, Vanessa", unterbrach ich sie rüde. Peinlich berührt, weil ich erneut in mein altes Verhaltensmuster zurückfiel, presste ich die Lippen zusammen und murmelte eine Entschuldigung. „Sorry, ich bin aufgekratzt. Nach drei Tagen eingepfercht in einem Krankenhauszimmer fühle ich mich wie ein Springteufel."

Vanessas Erschrecken war köstlich. Sie schlug die Hände vor den Mund und drehte sich zum Gang. „Äh …"

„Komm runter, Vanessa."

„Ich versprach Ian, ihm im Pool Gesellschaft zu leisten."

Ich stieß den Atem aus. Es ging ihr also nicht darum, mir auszuweichen, weil sie nicht wusste, wie sie mit meiner Geschichte umgehen sollte.

„Ähm …" Vanessa sah zu mir zurück. „Natürlich kann ich das verschieben." Der Vorschlag machte sie aber nicht glücklich. Sie zwang ihre Lippen in ein Lächeln. „Also sollen wir den Tee einnehmen?"

„Geh zu deinem Ian, ich werde spazieren gehen, oder so." Das war mir ohnehin lieber. Wenn ich bedachte, die nächste Stunde mit einer angespannten Schwester in einem Raum zu verbringen, wurde mir ganz anders. Besser war es, erst einmal meine Gedanken zu ordnen und einen Schlachtplan zu entwickeln. Zudem gefiel mir die Idee eines Spaziergangs. Ich wollte rennen, bis mir die Luft fehlte.

„Echt?" Vanessa starrte mich verblüfft an.

„Klar. Keine Sorge, ich …" Ich wollte sagen, dass ich mein Handy mitnahm und damit jederzeit erreichbar war. „Oh." Bisher hatte ich keinen Gedanken daran verschwendet, dass ich kein Mobiltelefon mehr besaß. Ich hatte mich wohl daran gewöhnt, eben nicht erreichbar zu sein. „Das hatte ich völlig vergessen! Mein Handy! Meine Schlüssel …"

Vanessa streckte die Hand nach mir aus und strich über meinen Oberarm. „Keiner von uns hat an deine Tasche gedacht, ich fürchte, sie ist mit dem Fluss auf und davon. Aber keine Sorge, Ian kümmert sich um einen Termin bei der Botschaft und in Nullkommanichts hast du einen neuen Ausweis. Wir können dir auch ein Telefon besorgen und von den Schlüsseln deiner Wohnung in Deutschland wird es Ersatzexemplare geben."

Nichts davon hatte Priorität für mich, dennoch stimmte ich zu. „In Ordnung." Mein Lächeln war zittrig, deshalb wandte ich mich ab und sah mich um. Das Zimmer blieb surreal, teils wie ich es aus meiner Reise in die Vergangenheit in Erinnerung hatte, aber zum Teil auch, wie es nun war – in der Gegenwart. Es weckte einen Schauer, der unangenehm prickelnd über meinen Körper glitt.

„Also, ich sollte los." Meine Stimme schwankte, aber meine Schritte waren sicher.

„Warte." Vanessa schnappte nach dem Zipfel meiner Jacke und hielt mich zurück. „Es ist leicht, sich hier oben zu verlaufen. In den Highlands sieht alles gleich aus, schließlich gibt es hier nicht mehr als Gestein, Gras und Wasser." Es war so typisch Vanessa, dass mir innerlich ganz warm wurde. Wir waren weit nördlich auf einer Insel in den schottischen Highlands und damit weit weg von meinem üblichen Umfeld. Zudem war ich alles andere als ein Naturbursche und konnte mich nicht anhand der Sterne orientieren, oder wie Pfadfinder es sonst tun mochten. „Aber wir besitzen ein GPS-Gerät. Unsere Koordinaten sind eingegeben und es hat auch einen Tracer, falls du verloren gehen solltest." Vanessa rang die Hände. „Ich kann dich auch gerne begleiten, allerdings bin ich auch nicht gerade ortskundig."

„Nein." Es kam einem Pistolenschuss gleich aus meinem Mund, noch bevor ich auch nur darüber nachdenken konnte. „Ich nehme das GPS-Ding, du brauchst dir keine Sorgen zu machen, ich werde nur ein paar Runden durch den Garten drehen." Mein Lächeln beruhigte sie. „Um den Kopf frei zu bekommen. Da ist Begleitung nur hinderlich."

„Also gut." Sie klang zu erleichtert. „Du brauchst festes Schuhwerk und einen warmen Mantel. Das Wetter wird sich nicht halten", prophezeite sie. „Komm, ich kann dir aushelfen." Sie winkte mich aus dem Raum und den Gang hinunter. Wir durchquerten den gesamten Flügel zu den Zimmern im anderen Turm, der dem Meer zugewandt und damit einer der sichersten vor Angreifern war. In ihm befanden sich die Räume des Dukes, weshalb ich nie zuvor hier gewesen war.

„Du kannst den Weg durch die Küche nehmen, er führt in den Burghof. Halte dich rechts bis zur Garage, dort gibt es ein Tor."

„Wird die Tür nicht verschlossen? Ihr seid hier zwar mitten im Nirgendwo, aber ist es nicht gewagt, die Tür offen zu lassen?" Das Schloss lag von der Straße aus gesehen hinter einem breiten Gürtel aus gepflegten, aber dennoch wilden Gärten. An beiden Seiten schlossen sich Wälder an und so war das Gebäude von allen Seiten gegen Blicke abgeschirmt. Die einzigen Zufahrten waren jene zum Haupttor, die von der Familie nicht genutzt wurde, sondern als Attraktion für Touristen offenstand, und jene, die versteckter und privater war. So erklärte sich auch die ellenlange Anfahrt durch menschenleeres Gebiet, denn das Schloss lag fußläufig von dem nach ihm benannten Dorf Dunvegan.

„Sie ist alarmgesichert, aber ich gebe dir den Code." Sie stieß die Doppeltür auf, ohne ihre Geschwindigkeit zu drosseln und segelte weiter. Ich folgte ihr, wurde aber langsamer, sobald ich den Innenraum sehen konnte. Vanessa durchquerte ein Zimmer, das das gesamte Erdgeschoß des Turms einzunehmen schien. Aus allen Richtungen fiel Licht hinein, das von den mächtigen Kristalllüstern, die von der Decke hingen, reflektiert wurden. Es war einfach atemberaubend, wie die Farbsprenkel auf die dunklen Oberflächen der Möbel flogen, es hatte etwas verzauberndes, mystisches, das etwas in mir zum Klingen brachte. Ich stockte in der Tür, um meine Umgebung voll auf mich wirken zu lassen. Das Glitzern wurde intensiver, umhüllte mich. Es wurde zu schnellen Bildern, die ineinander verschwammen und ein Gefühl in mir weckte, dass einer nahenden Ohnmacht ähnelte.

„Kati?" Vanessas Stimme glich einem hohen Schwirren. Erst als sie mich berührte, die Hände fest um meine Oberarme schloss, spürte ich, wie kalt ich im Vergleich zu ihr war. Sie verbrannte mich regelrecht. „Katharina."

Ich befreite mich schnell und torkelte zurück, dabei rieb ich über die von ihr berührten Stellen, die deutlich wärmer waren, als der Rest von mir.

„Was denn?", stieß ich hervor, eine Ablenkung, schließlich war ich völlig durcheinander, fast noch gefangen in dem wilden Treiben des spiegelnden Lichts.

„Du bist bleich und eiskalt!" Wieder streckte sie die Hände nach mir aus und ich wich schnell zurück.

„Alles gut", behauptete ich, wobei ich ein Grinsen auf meine Lippen zwängte. „Ich werde nur langsam klaustrophobisch."

Sie blieb skeptisch. Ihr Blick fokussierte sich auf mein Gesicht, als stände dort alles geschrieben, was sie wissen musste, also grinste ich betont lebendig.

„Und? Dieses GPS-Gerät, wo versteckt es sich?" Ich drängelte mich an ihr vorbei, bemüht, das Farbenspiel des Lichts nicht auf mich wirken zu lassen. Sie führte mich in einen lächerlich unterbenutzten, begehbaren Kleiderschrank, zog eine Jacke vom Bügel und reichte sie mir, ohne zu mir zu sehen, bevor sie sich hinkniete und eine Lade aufzog.

„Wanderschuhe oder Gummistiefel?"

„Ersteres, bitte." Ich nahm ihr die Schuhe ab. „Danke."

„Noch einen Schal, nicht dass du dich noch erkältest."

Da ich tatsächlich keine verstopfte Nase und kratzenden Rachen brauchte, nahm ich auch den entgegen und schlang ihn mir umständlich um den Hals. Das Wetter hier war schließlich nicht beständig zu nennen und am Morgen war es recht kalt gewesen.

„Der Tracer?"

„Klar. Du kannst auch mein Handy mitnehmen, wenn du möchtest." Sie zog das GPS-Gerät aus einer Schublade und reichte es mir.

„Ich gewöhne mich gerade daran, nicht erreichbar zu sein." Es war als Witz gedacht, aber es trug mehr Wahrheit in sich, als erwartet. Auch wenn es für sie nur wenige Minuten gewesen waren zwischen meinem Fall und dem Moment, in dem ich in Vanessas Armen aufgewacht war, waren für mich mehrere Monate vergangen, in denen ich gelernt hatte, auch ohne ständige Erreichbarkeit existieren zu können. Oder Fernsehen, Radio, Musik – Wow, unglaublich, dass man auch so leben konnte!

„Dann bist du hier genau richtig." Sie schnaubte. „Hier oben ist Erreichbarkeit Luxus!"

„Okay, danke. Ich bin dann mal weg." Ich schlüpfte in die Jacke und steckte die Geräte tief in die Taschen. „Wann ist Abendessen?"

„Um sechs. Wir warten aber auf dich."

„Ach, Quatsch. Ich finde sicher eine Fastfood-Kette auf dem Weg und ...“

Vanessa brach in wildes Gelächter aus und es klang ungewohnt locker und heiter. „Solltest du eine finden, bist du zu weit gelaufen!“

„Danke für die Warnung.“ Meine Umarmung überraschte uns beide zu gleichen Teilen. „Bis später.“

Ich ließ sie stehen, sie stammelte noch eine Verabschiedung, aber die bekam ich nur am Rande mit. Der Weg hinaus war nicht schwer zu finden, ich kannte den Weg zur Küche aus meiner Reise in die Vergangenheit und konnte ihn mühelos schlafend abschreiten. Dort wurde bereits eifrig die nächste Mahlzeit vorbereitet, die ich zu verpassen plante.

„Miss, kann ich Ihnen helfen?“

„Nay, tabadh leibh.“

Die tellerrunden Augen überging ich. Ich hatte diese Worte so oft verwendet, dass ich keinen Zweifel an ihrer Aussprache hatte, also musste die Verblüffung der Köchin einen anderen Grund haben. Da es für mich nicht von Bedeutung war, beließ ich es dabei. Ich wollte aus dem Gebäude raus und nicht ein Schwätzchen mit Einheimischen halten.

„Ich muss hier nur durch.“ Dampfschwaden hingen in der Luft, rochen nach frischer Pasta und Tomaten. Die Tür zum Hof stand offen, um für Durchlüftung zu sorgen. Die Sonne blendete mich, selbst als ich die Hand hob, um sie zu blocken.

So rege es hinter mir zuging, so ruhig war es vor mir. Abgesehen von dem sachten Wind, der jedes noch so fein gestutzte Grashälmchen in Bewegung setzte. Kein Mensch, kein Tier, soweit das Auge reichte. Nur pure

Natur, durchzogen von gekiesten Pfaden. Tiefdurchatmend marschierte ich los. Eine Weile setzte ich nur einen Fuß vor den Nächsten, ließ mich ebenso treiben, wie meine Gedanken. Meine Füße bogen ab, traten nun auf feuchtes Gras, bis ich am Ufer der Bucht stand, die dem Schloss seinen Namen gab. Loch Dunvegan. Als es zu mühsam wurde, über das steinige Ufer zu kraxeln, lenkte ich meine Schritte wieder landeinwärts. Irgendwann hob ich den Blick. Meine Finger schlossen sich in der Tasche der Jacke um den Tracer und einen Moment wallte Furcht in mir auf. Verlaufen. Aber darum ging es mir auch, ich wollte mich verlaufen, zumindest für eine Weile.

Vor mir erstreckte sich das raue Hochland, saftiges Grün, grauer Fels und ein Meer an Blumen. Lila, so weit das Auge reichte. Herrlich. Obwohl mich mein Marsch angestrengt hatte, spürte ich, wie mich der Ausblick beruhigte. Der Wind spielte mit meinem Haar, schlug es mir sanft ins Gesicht. Strähnen tanzten vor mir und um mich herum. Alles war wild, ungezähmt und urtümlich. Es sah genauso urtümlich aus, wie während meiner Reise in die Vergangenheit, und Sehnsucht zerquetschte mein Innerstes. Finlay. Tränen stürmten meine Augen, rollten mir in Sturzbächen über die Wangen und tropften in den staubigen Grund vor meinen Füßen.

Ich hatte es geschafft, ich war unbeschadet wieder in meiner Zeit gelandet, aber nicht wie geplant mit Finlay. Was war aus ihm geworden?

Furcht gesellte sich zu dem immensen Schmerz in meiner Brust. Ich musste mich setzen, rutschte von dem Felsen, den ich mir dazu ausgesucht hatte, und landete im Heidegras. An den Anblick erinnerte ich mich noch lebhaft und er fachte meine dringliche Frage an: Wie konnte ich herausfinden, was mit Finlay geschehen war?

Etwas zog mich nahezu zurück. Das Dorf Dunvegan war laut GPS Meilen entfernt und von dort gab es kaum eine Möglichkeit, sich zu verlaufen. Die Hauptstraße hinauf und dann in den Privatweg abgebogen, dessen Tor mit einer Gegensprechanlage gesichert war. Es dauerte, bis man mich einließ und zwei Männer eskortierten mich zurück. Albern, wenn man bedachte, dass man über das Ufer problemlos auf das Grundstück gelangte. Erst am Eingang ließ man mich allein weitergehen.

Ich nahm den langen Weg über die Haupttreppe, ohne weiter darüber nachzudenken. Ich joggte die Stufen hinauf, riss die Tür auf. Und blieb stehen. Im ersten noch verschwommenen Moment sah das Zimmer aus wie in meiner Erinnerung – der aus der Vergangenheit. Herrje, von den Spitzfindigkeiten bekam ich noch Kopfschmerzen. Die Strahlen der untergehenden Sonne tauchten es in funkelndes Licht, wie ich es am Vormittag in Vanessas Schlafzimmer gesehen hatte. Mein Körper reagierte, ließ mich schwindeln und in kaltem Schweiß ausbrechen. Ich stürzte, schaffte es nicht bis zum Bett und schlug auf dem flauschigen Teppich auf, der den Platz zwischen Bett, Tür und Kamin einnahm. Meine Lider schlossen sich flatternd, aber die Lichtblitze verschwanden nicht.

„Halte deinen dreckigen Mund, Schottenhure!", keifte es in meinen Ohren und versetzte mich zurück an eine der weniger erfreulichen Erinnerungen aus dem Jahr

1746. Wir waren draußen in der Heide von Soldaten gefangen genommen worden, die auf Finlay einprügelten und dabei nicht mit Beleidigungen sparten.

„Katharina", keuchte Finlay, wobei er meinen Blick gesucht hatte, um mir eine Warnung zu übermitteln, die mich hatte frösteln lassen. Ich hatte nicht glauben wollen, in Gefahr zu sein, hatte meine Situation arroganterweise falsch eingeschätzt und war in eine weitere wirklich haarige Situation geraten.

„Vielleicht, wenn wir das Mädchen ...", hatte der junge Soldat mit einem Blick vorgeschlagen, der seine Gedanken verraten hatte, weshalb ich mich auf einen physischen Kampf eingestellt hatte.

Der Ältere hatte seinen Blick ebenfalls lüstern an mir herabgleiten lassen, bevor er gegrunzt hatte: „Will sicher der Hauptmann einreiten."

Als der junge Kerl nach mir gegriffen hatte, war ich demnach vorbereitet gewesen und hatte ihn ohne große Mühe auf die Matte geschickt. Finlay hatte sich um den zweiten Soldaten gekümmert und wir waren gemeinsam entwischt.

Ein blendender Feuerblitz beendete die Reminiszenz und ließ mich mit heftigen Kopfschmerzen zurück. Meine Finger krallten sich in den Teppich, während ich verzweifelt nach Luft schnappte. Tränen brannten in meinen Augen.

Was war das denn gewesen?

Es klopfte. Da ich überrascht zusammenzuckte, schoss eine Welle des Schmerzes durch meinen Körper und ich konnte kein Wort hervorbringen. Auch nicht, als es wieder an der Tür pochte.

„Miss?"

„Moment.“ Es war sicher nicht ratsam, dem Personal meiner Schwester am Boden liegend zu begegnen. Sicher wurde ihr oder ihrem Mann alles Ungewöhnliche gemeldet, wie zum Beispiel eine Familienangehörige, die sich vor Schmerz am Boden wand.

Ich rappelte mich auf und schleppte mich zum Bett, um dort niederzusinken und das Bein anzuziehen. Es sollte wirken, als hätte ich Mühe, mir die Schuhe auszuziehen und nichts weiter.

„Kommen Sie rein“, rief ich auf Gälisch, wobei ich an meinen Schnüren des linken Fußes herumnestelte. Eine junge Frau trat ein, erfasste den gesamten Raum mit einem schnellen Rundumblick und knickste dann leicht vor mir.

„Das ist unnötig“, sagte ich.

„Wie meinen?“ Ihre Irritation zeigte sich in dem Verlust ihrer Maske. Für einen kleinen Moment war sie völlig verwirrt, dann fasste sie sich mit einem Strecken der schmalen Schultern. „Miss, lassen Sie mich Ihnen mit ihren Stiefeln behilflich sein.“

„Tabadh leibh, aber lassen Sie dieses Geknickse.“

„Aye, Madam.“

„Katharina“, korrigierte ich. „Oder Miss Hagedorn, aber keine Madam oder sowas.“

Die Frau sah erschrocken zu mir auf.

„Probleme mit dem Schuh?“, fragte ich betont arglos, wobei ich mir ein Lächeln verkniff. Zweihundertfünfzig Jahre und die Leute hier waren immer noch durcheinanderzubringen, indem man außerhalb ihres Rollendenkens agierte.

„Nay, Miss." Sie zog den Linken von meinem Fuß und stellte ihn bedacht neben dem Bett ab. Der Zweite folgte.

„Wie heißen Sie?" Zwar hatte ich das Gefühl, sie schon einmal gesehen zu haben, aber zuordnen konnte ich sie nicht.

„Rona, Miss." Sie verschränkte die Hände vor dem Bauch ineinander. „Ihre Gnaden erbittet Ihre Anwesenheit."

Mein Seufzen ließ sich nicht unterdrücken.

„Beim Dinner. Es wird in zwanzig Minuten serviert und ihre Gnaden schickt mich, um Ihnen behilflich zu sein."

Die Frage wobei erübrigte sich wohl. Kein Jahr war Vanessa nun verheiratet, aber die Gepflogenheiten der Adligen hatte sie bereits übernommen. „Danke, Rona, aber ich bin in der Lage, mich eigenständig anzuziehen." Zumindest hob es meine Stimmung, lenkte meine Gedanken von dem Vorfall ab, über den ich gar nicht weiter nachdenken wollte. Die Ohnmacht, die Reminiszenz und dieses bohrende Gefühl der Sehnsucht, die mich noch in den Wahnsinn trieb.

„Wenn Sie wünschen, bügle ich Ihnen Ihr Gewand auf, oder richte Ihr Haar ..."

„Danke, aber ..."

„Ihre Gnaden lässt ausrichten: Bitte."

Ich klappte den Mund zu. Traute mir Vanessa nicht zu, mich selbstständig präsentabel zu machen? Mein erster Impuls war, Rona wegzuschicken. Allerdings hielt mich etwas zurück. Ein Gefühl von Schuld und Reue. Wenn ich auf Finlay gehört hätte, oder auf

Mairead, dann hätte ich womöglich nicht fliehen müssen. Wir wären nicht auf die Idee gekommen, das Tor durch die Zeit zu nutzen, um in die Gegenwart zu kommen, und Finlay wäre gesund und munter. Ein eisiger Schauer rieselte über meinen Rücken und ich schlang die Arme um mich, um über die Oberarme zu reiben.

„Ja, danke", stotterte ich, ohne das Lächeln auf die Lippen zu bekommen, das ich als Maske tragen wollte.

Rona übernahm es, mich dinnerfertig zu machen. Sie wählte mein Kleid aus und entschied auch, welche Frisur ich trug. Anschließend dirigierte sie mich durch das Haus, obwohl ich mich auf Dunvegan bestens auskannte. Selbst mit verbundenen Augen eckte ich nicht an. Nichts hatte sich hier geändert, kein Möbelstück war verrückt, nicht einmal neue Bilder zierten die Wände. Dieselben Ölschinken, Gemälde von Landschaften von längst toten, namhaften Künstlern.

Die riesige Halle im Anschluss der Treppe wurde von Buntglasfenstern erhellt. Es warf Lichtspiele auf jeden Meter, den ich zurücklegte. Mein Kopf schwirrte, als ich in den Gang abbog. Eine Ohnmacht in Begleitung einer Angestellten meiner Schwester war das Letzte, was ich mir leisten konnte, also biss ich die Zähne aufeinander und ging mit geschlossenen Augen weiter. Zehn Schritte, Tür zur Rechten, zwei weitere, Tür zur Linken. Fenster. Halb den Gang hinunter befand sich der Speiseraum. Gegenüber die Tür zu einem Salon, in dem sich die Familie bereits versammelt hatte. Vanessa saß auf dem Zweisitzer, die Arme um sich geschlungen und mit gequältem Gesichtsausdruck, aber sie versuchte, heiter zu wirken. Ian genehmigte sich einen Drink, während die Duchess lamentierte. Auf Gälisch und viele der Worte sagten mir nichts, andere wiederum konnte ich sehr wohl zuordnen. Sie lästerte. Sie sparte mit Namen, aber es klang, als spräche sie von einem Familienangehörigen. Als sie mich gewahrte, verzog sich ihr Mund, wodurch sie einen Moment still war. Nicht für lang, und das Geschnatter setzte wieder ein. Die Stimme noch schriller, die Worte hässlicher.

Ich hätte sie als typisch McDermitt klassifiziert, wenn sie nicht angeheiratet wäre. Aber sie passte, sie erinnerte mich stark an Rourke.

„Màthair!", donnerte Ian. Er presste zwei Finger an die Schläfe, mit der Hand, die das Glas hielt. „Sguir dheth. Halt einfach endlich deinen Mund."

Ich erwartete, dass die Duchess ausbrach wie ein eruptiver Vulkan, aber sie starrte ihren Sohn lediglich mit eisigem Blick an.

„Ah!" Vanessa sprang auf und kam auf mich zu. „Da bist du ja!" Ihre Stimme war ungewöhnlich hoch und zeugte von ihrer Anspannung. „Wie war denn dein Spaziergang?" Sie fiel mir um den Hals. „Ich war ganz hibbelig."

Sie war es noch. Lag es etwa nicht an ihrer nörgelnden Schwiegermutter?

„Ich habe den Weg mühelos gefunden, Vanessa. Weißt du, ich bin kein Idiot."

„Wie bitte?" Sie starrte mich an, den Mund offen, die Augen kullerten nahezu aus ihr heraus. Ian pfiff.

„Du sprichst Gälisch?"

Und merkte es nicht einmal. „Äh." Es war offensichtlich, aber wie sollte ich es erklären, ohne von Finlay zu sprechen. „Ja."

„Wie ist das passiert?“, hauchte meine Schwester. „Wann?“ Ihre Miene entgleiste, als ich sie ansah. Sie verstand, was ich nicht aussprechen wollte. Ihr Mund klappte erneut auf.

„Sprachen interessieren mich eben.“

„Klar“, wisperte Vanessa. „Ich wünschte, ich hätte dein Talent.“

„Du hast andere Talente.“ Weg von diesem verfänglichen Thema. „Herrje, ist es nicht endlich sechs Uhr? Ich muss gestehen, dass mir eine Mahlzeit mehr als recht wäre.“

„Stimmt!“ Vanessa hüpfte überdreht zur Tür. „Ich verhungere!“

„Mit welch gewöhnlichen Kreaturen muss ich mich umgeben!“, lamentierte die Duchess spitz, wobei ihr Blick meiner Schwester verfolgte.

„Màthair, tàmh.“

Vanessa zog mich aus dem Salon. „Warum dauert es heute so lange?“ Im Gang kam uns einer der Diener entgegen und verbeugte sich vor meiner Schwester.

„Euer Gnaden, das Essen kann nun serviert werden.“

„Hervorragend!“ Die Erleichterung war nicht schwer herauszuhören. Vanessa zog mich eilig weiter. Der Tisch war für vier gedeckt, bezeichnend war die Verteilung der Teller. Einer am hiesigen Ende des langen Tisches, drei am anderen, unter dem Wappen des Hauses – der Platz des Duke of Skye. Wie häufig hatte ich an dieser Tafel platzgenommen und einen anderen Duke am Kopfende sitzen sehen?

„Wann hast du Gälisch gelernt“, fragte Ian mich, als alle saßen und die Diener die Wagen mit den Gerichten hereinrollten.

„Kati war den halben Tag unterwegs", flötete Vanessa. „Ganz allein. Sag, was hast du gesehen?"

„Blumen", ging ich schnell auf sie ein, auch wenn meine Stimme meine Worte nicht trugen. „Ein Meer an Blumen. Diese lila-grünen, haarigen Dinger ..."

Ian lachte schnaufend. „Das sind Disteln. Die erste Nichtschottin, die sie nicht als Unkraut bezeichnet." Immerhin war er abgelenkt von meinen überraschenden Sprachkenntnissen.

„Sie zählen zum überwiegenden Bewuchs, oder?" Konnte man sich eine Mahlzeit lang über Disteln unterhalten? Sicher eine Herausforderung. „Und sie passen hervorragend hierher. Wunderschön und doch wild."

Wieder lachte Ian. „Eine Schottin im Herzen, a ghràidh, was hast du mir noch alles nicht über deine Schwester erzählt?"

„Oh, da gibt es einiges", grummelte Vanessa, den Blick auf ihren Teller gesenkt. Ich fand es merkwürdig, wie sie dort zusammengesunken hockte. Die Hände unter dem Tisch und nicht einmal aufsehend, als der Diener ihr Wein einschenkte. Apathisch, genau so, wie ich sie von früher kannte.

„Geht es dir gut?"

Vanessa zuckte zusammen. Es war deutlich, dass ich mit ihr sprach, war ich doch in unsere Muttersprache Deutsch zurückgefallen. Eigentlich fand ich es unhöflich, schließlich war ich zu oft diejenige gewesen, die nicht verstand, was um sie herum gesprochen worden war. Aber in diesem Fall war Privatsphäre wichtiger.

„Du nimmst doch deine Medikamente noch?" Ich erreichte, dass sie zu mir rübersah, verblüfft, aber immerhin wieder aktiv im Jetzt.

„Was ...?"

„Du siehst deprimiert aus." War es so? Die Verknüpfung war vielleicht etwas weit hergeholt, traurig passte sicher, aber war es gleich diese bleierne Variante, die ich nie hatte verstehen können, so oft sie es auch erklärte?

Etwas in mir drückte mich selbst unaufhörlich Richtung Boden. Nicht die Schwerkraft, es sei denn, sie hatte sich in den letzten Tagen verdoppelt, es war eher etwas in mir. Gewichte. Ich hatte Ballast zugenommen, auch wenn die Waage keine Änderung zeigte.

„A ghràidh." Ian griff nach Vanessas Hand und beugte sich zu ihr. Er machte den Anschein, unser Gespräch verstanden zu haben, aber dann wären seine Deutschkenntnisse besser, als ich bisher angenommen hatte. „Fühlst du dich nicht wohl?"

Süß, leider erinnerte es mich an Finlay und es zerquetschte mich. Einen Augenblick lang konnte ich nicht einmal atmen. Es war, als befände ich mich kilometertief unter Wasser und der Druck verhinderte, dass ich meine Lungen mit Luft füllen konnte. Panik wallte in mir auf. Mit einem Japsen durchbrach ich den Bann, auch wenn ich ihn immer noch um mich fühlte.

„Mir geht es gut. Entschuldige", wisperte sie. Während ich es nicht einordnen konnte – wofür bat sie um Verzeihung – machte Ian den Eindruck, es genau zu verstehen. Ein Lächeln flackerte auf, hob seine Mundwinkel um genau die nötigen Millimeter, dass es zu einem zärtlichen, nachsichtigen Lächeln wurde, was mir fast das Herz brach.

„Dummkopf", flüsterte Ian, womit er meine Vorstellung von einem perfekten Mann ruinierte, auch wenn Vanessa ihn immer noch ansah, als wäre er der Traumprinz schlechthin.

„A ghràidh agam ort."

Vanessa strahlte, von ihrer vorherigen Niedergeschlagenheit war nichts mehr zu sehen. Witzig.

„Ich liebe dich auch, Ian."

„Mein Magen entleert sich jeden Moment." Ordinär für eine Duchess. „Können wir uns auf etwas Anstand einigen?"

„Gefühle auszudrücken, entbehrt keinen Anstand, màthair." Ian küsste die Hand seiner Frau und legte sie mit seiner verschränkt auf dem Tisch ab. „Im Gegenteil."

„Du vergisst, wer du bist!"

„Es reicht, màthair. Noch ein Wort und du kannst den Rest deines Lebens auf deinem Witwensitz verbringen. Und ich glaube nicht, dass du dort sehr viel Gesellschaft bekommen wirst."

Auch diesen Zug kannte ich von den McDermitts, diese unterschwellige Gemeinheit.

„Damit drohst du mir gern, nicht wahr, mein Sohn?" Die Duchess wollte sich nicht einschüchtern lassen, auch wenn sie sich deutlich mäßigte.

„Ich erkenne langsam, was dir daran so viel Vergnügen bereitet." Er grinste diabolisch. Vanessa legte ihre Hand auf ihre gemeinsam verschränkten.

„Ian."

Er reagierte umgehend. Er wandte sich ihr zu und sein kaltes Grinsen wärmte sich auf. „Entschuldige, a ghràidh, sie reizt mich."

„Ich weiß."

„Nun, vielleicht ist es an der Zeit, unsere Bürde zu teilen?"

Vanessa schnaubte. „Willst du das deinen Geschwistern antun?"

Er zuckte die Achseln. Seine Haltung war locker und entspannt, als wäre der vorherige Moment nie dagewesen. Er grinste und war wieder der süßeste Kerl in ganz Britannien.

„Wir haben uns etwas Ruhe verdient und man kann sie nicht aus den Augen lassen."

Misstrauen kannte ich auch zur Genüge. Es musste den McDermitts in den Genen stecken, warum sonst erkannte ich all diese Eigenschaften von Rourke und seinem Vater, dem Duke of Skye vor 260 Jahren, wieder?

„Das widerspricht sich." Ich biss mir auf die Lippe. Eigentlich hatte ich mich raushalten wollen, schließlich ging mich das hier nichts an, aber mein Mundwerk hatte seinen eigenen Willen.

„Wie meinen?"

„Jetzt mischen sich bereits Bürgerliche in unsere Familiendiskussionen?"

Die Duchess konzentrierte ihren Groll auf mich, was mir egal war. Sie mochte mich als Ventil sehen, auf dem sie ungestraft herumhacken konnte, sie vergaß nur, dass es für mich ebenfalls galt. Es gab keine Schranken für mich, keinen Grund mich zurückzuhalten.

„Màthair."

„Familie", hielt ich dagegen. Der Aufwind, der durch mich hindurchging, hob meine Laune. Ein Scharmützel war genau das, was ich nun brauchte – eine Ablenkung von meinen eigenen Problemen.

„Nur Familie."

Sie wollte widersprechen, hob auch schon dazu an, verwarf es dann aber zugunsten eines hohen Lachens. „Oh ja, jetzt zählen mehr Bürgerliche zur *Familie* als uns guttut."

„Das ist deine Meinung, màthair."

„Ich stimme zu."

„Kati!", keuchte Vanessa.

Ich zuckte die Achseln. „Niemand will sich in einer Schlangengrube wiederfinden."

Ian lachte. „Das hört sich sehr nach Liny an.

Lachlans Frau hat etwas ganz Ähnliches gesagt, als mein Bruder sie bat, ihn zu heiraten."

Vanessa hatte mir erzählt, dass Lachlan Ians Zwillingsbruder war, der ebenfalls vor zwei Jahren eine Bürgerliche aus Deutschland geheiratet hatte.

„Aber natürlich", spottete die Duchess mit glimmenden Augen und verzogener Miene. „Als genüge die Aussicht auf ein sorgenfreies Leben nicht, um sich einen Mann an den Hals zu werfen!"

„Na, Sie müssen es ja wissen." Ich spielte auf die Frechheit-siegt-Karte und war verblüfft, als sie sich auszahlte. Die Duchess verlor an Farbe. Gut, sie saß weit genug von uns entfernt, dass es auch eine optische Täuschung sein konnte, aber dass sie den Mund hielt, sprach für sich.

Ian räusperte sich. „Vielleicht können wir uns darauf einigen, zu den Mahlzeiten unsere Streitigkeiten ruhen zu lassen."

„Sie ist impertinent", zischte die Duchess, wobei sie den Stuhl zurückstieß und schwankend auf die Füße kam. „Als genüge es nicht, dass du unseren Namen in den Dreck ziehst, indem du erneut eine Bürgerliche heiratest, nein, du gestattest ihr und ihren Anhängseln auch noch, mich zu demütigen!"

So auszurasten wegen einiger flapsiger Worte deutete darauf hin, dass ich einen wunden Punkt getroffen hatte. Ihre eigene Ehe mit dem verstorbenen Sheamus McDermitt, die ihr erst den Titel der Duchess of Skye eingebracht hatte, schien keine glückliche gewesen zu sein. Kein Wunder, ich fragte mich, wie der Duke es mit dieser Frau ausgehalten hatte.

Ian presste die Lippen aufeinander. Er rang mit sich, oder wusste er einfach nicht, wie er sich gekonnt aus der Situation ziehen konnte?

„Wenn es Sie beruhigt, ich hatte nicht vor, Sie zu demütigen. Soll ich mich entschuldigen?"

Ich hätte mich wohl besser nicht eingemischt, denn die Duchess durchbohrte mich mit ihrem giftigen Blick, bevor sie abrupt aufstand und aus dem Saal davonrauschte.

Wir blickten ihr hinterher.

„Ich weiß nicht genau, was ich Falsches gesagt habe." Vanessa seufzte schwer.

„Ich fürchte, es ist der Widerspruch an sich, Katharina. Ich entschuldige mich für die Angriffe meiner

Mutter und ihrer übertriebenen Dramatik." Ian schüttelte den Kopf, wobei er noch immer zu Tür sah, durch die die Duchess entschwunden war.

„Dann sollte ich lieber den Mund halten?", bot ich an. Vanessa griff den Vorschlag mit einem Schnauben auf.

„Du und den Mund halten? Das will ich erleben."

Sie wäre verblüfft, wenn sie wüsste, wie gut ich mir mittlerweile auf die Zunge beißen konnte, wenn es vonnöten war.

„Ich bin lernfähig, liebe Schwester."

„Offenbar", mischte Ian sich ein. „Wann hast du nun Gälisch gelernt? Dein Akzent ist kaum hörbar."

„Tabadh leat." Dafür hatte Mairead mich auch nur mit einer Millionen Wiederholungen gequält. Ich musste grinsen, obwohl es mir damals wie reine Folter vorgekommen war, schließlich war ich der Meinung gewesen, es exakt so ausgesprochen zu haben, wie ich es hörte.

„Raus mit der Sprache!", forderte Ian erneut. Er nahm einen Schluck von seinem Wein und bedeutete den Bediensteten, uns aufzutischen.

„So zwischendurch", wich ich aus. „Ein Sprachführer auf dem Flug ..." Hanebüchener Unsinn, aber mit der Wahrheit sollte ich vorsichtig sein. Mir spukten Horrorgeschichten über britische Irrenhäuser im Kopf herum. Gut, wahrscheinlich eher Amerikanische und genährt von der Horrorserie, die mein Ex so geliebt hatte, aber letztlich wollte ich nirgends eingewiesen werden, weil man an meinem Verstand zweifelte.

Da das Thema unglücklich war, suchte ich nach einer Ablenkung. „Dürfen wir uns auf Nachtisch freuen?"

Zwar glaubte ich nicht, auch nur einen Bissen herunterzubekommen, aber alles war mir recht, wenn ich nur der Befragung entkommen konnte.

„Oh, bitte Scones!", rief Vanessa aufgeregt. Sie griff über den breiten Tisch und streckte die Finger dann in meine Richtung aus. „Du wirst sie lieben!"

„Die Makronen sind ebenfalls zu empfehlen." Ian grinste nachsichtig und gab dem Bediensteten einen Wink. „Ich nehme an, wir überspringen den nächsten Gang und beschleunigen das Abendessen. A ghràidh?"

Vanessas Lächeln war zu viel für mich. Ich senkte den Blick auf meinen Platzteller und atmete tief durch. Finlay fehlte mir so sehr. Tränen brannten in meinen Augen, aber das Schluchzen zurückzuhalten, war wesentlich schlimmer. Es blockierte meinen Hals.

„Wenn es dir auch recht ist, Katharina."

Ich konnte nicht aufsehen, nicht antworten, nicht einmal die Finger lösen, die sich von mir unbemerkt um die Lehnen meines Stuhls geklammert hatten.

„Kati?"

Ein Krächzen entwich mir.

„Oh Gott!" Meine Schwester sprang auf und kam um den Tisch herum, um sich neben mich zu knien. Ihre Hand bebte, als sie mich berührte. „Du brauchst einen Arzt!"

„Nein", brachte ich mühsam hervor. Meine Stimme klang so gar nicht nach meiner. „Mein Spaziergang", fuhr ich hektisch fort und stolperte über meine Worte. „Nur etwas ... zu anstrengend."

Vanessa war nicht überzeugt. Sie musterte mich, durchleuchtete mich mit ihrem Blick. „Wir sollten Doktor Cameron verständigen."

Den Impuls, es Vanessa schnell auszureden, schluckte ich mühsam herunter. „Wenn du meinst", murmelte ich stattdessen, „aber ich halte es für unnötig. Ich bin erschöpft, nichts weiter."
Es ersparte mir nicht den Besuch des Arztes.

3. Die Fairy Pools

Es war nicht schwer, den Durchgang zur Plattform der Fairy Pools zu finden, auch wenn mein Fahrer mich nicht dort abgesetzt hatte, wo ich beim letzten Mal mit Vanessa ausgestiegen war. Mir schwindelte, als ich den Pfad emporkraxelte, Bilder überlagerten sich. Ich war diesen Weg einmal mit meiner Schwester gegangen und einmal mit Finlay, momentan konnte ich die Erinnerungen nicht auseinanderhalten, sie verschwammen ineinander. Menschen kamen uns entgegen und auch wieder nicht. Jemand rief uns an, stehenzubleiben, aber gleichzeitig herrschte ein reges Geschnatter der Touristen – und absolute Stille. Denn im Jetzt und Hier war ich völlig allein. Es wunderte mich nicht genug, um mich aus der Verwirrung zu reißen, es fiel mir nur auf, irgendwo im Unterbewussten.

Wie ich die Ebene überquerte, wusste ich nicht, denn urplötzlich stand ich am Abhang und starrte in die aufpeitschende Gischt des Wasserfalls, der nun unter mir lag. Die Sonne brach sich in Myriaden von Wassertropfen. Obwohl ich die Augen schloss, ließen die Lichtblitze sich nicht vertreiben, mir schwindelte und ich suchte nach Halt.

„Kommt." Finlay half mir auf, und schob mich in Richtung des tosenden Wasserfalls. Das Wasser legte sich wie ein Umschlag um mich, obwohl es nur aufgepeitschte Tropfen waren. Es war soweit. Mein Herz schlug zum Zerspringen. Furcht und Freude rangen miteinander, als ich an den Rand trat und hinunter in den Pool sah. Nur die weiße Gischt war auszumachen.

Ein Schuss riss mich aus meiner Zufriedenheit. Ich fuhr herum und rutschte ab. „Finlay!" Panisch suchte ich nach ihm, das durfte nicht sein. Ich durfte ihn nicht verlieren, nicht jetzt! Ein weiterer Schuss durchbrach die Nacht, und endlich konnte ich Finlay ausmachen. Er torkelte über die Klippe, als ich im Wasser aufschlug. Ruhe legte sich über mich. Ich sank und schloss mit einem breiten Grinsen die Augen. Es war gut so. Ich brauchte keine Technik, kein immer erreichbar sein und auch meine Bekannten und Familie vermisste ich nicht so sehr wie Finlay.

Ich wollte nur eines: Bei ihm sein. Der Sauerstoff ging mir aus. Unwillkürlich öffnete ich den Mund und schluckte Wasser. Panik ließ mich spucken. War ich beim letzten Mal auch fast ertrunken?

Ich sank wie ein Stein, obwohl ich mir sagte, Wassertreten zu müssen. Meine Glieder gehorchten mir nicht, genauso wenig wie meine Arme. Schwärze knabberte an meinem Verstand, übernahm mein Sichtfeld und engte es immer mehr ein. Ich ertrank, aber die Erkenntnis änderte nichts. Ich blieb erstarrt, ging unter, als wäre ich aus Beton, und war darüber nicht einmal beunruhigt.

Ein Arm schlang sich um meine Mitte und zerrte mich hoch. Trotzdem dauerte es, bis ich durch die Oberfläche brach und nach Atem japsen konnte. Bedauerlicherweise gab es keinen Sandstrand, das Ufer bestand aus einem Sammelsurium an Steinen. Einer riss mein Hosenbein auf. Ich wurde abgelegt und eine Silhouette, die mir bekannt vorkam und meinen Puls in die Höhe schießen ließ, beugte sich über mich. Meine Lider klappten zu.

Finlay.

Es folgte kein Kuss, der auch eher in meine romantische Vorstellung gepasst hätte als in die Realität. Stattdessen wurde mein Hals überstreckt, Lippen pressten sich auf meine, und Luft wurde in mich hineingepumpt. Raus kam aber ein Schwall Wasser. Ich kämpfte mich hoch, um nicht an dem Hochgewürgten zu ersticken und spuckte keuchend.

„Ganz ruhig atmen."

„Amadain." Was glaubte er wohl, was ich hier angestrengt versuchte?

Ich erwartete, dass er lachte, das tat er häufig, wenn ich ihn beleidigte, und war irritiert, als er die Hand zurückzog.

„Wie bitte?"

Hatte ich mich geirrt? Gehörte die Stimme gar nicht Finlay? Ich verschluckte mich an meinem Versuch, Luft zu holen und sie gleichzeitig anzuhalten, und bellte einige Male. Er klopfte mir auf den Rücken, wobei er mir erneut riet, es langsam anzugehen.

So sicher ich mir war, dass es Finlays Stimme war, so sicher war ich mir auch, dass die Wortwahl absolut untypisch für ihn war. Also drehte ich mich um, sobald ich mich einigermaßen gefangen hatte. Und landete hart auf dem Po, denn sein Anblick raubte mir die Balance. Ja und Nein.

„Sie brauchen Hilfe." Sorge beherrschte sein kantiges Gesicht. War es nicht schärfer geschnitten? Und die Brauen, waren sie nicht weniger buschig?

„Miss?" Mr McInnes berührte meinen Arm, weil ich ihn nur stumm anstarrte. „Katharina, nicht wahr? Geht es Ihnen gut?"

Nein. Absolut nicht. Ganz und gar nicht.

„Danke", krächzte ich, schließlich war ich mir nicht sicher, welche Art von Hilfe er meinte. Körperlich ging es mir gut, wenn man den Schock ignorierte, der auf mein seelisches Befinden zurückzuführen war. Bei dem sah es anders aus.

„Ja, alles bestens."

Er presste kurz die Lippen aufeinander, nur ganz kurz, dann lächelte er beruhigend. „Sie sollten sich dennoch durchchecken lassen."

„Nay, mir geht es gut." Um es zu demonstrieren, wollte ich auf die Füße kommen. Dadurch strafte ich meine Worte leider Lügen. Ich kam nicht einmal hoch, so weich waren meine Arme und Knie. „Okay", räumte ich schnell ein. „Etwas schummrig."

Sofort war Mr McInnes bei mir und stützte mich. Hundertprozentig Finlay, das trieb mir die Tränen in die Augen.

„Lassen Sie mich sehen, ob Sie sich verletzt haben."

Er wartete meine Zustimmung ab, was wiederum so gar nicht meinem Finlay entsprach und mich schluchzen ließ. Ich hatte erwartet, ihn zu sehen und nicht diese neuzeitliche Kopie. McInnes war zwar groß, stark, muskulös und einiges an seiner Mimik glich Finlay, aber sein Haar war kurz, er steckte in Jeans und Turnschuhen und unter seinem weißen Shirt, das ihm am Körper klebte, war der Umriss eines Tattoos zu erkennen.

„Nein", wisperte ich. „Alles gut."

Ich wollte nicht von ihm angefasst werden, das ertrüge ich nicht.

„Katharina, das Wasser ist hier nicht sonderlich tief. Wahrscheinlich haben Sie sich wieder den Kopf gestoßen und mit Gehirnerschütterungen ist nicht zu spaßen."

Automatisch hob ich die Hand zu meiner Stirn, als wolle ich sie nach Blut oder Beulen absuchen, ließ sie aber gleich wieder sinken. Ich hatte keine Kopfschmerzen und das sagte ich ihm auch.

Er presste sekundenlang die Lippen aufeinander, ein Mikroausdruck, der mir verriet, dass ihm meine Reaktion nicht gefiel.

„Also schön." Er sah sich um. „Sind Sie allein?"

„Ja." Die Feststellung ließ den Damm brechen und ich konnte die Schluchzer nicht mehr zurückhalten. Ich war allein, völlig und absolut. Mein Heulkrampf wurde noch intensiver und ich klammerte mich an meinen Retter.

Er hielt mich, zögerlich, aber doch bestimmend. Er war Finlay so ähnlich, dass ich ihn gleichzeitig wegstoßen und umklammern wollte.

„Was auch immer Ihnen momentan Sorge bereitet, es wird sich legen."

Sollte mich das beruhigen? An seinen Tröster-Qualitäten musste er noch arbeiten.

„Es hilft, darüber zu sprechen. Vertrauen Sie sich Ihrer Schwester an. Es gibt Einrichtungen, die Ihnen Unterstützung anbieten werden. Es gibt nichts, was nicht behoben werden kann, glauben Sie mir."

„Das stimmt nicht." Eigentlich hatte ich gar nichts sagen wollen, aber mein altes Ich setzte sich wieder durch. „Darüber zu sprechen hilft gar nicht. Kein bisschen!"

Im Gegenteil, mein Geständnis an Vanessa hatte mich fühlen lassen, als wäre ich der größte Idiot im Umkreis von tausend Meilen.

„Versuchen Sie es", riet er eindringlich. „Lassen Sie sich Medikamente verschreiben. Die helfen, glauben Sie mir, und dann besprechen Sie mit Ihrem Therapeuten, was Sie bedrückt."

Meine Tränen stoppten augenblicklich und ich stieß ihn von mir. Er hielt mich für verrückt! Genau wie Vanessa, nur war es tausendmal schmerzhafter. Er war nicht der Mann, den ich liebte, aber es mir vorzuhalten, dämmte nicht meinen Schmerz.

Er hob die Hände. Er war mir so nah, dass ich leichte Sommersprossen auf seinem Nasenrücken ausmachen konnte. „Alles ist gut."

„Ich ..." Meine Verteidigung kam mir nicht über die Lippen, schließlich wäre *ich bin nicht gesprungen* eine Lüge. Zwar war ich eher gekippt, aber es war mir völlig recht gewesen. Erschrocken klappte mir der Mund auf. Galt das nun als lebensmüde? War ich ein Fall für die Klapsmühle?

„Ich meine ...", haspelte ich schnell, aber mir wollte kein passender Grund einfallen, warum ich dieses Mal über die Klippe gegangen war und irgendwie erschien mir die Wahrheit, also dass mir durch den Anblick des im Wasser funkelnden Sonnenlichts schwindlig geworden war, nicht hilfreich. „Mir war schummrig“, rutschte mir trotzdem heraus. Erschrocken riss ich die Augen auf.

„Hm“, brummte er. „Leiden Sie häufig an Schwindelanfällen?“

Erst bekam ich den Mund nicht auf, meine Gedanken wirbelten durcheinander und ich wusste nicht, wie ich mich herausreden sollte. Ich wollte lügen, wollte mich schützen, aber meine Worte machten sich einfach selbstständig. „Ja, in letzter Zeit ist mir häufig komisch zumute. Schwindel. Sehstörungen ...“ Ich biss mir auf die Lippe. „Ich sollte gehen.“ Dieses Mal kam ich auf die Füße, auch wenn die Welt sich um mich drehte.

„Sind Sie mit dem Wagen hier?“

Ich konnte nicht einmal mit dem Kopf schütteln, so diesig war mir. Schön, es ging mir nicht gut und ich sollte dringend einen Arzt sprechen.

„Verflixt.“ Er fing mich ab, was mir aber erst bewusst wurde, als er mich auf den Arm hob und meine Wange auf seiner Schulter zu liegen kam. „Mein Auto steht zwei Meilen entfernt und Dunvegan ist von hier aus ...“

Noch viel weiter, dessen war ich mir bewusst.

„Dann die Hütte. Es sind nur ein paar Meter.“ Er wartete nicht auf meine Bestätigung, sondern stampfte los.

„Es geht gleich wieder“, wisperte ich. „Bestimmt.“

Er brummte etwas. Jeder seiner Schritte schüttelte mich durch. Trotzdem war ich enttäuscht, als eine Tür knarrte und ich die Augen öffnete. Ich starrte ins Dunkel, wusste aber instinktiv, dass dies die Hütte war, von der Vanessa mir erzählt hatte. Jene, nach der ich gesucht hatte, als ich beim letzten Mal aus den Fairy Pools gestiegen und nach Hilfe gesucht hatte. Hier wohnte eine alte Frau, ganz ohne Strom und fließend Wasser. Er trat trotzdem ein und durchquerte den kleinen Raum, um mich auf einem engen Bett abzulegen.

„Bleiben Sie liegen, ich schaue Mal, ob meine Mutter Kaffee da hat. Schokolade mag sie nicht und andere Süßigkeiten finden sich hier auch selten."

Ich kam in die Senkrechte. „Mutter?"

Obwohl ich gegen das Licht sah, konnte ich sagen, dass er sich umdrehte.

„Ja. Gibt es ein Problem?"

Da hatte er noch mehr als angenommen mit meinem Finlay gemeinsam, sie waren beide Neandertaler. Vorsichtig legte ich mich zurück. „Nein, ich kann mir nur schwer vorstellen ..."

„Hier aufzuwachsen?" Bei Finlay hatte die knurrige Tonlage mich amüsiert, aber diesen Mann kannte ich gar nicht und ich war auch nicht in der Lage, mich zu wehren, sollte er handgreiflich werden. Der Gedanke belustigte mich und ließ mich seufzen.

„Ziemlich überheblich finden Sie nicht?"

„Stimmt." Über mir schwang etwas an der Decke. „Licht gibt es hier keines, oder?"

„Gedulden Sie sich."

Meine Augen gewöhnten sich langsam an die Sichtverhältnisse und ich meinte, getrocknete Blumen an der Decke erkennen zu können, und zwar nicht nur über dem Bett. Sie hingen in der ganzen Hütte von den Dachzargen.

„Warum?"

„Weil ich nicht alles auf einmal machen kann.“

Ich musste schmunzeln. Er hantierte am Ofen, hatte ihn angefacht und stellte eine eiserne Teekanne darauf ab.

„Warum lebt Ihre Mutter hier?“

„Sie ist gerne für sich.“ Seine Antwort erreichte mich von der Tür her, die er weit offen schob. Dann verschwand er nach draußen. Das Fenster neben der Tür wurde geöffnet und ließ nicht nur Sonne herein, sondern auch einen Schwall frischer Luft, die durch die aufgehängten Blumen strich. Ein Hauch Lavendel stieg mir in die Nase. Also ein antiquierter Luft-Erfrischer? Ich sah mich um. Neben dem schmalen Bett gab es einen Tisch mit zwei Hockern, einen Kamin und den Herd, der mindestens hundert Jahre auf dem Buckel hatte. Holzscheite stapelten sich an der Wand zwischen Ofen und Tür. Mir gegenüber befand sich der Tisch und dahinter ein Regal mit Geschirr, Besteck, Einmachgläsern.

Es gab zwei weitere Fenster, eines am Fußende des Bettes und eines an der Wand gegenüber der Tür. Der Wind ließ die Blätter der getrockneten Pflanzen rascheln und etwas rutschte über den dreckigen Boden. Ein Stück Papier, das er aufklaubte, als er zurück in die Hütte kam.

„Es ist nur Tee da.“

„Ich mache das Bett nass.“ Trotzdem blieb ich liegen. „Wird Ihre Mutter nicht Schwierigkeiten haben, es trocken zu bekommen?“

„Vermutlich.“

„Das tut mir leid.“

„Sie wird es verstehen." Porzellan klapperte. Ich sah zu ihm. Die Tasse wirkte winzig in seinen großen Händen und albern dazu. Ein bekanntes Bild, das mich beruhigte, aber auch vor Sehnsucht vergehen ließ.

„Ich wollte sie abholen. Es ist typisch für meine Mutter, dass sie einfach weg ist." Er kam mit zwei Tassen zu mir rüber und setzte sich auf die Bettkante. „Es gab nur die Auswahl zwischen Kräutertee aus eigenem Anbau oder Darjeeling. Der Schwarztee sollte Ihren Geist beleben."

„Danke." Ich setzte mich auf, um die Tasse entgegennehmen zu können.

„Nutzen wir die Zeit doch. Was lässt Sie denken, der einzige Ausweg sei, sich von den Klippen zu werfen?"

Mein Tee schwappte, weil ich zusammenzuckte. Erschrocken sah ich zu ihm und schüttelte den Kopf. „So ist das gar nicht." Aber wie dann? „Ich hatte etwas verloren – meine Handtasche – und dachte ..." Toll, jetzt klang ich wie ein Volltrottel.

„Letzte Woche? Die Strömung wird sie längst mit sich gerissen haben."

„Wahrscheinlich", hauchte ich und senkte den Blick wieder.

„Gewöhnen Sie sich an den Gedanken, dass Sie sie nicht wiederbekommen."

Mein Hals zog sich zu. Wie sollte das funktionieren? Wie sollte ich mich daran gewöhnen, dass ein Teil von mir fehlte?

Ich blinzelte die Tränen fort, die nicht durch den Verlust meiner Handtasche heraufbeschworen wurden, sondern durch die Möglichkeit, Finlay tatsächlich für immer verloren zu haben.

„Ich weiß.“ Meine Stimme brach. Schnell senkte ich meinen Blick auf die ölig schimmernde Oberfläche meines Getränks.

„Versprechen Sie mir, es nicht wieder zu versuchen? Es ist gefährlich, von der Aussichtsplattform zu springen.“

„Ja.“ Aber ich sah es nicht als Versprechen. Ich wollte lediglich, dass das Thema ruhen gelassen wurde.

„Katharina, es ist wirklich verdammt gefährlich!“

Ich sah nur auf, weil in seinem Ton eine ungewohnte Eindringlichkeit lag. Sie spiegelte sich in seinen Augen. In Finlays Augen. Das war nicht fair!

„Ich habe verstanden.“ Ich klang dagegen völlig tonlos. Ich hätte mir nicht einmal selbst geglaubt und konnte ihm keinen Vorwurf machen, dass er es nicht tat. „Es ist gefährlich und ich finde nicht wieder, was ich verloren habe. Ich habe es verstanden.“

Auch wenn ich mich weigerte, es zu glauben. Nein, es war keine Verweigerung, es war Unvermögen.

Ich schloss die bleischweren Lider. „Ich bin erschöpft, das war alles. Mein Kreislauf versagte und ich war einfach zu nah ...“

„Hm“, brummte er nach langen Augenblicken des Schweigens. „Ich bringe Sie nach Dunvegan, sobald Sie sich etwas erholt haben.“

„Danke.“ Mehr blieb nicht zu sagen und so schlürften wir unseren Tee in absoluter Stille.

„Ich dimme das Feuer und schließe die Läden“, brummte er, nach einer Weile und nahm mir meine leere Tasse ab. „Bleiben Sie ruhig sitzen.“

„Warten wir nicht auf Ihre Mutter?“ Zugegeben, ich war neugierig. Laut Vanessa war sie eine alte verschrobene Frau, aber ihr Sohn konnte nicht älter sein als dreißig.

„Nein.“

„Dann wären Sie ganz umsonst hergekommen.“

„Was nicht das erste Mal wäre.“ Er verschwand aus der Tür.

„Waren Sie letztens auch hier, um Ihre Mutter zu besuchen?“ Welch Zufall, dass wir zwei Mal aus dem gleichen Grund zusammenstießen und das mitten im Nirgendwo.

„Nein. Ich habe einer Reisegruppe die Fairy Pools gezeigt. Jetzt sind sie gesperrt.“

Das Fenster neben der Tür wurde verriegelt und ich hörte ihn um das Haus herumkommen. „Der Ansturm war auch nicht mehr lustig.“

„Fand Ihre Mutter?“

Beim nächsten Fenster klappten die Laden zu. „Fand ich. Bei einer bloßen Absperrung mit Kordeln war es nur eine Frage der Zeit, bis etwas passierte.“

„Warum gibt es nur Kordeln?“

Als er die letzten Fensterläden zuklappte, saß ich im Dunkeln. Ich rutschte aus dem Bett und blieb auf der Kante sitzen.

„Es hat niemand mit so vielen Touristen gerechnet, nehme ich mal an.“ Er zuckte die Achseln, als er durch die Tür kam. „Sind Sie so weit?“

„Ja.“

Er zog die Tür hinter mir zu. Die Sonne blendete mich, also hob ich die Hand, um sie zu blocken. Der Pool lag vor mir, der Fluss plätscherte an uns vorbei. Das Wasser hatte eine ungewöhnliche Färbung, es schillerte pink und türkis und über dem Wasserfall hing ein Regenbogen, auch wenn er nur sehr schemenhaft zu erkennen war.

Irgendwie konnte ich verstehen, warum man hierher zog, nur ein kurzer Blick auf diese malerische Natur und der Sturm in mir legte sich.

„Kommen Sie."

Obwohl ich gar nicht wollte, setzte ich mich in Bewegung und folgte ihm in Richtung des Wasserfalls.

„Wir werden nicht klettern, oder?", fragte ich resigniert, ich war an genügend schottischen Felsen herumgekraxelt für den Rest meines Lebens.

„Ein wenig. Der Weg um den Berg herum ist eine Wanderung von mehreren Stunden, wenn wir meine Abkürzung nehmen, sind wir in zwanzig Minuten bei meinem Wagen."

Nur sah ich keine moderate Abkürzung, sondern lediglich Felsen.

„Ich helfe Ihnen. Es sieht schwieriger aus, als es ist."

Mir blieb nur zu seufzen. Die erste Hürde nahm ich selbstständig, auch wenn der Felsvorsprung ziemlich hoch lag. Trotzdem spürte ich seine Hände über mir schweben und sah über die Schulter zurück.

„Keine Sorge, ich fange Sie ab, sollten Sie abrutschen."

Noch ein Seufzer und ich kletterte weiter. Es konnte noch zu einem Hobby werden, denn wenn ich nicht nach unten sah, sondern nach oben, weckte es einen gewissen Ehrgeiz. Hoch kam ich recht gut, aber als es runter ging, drückte ich mich gegen den Fels und schloss die Augen. Mein Herz schlug gegen meine Rippen und pumpte das Adrenalin nur so durch meine Adern. Es half nicht, Ruhe zu bewahren.

„Es sieht schlimmer aus, als es ist", versicherte er, wobei er sich an mir vorbeischob und den ersten Schritt unternahm. Er hielt mir die Hände entgegen.

„Kommen Sie. Es ist sicher."

Das Dumme war, dass ich es ihm glaubte, und zwar bloß, weil ich ihm in die Augen sah. Ich glitt in seine Arme.

„Hoppla", murmelte er, nur wenige Zentimeter von mir entfernt. Sein Atem streifte meine Wange und sandte einen süßen Schauer über meinen Rücken.

Dummerweise konnte ich nicht einmal ausweichen und musste mit meiner Reaktion auf seine Nähe leben. Und damit, dass es ihm auffiel.

„Bieten Sie auch Kletterexkursionen an oder nur Sightseeing?" Meine Stimme schwankte, obwohl ich bemüht war, gleichgültig und sicher zu klingen. Peinlich, dass jedes Quäntchen von mir mich so im Stich ließ.

„Womöglich eine Marktlücke", murmelte er noch immer ganz nah bei mir. „Kletterpartien anstatt bloßes Ablaufen der Sehenswürdigkeiten. Ich sehe schon Horden von McDermitt-Fans über die Fairy Pools klettern."

„Warum nicht?"

„Erwähnte ich, dass meine Mutter sich hierher zurückzieht, um allein zu sein?" Endlich rückte er von mir ab und kletterte eine Etage tiefer, nur um mir wieder die Hände hinzuhalten. Das würde ein sehr langer Abstieg werden, wenn ich ihm jedes Mal so nahe kommen musste. Natürlich nur, weil ich Schwierigkeiten hatte, nicht Finlay in ihm zu sehen. Ich war nicht scharf auf ihn. Ich sehnte mich einzig nach Finlay und er hatte eine so erdrückende Ähnlichkeit mit ihm, dass mein Körper auf ihn reagierte.

Dumm.

„Ähm, ja.“

„Ganz abgesehen davon, dass es bessere Orte für Kletterpartien gibt.“

„Hm. Weit weg nehme ich an.“

Er lachte leise. „Ja und Nein.“

„Was ist so außergewöhnlich an diesem Platz, dass er so überlaufen ist? Ich meine, die Aussicht ist nett, aber … Es ist nicht der Eiffelturm oder die Freiheitsstatue und doch hatte ich Angst gehabt, von dem Menschenandrang erdrückt zu werden.“

Erneut musste ich seine Hilfe in Anspruch nehmen und sah zu ihm auf. Ein leichtes Runzeln lag auf seiner Stirn. Hatte ich ihn mit meiner Ignoranz verärgert?

„Warum waren Sie dort?“

Ich hasste es, wenn man auf eine Frage mit einer Gegenfrage antwortete. Es war frustrierend und ich fand es nicht nett, schließlich war ich gezwungen erneut zu fragen.

„Wegen meiner Schwester. Also? Was ist so besonders?“

„Hat sie Ihnen keinen Grund genannt, warum sie die Fairy Pools besichtigen müssen?“

Schon wieder!

„Wegen der Aussicht.“ Aber das war nur die halbe Geschichte. „Ach, und sie wollte mir zeigen, wo ihre

Schwiegermutter sie bei der Beerdigung des Dukes ausgesetzt hatte, damit sie sich verlief und Ian glaubte, sie hätte ihn verlassen."

Seine Augen wurden groß. „Wow, das passt zu ihr."

„Sie kennen die Duchess …?", setzte ich irritiert an.

„Nur vom Hören." Er wandte sich ab und rutschte die nächsten Felsen hinunter. Ich sah ihm nach, bis er aufblickte. „Kommen Sie."

Ich hatte noch immer keine Antwort bekommen. „Warum sollte man unbedingt die Fairy Pools besichtigen, wenn man auf Skye ist?", fragte ich also erneut, ohne mich vom Fleck zu rühren. Er musste mich hier schon stehenlassen, wenn er mir die Antwort weiterhin schuldig bleiben wollte.

„Wegen des Ausblicks."

„Und der Mythen vermutlich. Kommen Sie."

„Wie bitte?"

„Catriona McDermitt hat mit ihrem Roman die alten Mythen angeheizt, die sich um die Fairy Pools ranken. Nun glaubt die halbe Welt, es gäbe hier tatsächlich Feen, die Wünsche erfüllen." Er verdrehte die Augen. „Obwohl es streng verboten ist, werden trotzdem Münzen in den Wasserfall geworfen. Das wiederum zieht Glücksritter an, die das Geld herausholen wollen und denen es egal ist, dass sie mit ihren Landrovern die Natur zerstören."

„Vielleicht ist es an der Zeit, dass sich jemand wünscht, dass es aufhört", grummelte ich, als ich mich auf den Po setzte und den Fels hinunterrutschte, bis ich bei ihm angelangte.

„Das sagte ich meiner Mutter auch und als Nächstes musste ich in den Pool springen, um unvernünftige Damen herauszufischen. Zweimal."

Ich schnaubte und kletterte weiter. „Meine Schwester versucht seit zwanzig Jahren mir ein schlechtes Gewissen einzureden, glauben Sie, da werden Sie eher Erfolg haben?"

„Was stellen Sie sonst noch an, dass Ihre Schwester so auf Sie einwirken muss?" Er folgte mir auf dem Fuß.

„Oh, die Liste ist lang: Ich bin keine gute Tochter, keine gute Schwester, keine gute Schülerin und so weiter." Wobei Vanessa in vielen Punkten recht hatte, das wollte ich gar nicht leugnen.

„Wie alt sind Sie, wenn ich fragen darf? Ich hatte nicht das Gefühl, es mit einem Schulkind zu tun zu haben."

Ich sah zu ihm zurück. Wenn es als Kompliment gedacht war, musste er an sich arbeiten, denn es war sehr doppeldeutig.

„Ich studiere. Ich bin auch keine gute Studentin." Wie alt ich war, verriet ich ihm nicht.

„Und was studieren Sie?"

Ihn störte mein Ausweichen bedeutend weniger, als mich seines zuvor genervt hatte. Er kletterte weiter und erreichte meine Position.

„Rechtswissenschaften." Aber es fühlte sich falsch an. Völlig falsch. Mein Studium gefiel mir schon lange nicht mehr. Ich runzelte die Stirn und warf einen Blick nach unten. Es war noch ein Stück. „Sagten Sie nicht, wir wären in zwanzig Minuten an Ihrem Auto?" Da war er sehr optimistisch gewesen, oder ich einfach schrecklich langsam.

„Wir sind gleich da. Ich hätte in Ihnen keine Anwältin gesehen, oder beabsichtigen Sie, zu unterrichten?"

„Weder noch", gestand ich ein. Es auszusprechen war, wie zu einer Entscheidung zu gelangen. „Ich lasse das Studium sausen." Vanessa wäre hellauf begeistert – natürlich nicht!

„Um was zu tun?"

„Weiß nicht." Aber die Frage war gut. Wie sollte es mit mir weitergehen? Was wollte ich?

Die Frage beantwortete mein Herz mit einem schmerzlichen Aufschrei: Finlay!

Ich musste mich räuspern und schnell weiterklettern, um mich abzulenken.

„Also, Feen erfüllen hier Wünsche, wenn man Geld ins Wasser wirft?"

Er stöhnte hinter mir. „Das ist dummes Gewäsch, Katharina, warum sollten Feen sich für unsere egoistische Wünsche interessieren oder für unser Geld?"

Gute Frage.

„Aber wie kommen die Leute dann darauf?"

„Catriona McDermitts Roman", rief er mir ins Gedächtnis. „Es ist so etwas wie eine Anleitung zur Kommunikation mit dem Feenreich." Er klang genervt. „Vermutlich war es nett gemeint, aber ich wünschte, sie konzentrierte sich mit ihren Geschichten auf ihre eigene Heimat."

„Dann gehört diese Catriona McDermitt nicht zu den hier ansässigen McDermitts?" Zu denen meine Schwester nun zählte.

„Doch, sie ist die Schwester von Ian und Lachlan", murrte er. „Aber sie lebt nicht hier, sondern in Inverness. Soll sie doch ihre eigene Burg zum mystischen Ort erklären und ihre Fans dann ihren Vorgarten niedertrampeln.“

Ich musste lachen. „Schon mal drüber nachgedacht ...?“

„Die Feen darum zu bitten?“, übernahm er die zweite Hälfte meines Satzes. Seine Lippen bogen sich. „Was wäre, wenn der Preis keine Münzen sind, sondern etwas Persönlicheres?“

„Das Erstgeborene?“, schlug ich lachend vor. Ich kannte Geschichten von Wesen, die ihre Kinder gegen die von Menschen austauschten, war mir aber nicht sicher, ob es sich dabei um Feen handelte.

„Zum Beispiel.“

Glaubte er daran? Wieder sah ich zu ihm zurück.

„Vermutlich eine Frage der Relation. Vanessa hätte gerne Kinder, wenn der Preis eines davon wäre ...“ Ich wiegte den Kopf. „Besser, als gar keine zu haben.“

„Finden Sie?“

„Sie nicht?“ Das letzte Stück lag vor mir und ich suchte nach einer Spalte, in der ich meinen Fuß setzen konnte, um nicht einen ganzen Meter herab springen zu müssen.

„Nein.“ Er kam an mir vorbei und ließ sich fallen. Er kam geschmeidig auf und drehte sich, um mir die Arme entgegenzustrecken. „Kommen Sie, ich fange Sie auf.“

Der Wind spielte mit einer seiner Haarsträhnen, auch wenn sie zu kurz waren, um in sein Gesicht zu fallen.

„Ich lasse Sie nicht fallen.“

Das war es nicht, was mich zurückhielt. Ich hatte nur das Gefühl, dass meine Zeit auslief. Wenn ich sprang, war ich in wenigen Minuten beim Auto und erst einmal auf der Burg gab es keinen Grund mehr für ihn, mir Gesellschaft zu leisten. Albern. Er war nicht Finlay.

4. Unstillbare Sehnsucht

„Das wäre doch etwas, oder?“, frohlockte Vanessa strahlend. Leider hatte ich alles davor Gesagte nicht mitbekommen.

„Äh.“

„Wir nutzen die wenigen schönen Tage.“ Vanessa sprang auf, kam zu mir zurück und hockte sich vor meinen Sessel. Sie griff nach meiner Hand, um sie zu drücken. „Was kann ich nur tun, damit du dich besser fühlst?“

Mehr als ein Seufzen konnte ich dazu auch nicht sagen.

Vanessa kniete sich hin und setzte sich auf die Fersen. „Vielleicht solltest du noch einmal mit Doktor Cameron sprechen?“

Das war der Arzt, den Ian dazu gebracht hatte, nach Dunvegan herauszukommen, um nach mir zu sehen, nachdem ich meine schlechte Verfassung vor einigen Tagen preisgegeben hatte. Ian hatte ihn noch nach dem Dinner herbeordert, aber die Untersuchung war ergebnislos geblieben. Lediglich einige Vorschläge hatte er gemacht, damit ich meine Melancholie in den Griff bekam. Ich könne mit einem Therapeuten sprechen, einer Selbsthilfegruppe beitreten oder Medikamente nehmen. Ich schüttelte den Kopf, weil sich meine Ansicht nicht geändert hatte.

„Wozu? Ich zerbreche mir den Kopf, wie ich Finlay finden kann." Bisher war ich absolut unfähig gewesen, mich aufzuraffen. „Es gab keine Berichte über einen weiteren Verletzten bei den Fairy Pools oder sonst wo auf Skye."

„Hast du Doktor Cameron von ..." Sie brach ab, in ihren Blick schlich sich Schuld. „... den Einbildungen erzählt?"

„Ich bin nicht verrückt", erklärte ich fest, auch wenn ich mir dessen selbst nicht sicher war. „Natürlich habe ich ihm nichts erzählt!" Ich versteckte mein Gesicht in meinen Händen und rieb es fest. Ich sollte den Mund halten und mich nicht tiefer hineinreiten, aber es kostete mich solch immense Kraft, dass ich mir nicht sicher war, es durchhalten zu können. Ich drehte mich zu ihr um.

„Das weiß ich, aber ..." Ihr zutiefst mitfühlender Ton brach meine Zurückhaltung.

„Ich kann es mir nicht eingebildet haben!" Ich stand auf, als Vanessa die Hand nach mir ausstreckte. Ich wich ihr aus. Argumente sollten mir helfen, meiner Verwirrung Herr zu werden. Ich musste sie nur aussprechen, anstatt sie in meinem Kopf hin- und herzurollen. „Wie erklärst du dir, dass ich Gälisch spreche?"

Darauf hatte sie keine Antwort.

„Ich finde mühelos den Weg zu den Fairy Pools hinauf, mal abgesehen davon, dass ich mich in dieser Burg auskenne, obwohl ich gerade erst angereist bin!" Also musste doch alles genau so geschehen sein, wie ich es in Erinnerung hatte! Dann musste ich Finlay finden und ... mein Kopf dröhnte. Ich presste die an meine Stirn und schloss die Augen. Das Licht, das durch das

Fenster fiel, war gleißend hell und triggerte meinen Schwindel. Aber es war ein wirklich dummer Zeitpunkt, um in Ohnmacht zu fallen.

„Katharina, das hat sicher seine Gründe."

„Welche?", konfrontierte ich sie aggressiv. „Es gibt ein Tunnelsystem unter der Burg. Eine Art Aufzug führt nach oben. Die Zimmer des hinteren Turms haben Zwischenwände, damit man die Bewohner ausspionieren kann", zählte ich auf, schließlich gab es so viele Dinge, die ich wusste, ohne sie je zuvor gehört zu haben. Wie sollte es Sinn ergeben, wenn ich nicht Zeit in der Vergangenheit verbracht hatte? Das war es, was mich tatsächlich noch in den Wahnsinn trieb!

„Jede alte Burg hat Geheimgänge und von dem Aufzug habe ich dir sicher erzählt."

„Dann habe ich mir alles zusammenfantasiert?", fasste ich fassungslos zusammen und stemmte die Hände in die Hüfte. „Finlay, Sheamus, Padraig und Rourke? Den verfluchten Leutnant Carstairs und seinen Duke of Cumberland? Fiona McDonald, Lady of Nairn Mairead, alles nur Einbildungen?" Ich zitterte am ganzen Leib. Vanessa stand auf und streckte erneut die Hand nach mir aus. Ihre Finger strichen über meinen Oberarm.

„Fakt ist, dass du nicht weg warst."

Ich hatte mir also eine Fremdsprache eingebildet. Aber letztlich verstand ich Vanessas Skepsis. Es klang verrückt. Es war verrückt.

„Vielleicht ..."

Schnell hob ich die Hand und verbot ihr jedes weitere Wort dazu.

„Nicht. Bitte, das halte ich echt nicht aus!"

„Katharina, schau mal …" Natürlich gab sie nicht so schnell auf, schließlich war sie meine Schwester und besaß einen Teil meiner Gene. Sie war ebenso stur wie ich. Mindestens.

„Wie wahrscheinlich ist es, dass du tatsächlich im Jahr 1746 gewesen bist?"

Auf einer Skala von eins bis zehn? Minus sieben, das war mir natürlich klar. „Egal was ich sage, du wirst es mir nicht glauben."

Vanessa seufzte, sie schlang den Arm um mich und zog mich in eine enge Umarmung. „Wirst du mir glauben, wenn ich dir zeige, wie absurd es ist?"

Als wüsste ich es nicht bereits. Einen Augenblick lang wollte ich einfach aufgeben, ihr zustimmen und einfach zulassen, was als Nächstes passieren musste – inklusive eines Aufenthalts in einer Heilanstalt. Dann setzte meine Sturheit ein. Ich war nicht verrückt, das wüsste ich sicher, oder? „Aber wenn die Fakten für mich sprechen …", stieß ich hervor. Da ich die Umarmung nicht mehr ertrug, befreite ich mich linkisch von ihr und ließ sie stehen. Der Salon, in dem wir uns aufhielten, war zu klein, um in ihm auf- und ablaufen zu können, aber ich nutzte jeden Meter. Es beruhigte mich nicht.

„Schön." Vanessa vertrat mir den Weg und ergriff meine Hände, damit ich nicht an ihr vorbeikam. „Mit dem Gälischen hast du einen Punkt. Ich versuche mich schon seit einer Ewigkeit daran, die Sprache zu erlernen und sie ist verdammt knifflig. Du wirst sie nicht über Nacht via Kassette erlernt haben."

„Habe ich nicht, nein." Ich atmete tief ein. Womöglich war es an der Zeit, mich für eine Seite zu entscheiden.

Also wollte ich die verrückte Schwester sein, die sich einbildete, Zeit in der Vergangenheit verbracht zu haben, oder die Schwester, der es tatsächlich passiert war, aller Wahrscheinlichkeit zum Trotz? Ein Weg war so furchterregend wie der andere. War ich nun verrückt, oder nicht? „Es kann nicht so schwer sein, meine Geschichte zu beweisen, es spielte sich doch alles hier ab." Ich zitterte und es übertrug sich mittels meiner Hände auch auf Vanessa.

„Du solltest mit Doktor Cameron sprechen."

Da wären wir also. „In dubios pro, prüfen wir meine Geschichten. Es gibt bestimmt Aufzeichnungen." Meine Eheschließung mit Finlay sollte irgendwo dokumentiert sein, wenn sie tatsächlich stattgefunden hatte, aber wenn ich sie in den Unterlagen nun nicht fand? Ein kalter Schauer kroch über mein Rückgrat. Es war Zeit meine Seite zu wählen und ich wollte verdammt sein, wenn ich Finlay einfach aufgab. Es war kein Traum gewesen, keine Einbildung sondern Realität und die ließe sich belegen.

„Finlay war nicht von hier, kein McDermitt, das könnte es schwieriger machen." Meine Gedanken rasten, schließlich war jedes Hindernis ein Punkt für die Kontraseite und damit negativ für mich. „Finlay McInnes. Sheamus McDermitt ist sein Onkel mütterlicherseits. Das sind doch genügend Anhaltspunkte für eine Ahnenforschung."

Vanessa zwang sich zu lächeln. „Also gut, prüfen wir deine Angaben. Es gibt bestimmt Aufzeichnungen. Wir können Ian fragen."

Daran hatte ich noch gar nicht gedacht. Wohl, weil es durchaus ein zweischneidiges Schwert war. Meine Eheschließung sollte irgendwo dokumentiert sein, wenn sie tatsächlich stattgefunden hatte, aber wenn ich sie in den Unterlagen nun nicht fand?

Ein kalter Schauer kroch über mein Rückgrat. War es dann nie passiert? Ich zögerte also mit meiner Zustimmung. Was, wenn tatsächlich alles nur Einbildung gewesen war?

Vanessa hakte sich bei mir ein und zog mich aus dem kleinen, gemütlichen Salon. Ihr Eifer machte es mir schwer, einzugestehen, dass mir nicht wohl dabei war, nach Fakten zu graben.

„McInnes", murmelte ich daher widerwillig. „Finlay McInnes. Sheamus McDermitt ist sein Onkel mütterlicherseits."

„Das sind doch genügend Anhaltspunkte für eine Ahnenforschung."

Selbst im Jahre 1746 war es hier nicht so zugig gewesen. Ich kam aus der Bibliothek, wo ich angefangen hatte, in alten Dokumenten und Aufzeichnungen den Familienstammbaum der McDermitts zu erforschen, in der Hoffnung, einen Hinweis auf die Existenz Finlays zu finden. Es war spät in der Nacht und ich wollte zurück auf mein Zimmer. Die Fackeln an den Wänden waren längst durch elektrische Attrappen von neckischen Gaslampen ausgetauscht worden und leiteten mir den Weg bis zur großen Halle. Auf der ersten Stufe stehend, vernahm ich meinen Namen und drehte mich überrascht um. Aber ich war allein. Eine Art Rauschen oder Pfeifen füllte den Raum. Hatten meine Ohren einen Namen gezaubert, der gar nicht ausgesprochen worden war?

Nach einem intensiven Rundumblick setzte ich meinen Fuß auf die nächste Stufe. Kaum hatte ich mein Gewicht verlagert, hörte ich es erneut. Meinen Namen, da war ich mir hundertprozentig sicher. Ich fuhr herum, destabilisierte mich dabei und krallte mich gerade noch rechtzeitig an das Geländer.

„Ist da wer?" Neben der Treppe, auf dessen unterster Stufe ich stand, befanden sich zwei Abgänge, je einer zur rechten, der in den Küchentrakt führte, und zur linken, in dessen Ecke früher ein riesiger ausgestopfter Bär gestanden hatte und heute eine Art Fahrstuhl untergebracht war. Versteckte sich dort jemand?

„Hey, du hattest deinen Spaß, jetzt zeig dich!", rief ich, um meine Schritte zu übertönen. Ich hastete zum Haupttor, um den Lichtschalter zu bedienen, und drehte mich blitzschnell um. Es war niemand da, auch nicht in der Ecke zum Fahrstuhl.

Mein Herzschlag beschleunigte sich und durch die Aufregung wurde mein Kopf ganz leicht. Dass es ein Schwindelanfall war, bemerkte ich zu spät. Erst als ich das Gleichgewicht verlor und gegen die Wand neben dem Fahrstuhl stieß, wurde mir klar, wie schlimm es um mich stand. Meine Ohren sirrten.

„Katharina."

Das Licht ging aus. In völliger Dunkelheit sackte ich zusammen. Es knatschte etwas entfernt, dann traf mich ein Luftstoß.

„A ghràidh."

Etwas berührte meine Wange. Wärme hüllte mich ein.

„Finlay", wisperte ich.

„Kommt, mo bhéan, Ihr braucht Ruhe, um zu Kräften zu kommen." Er half mir auf die Füße, stützte mich, während er das Gitter zum Fahrstuhl aufzog. Das Rattern dröhnte in meinem Schädel, der die Größe eines Heißluftballons angenommen haben musste. Trotzdem passte ich in die enge Kabine des eisernen Lifts. Rundherum bestand er nur aus Streben, die zu Schnörkeln gedreht und miteinander verwoben waren. Eine Blume zierte das Tor. Meine Sicht verschwamm und kündigte einen neuen Schwindelanfall an. Ich streckte die Hand aus, um den Knopf zu drücken, der mich in die erste Etage bringen sollte, und fiel gegen die durchgängige Wand.

„Katharina." Er wisperte es nahe an meinem Ohr.

„Ich schaffe es nicht ohne dich", gestand ich. Meine Stirn drückte sich in eine Schleife der Gitterstreben, während meine Hände fest um sie geschlossen waren. „Finlay. Ich ..."

„Husch, a ghràidh." Seine Lippen streiften mein Ohr. „Du Bärin." Ein zärtliches Lachen begleitete seine Worte. „Du kannst alles, was du musst."

Heiße Tränen schossen aus meinen Augen und rannen über meine Wangen. Das Schluchzen kostete mich fast meinen Stand.

Ein Bimmeln zeigte an, dass ich mein Stockwerk erreicht hatte.

„Du irrst dich."

„Kommt."

Es zog mich zu ihm. Ich wollte seine Umarmung spüren, seinen Schutz genießen und mich in seiner Liebe vergessen. Ich hangelte mich an den Streben zum Ausgang, riss an dem Gitter, weil der Durchgang zu eng für mich war.

„Folgt mir."

Mein Zimmer war das Erste im Nordflügel und lag gleich an der breiten Treppe, damit lag nur die Breite derselben zwischen mir und meinem Bett. „Finlay, hilf mir." Ich streckte die Hand nach ihm aus, erreichte ihn aber nicht.

„Mo bhéan, seid tapfer."

Die Rückwand zur Treppe zeichnete sich dadurch aus, dass in deren Mitte ein überlebensgroßes Gemälde hing. Es zeigte ein Portrait des stattlichen Duke of Skye, der vor zwei Jahren verstorben war, dem Vater von Ian, Lachlan und Catriona. Die Familienähnlichkeit war sofort unverkennbar, das markante Kinn und die blauen Augen. Weitere längst verstorbene Familienangehörige aus vergangenen Jahrhunderten waren durch Porträts geehrt worden, die im ganzen Schloss verteilt hingen, aber dieses war das größte – und es hing im Weg. Meine Finger strichen über die bemalte Leinwand, während ich versuchte, so wenig Gewicht wie möglich gegen das Kunstwerk zu lehnen. Sicher war es unbezahlbar, uralt und bereits durch ein Anhauchen zu beschädigen. Ich wollte mir Vanessas Enttäuschung nicht vorstellen, wenn sie erfuhr, dass ich achtlos mit diesem Firlefanz umging, oder mir den Sturm ausmalen, in den mich die scharfzüngige Duchess werfen würde.

Finlay ergriff meine suchenden Finger und führte sie an den Rahmen. „Gleich ist es vollbracht."

„Trag mich", bat ich den Tränen der Verzweiflung nahe. „Ich schaffe es nicht."

„Gebt nicht auf, mo chrid. Seid mutig und behaltet stets im Auge, was Euer Herz begehrt", hauchte er mir ins Ohr. Seine Lippen streiften meine Wange, drückten einen sachten Kuss auf meine heiße Haut, bevor er sich zurückzog.

„Hilf mir." Da ich ihn nicht mehr spürte, drehte ich mich. Ich hatte die andere Seite der Treppe erreicht und musste nun nur noch den Korridor überqueren und wenige Meter bis zum Eingang zu meinem Zimmer überwinden. Und ich war allein. Verwirrt sah ich mich erneut um. Beide Gänge waren dunkel und, so weit ich sehen konnte, leer, ebenso wie die Treppe und die Halle.

„Finlay?" Im ersten Moment war ich schlicht überrascht, dass er mich allein gelassen hatte, schließlich passte es so gar nicht zu ihm. Im Folgenden knabberte die Ohnmacht erneut an mir, was Ärger in mir aufbranden ließ. Wir konnte er einfach abhauen?

„Finlay!" Aber alles Rufen brachte ihn nicht zurück. Woher war er gekommen und wohin war er verschwunden?

5. Traum oder Realität?

Ein Klopfen weckte mich. Ich lag ausgestreckt quer über dem Bett, das Gesicht in die Aufschläge der Decke gepresst und ein Arm und ein Fuß hingen über dem Rand der Matratze.

„Miss!?" Erneut klopfte es, dieses Mal kräftiger. „Darf ich eintreten?"

Ich rollte mich zur Seite und ließ meine brennenden Augen durch das Zimmer wandern. Nachdem ich in der letzten Nacht ins Zimmer getorkelt war, ohne dass Finlay noch einmal aufgetaucht wäre, hatte ich es gerade noch zum Bett geschafft, bevor mich meine Ohnmacht einholte. Ich hatte keine Zeit gehabt, über das Erlebte nachzugrübeln, was sich nun rächte. Tausend Gedanken schossen in meinem wehen Kopf durcheinander. Wie war Finlay so plötzlich aufgetaucht und wohin so schnell verschwunden? Warum hatte er mir nicht richtig geholfen? Warum hatte er mich nicht ins Bett getragen und war bei mir geblieben?

Aber ich bekam nicht die Zeit, die ich benötigte, um klar im Kopf zu werden. Es hämmerte gegen die Tür.

„Miss Hagedorn! Sind Sie wach?"

Mit einem Stöhnen setzte ich mich auf. Mein Schädel drohte zu platzen, was durch die Bewegung nicht verbessert wurde.

„Miss ..."

„Ja!", krächzte ich, damit Rona endlich Ruhe gab. „Was ist denn?"

Die Tür schwang auf und die Hausangestellte trat ein. Sie erinnerte mich daran, dass ich mit Vanessa sprechen sollte. Womöglich entsprach ich nicht dem Standard der Duchess, aber ich hatte auch nicht vor, mich von der Schwiegermutter meiner Schwester an die Kandare legen zu lassen. Oder durch mein eigenes schlechtes Gewissen, weil ich Vanessa Ärger machte. Alles hatte seine Grenzen.

Rona knickste, was mich die Augen verdrehen ließ.

„Warum wecken Sie mich?" Noch immer strapazierte ich meine Stimmbänder mit jedem Wort. Auch ein Räuspern brachte nichts.

„Miss, es ist Zeit für das Lunch und ihre Gnaden macht sich Sorgen, dass Sie es verpassen könnten." Sie durchquerte das Zimmer und riss die Fenster auf. „Ich lasse Ihnen ein Bad ein, Miss."

„Das reicht jetzt!" Trotz meiner Kopfschmerzen sprang ich aus dem Bett. „Ich bin weder alt noch gebrechlich! Gehen Sie, ich werde pünktlich zum Lunch erscheinen, das können Sie meiner Schwester ausrichten." Da ich schwankte und nicht wollte, dass Vanessa von meinen Schwindelanfällen erfuhr, setzte ich mich wieder. „Ich habe die halbe Nacht über alten Schriften gebrütet und habe den Morgen verschlafen. Was ist das Problem?"

„Ihre Gnaden wünscht, dass ich Ihnen behilflich bin. Wenn ich Ihnen das Bad nicht richten soll, kümmere ich mich um Ihre Kleidung." Ohne meine Zustimmung abzuwarten, öffnete sie meinen Kleiderschrank."

„Rona, zum letzten Mal: Verlassen Sie mein Zimmer!"

„Madam …" Sie zog mein einziges formales Ensemble hervor.

„Raus!" Da ich nicht mehr hoffte, sie mit Worten loswerden zu können, sammelte ich meine Kraftreserven. „Augenblicklich!" Ich stemmte mich auf. „Ich werde mit Ihrer Gnaden über Ihre unglaubliche Impertinenz sprechen, darauf können Sie sich verlassen!" Ich hob das Kinn, verbannte jegliche Emotion aus meiner Miene und bedachte Rona mit einem Blick, der die Duchess vor Neid erblassen ließe.

„Verzeihung, Miss Hagedorn, aber Ihre Gnaden wies mich an …"

„Wie Sie wollen." Zwar fühlte ich mich nicht danach, es auf eine große Konfrontation ankommen zu lassen, und ich befürchtete trotz meines Ärgers, dass mir die Besinnung schwinden könnte, aber es kam keinesfalls infrage, dass ich mich tyrannisieren ließe – gut gemeint oder nicht!

Kurz vor einer Mahlzeit gab es nicht viele Orte, an denen Vanessa sich aufhalten konnte und da sie mir eine Aufpasserin auf den Hals hetzte, die dafür sorgen sollte, dass ich angemessen angezogen und hergerichtet zum Lunch erschien, blieb noch genügend Zeit bis zum Mittagessen. Wo also hielt sie sich auf?

Ich stürmte den Gang hinunter und riss die Tür zum Schlafzimmer meiner Schwester auf. „Vanessa, wir müssen reden!"

Allerdings sprach ich nur mit gekühlter Luft. „Vanessa?" Da sie auch nicht in ihrem Ankleidezimmer war, gingen mir die Optionen aus. Ich schloss die Augen, um mich zu sammeln. Womöglich war Vanessa bereits angekleidet und wartete im Salon auf die Ankündigung des Lunchs?

„Katharina? Nanu." Die Stimme meines Schwagers schreckte mich auf.

„Oh, Ian." Nervös wischte ich mir die Hände an meiner Hose ab, nicht sicher, was ich sagen sollte. „Ich hatte gehofft, Vanessa ..."

„Ich auch." Er grinste. „Sie überkompensiert etwas." Er drehte sich halb zum Ausgang. „Deswegen war ich mir sicher, sie hier anzutreffen." Er zuckte die schweren Schultern und sah an mir herab. Er sagte nichts, aber ein Zucken seiner Mundwinkel verriet ihn.

„Ich bin gerade geweckt worden", erklärte ich schnell meinen Aufzug.

„Du hast in deinen Jeans geschlafen?"

„Äh." Ein schneller Blick an mir herab änderte zwar nichts an meinem Bekleidungsstatus, aber zumindest wusste ich, womit ich es zu tun hatte. „Ja. Äh ... Ich hatte eine lange Nacht und wollte heute liegenbleiben. Aber diese Person – Rona – missachtet meine Privatsphäre."

„Rona?" Es schien ihn zu überraschen.

„Ich forderte sie mehrfach auf zu gehen, aber sie übergeht mich einfach." Sollte ich erwähnen, dass Vanessa Rona die Anweisung gab, ein Auge auf mich zu haben?

„Ich kümmere mich darum, Katharina." Er stockte, sein Blick fiel an mir herab und er presste sekundenlang die Lippen aufeinander. „Wirst du uns beim Lunch Gesellschaft leisten, da du schon mal wach bist?"

„Nein. Ich fühle mich noch völlig erschlagen und bleibe noch im Bett." Dass es die richtige Entscheidung war, bewies ein aufkommendes Schwindelgefühl.

Endlich nahm er den prüfenden Blick von mir. „Soll ich dir deinen Lunch aufs Zimmer bringen lassen?"

„Danke, aber ich bin nicht hungrig. Ich werde mich hinlegen und einfach weiterschlafen." Mit einem letzten Wink schlenderte ich davon und verfluchte die ellenlangen Gänge. Ich spürte, dass er mir nachsah, und war mehr als glücklich, als ich endlich in den Turm kam und damit aus seinem Sichtfeld verschwand.

Dort huschte ich in den nächsten Alkoven und nahm auf der breiten Fensterbank Platz, die in früheren Zeiten mit Kissen ausstaffiert und durch einen Vorhang vor Vorbeiflanierenden versteckt gewesen waren. Ich zitterte am ganzen Leib. Nun, nach der Konfrontation, war es, als wäre auch der letzte Tropfen Energie aus mir gewichen und ich sackte gegen die weißverputzte Mauer. Die Stirn gegen die Scheibe gelehnt, schloss ich die Lider. Ein Pfeifen schwoll in meinen Ohren an und ich musste grinsen, weil mir dieses Gefühl so schrecklich vertraut war wie kaum etwas anderes.

Obwohl meine Beine schwer wie Blei waren, hob ich sie und zwängte sie in die Ausbuchtung des Fensters.

Schwere Schritte, gepaart mit Gemurmel kamen näher. Tiefe Stimmen von mindestens drei Männern, die mir vertraut waren und mir einen Schauer über den Rücken laufen ließen. Von der anderen Seite des Vorhangs fügten sich leichtere, schnellere Schritte ein, ein Keuchen, dann kollidierten die beiden Herannahenden nur ein paar Meter von mir entfernt. Ich konnte die Lider nicht öffnen, aber das Geschehen spielte sich dennoch vor meinen Augen ab.

„Bleibt stehen, Dirne!", keifte Rourke, der fürchterliche Sohn des Duke of Skye, damals im Jahre 1746. „Das werdet Ihr bereuen!"

Finlay riss mich zur Seite, presste mich fest an seinen harten, muskulösen Körper und schlang beschützend die Arme um mich. Ich verschwand in seiner Umarmung.

„Sassenach?", flüsterte er. Ein Hauch glitt über meinen Nacken, genau wie damals, als sich die Szene abgespielt hatte, die nun nichts weiter war als eine bittersüße Reminiszenz. Wie erleichtert ich gewesen war, wie sicher ich mir gewesen war, dass er mich schützen konnte, aber letztlich war dies nur ein weiterer Nagel an meinem Sarg gewesen.

„Haltet die Dirne!", brüllte Rourke, als er ebenfalls blind um die Ecke rannte und den Duke samt einem Teil seiner Entourage zu Boden riss.

Finlay fluchte und presste mich an sich. Der Duke tobte, während die drei vom Fall verschonten Männer ihm aufhalfen.

Rourke musste selbst sehen, wie er sich aus dem Getümmel von Beinen und Leibern befreite, wobei er keineswegs still blieb.

Es von dieser Warte aus zu sehen, war schon fast lustig. Es glich einer Posse, in der ein aufgeplusterter Gockel Federn ließ. Allerdings hatte ich nicht vergessen, wie ernst die Lage damals gewesen war. Und ich verstand nun auch, was um mich herum vorging, schließlich waren die meisten Gespräche damals in Gälisch gewesen und ich hatte die Sprache erst nach Maireads Ankunft erlernt. Diese Begegnung jedoch war die erste gefährliche Konfrontation auf Dunvegan gewesen, derentwegen Finlay sich bereit erklärt hatte, seinen Cousin Padraig, dem Erben des Dukes und dessen Verlobter Mairead aus Nairn, was nahe Inverness lag, nach Skye zu holen.

Finlays Halt wurde noch fester, und ein Blick in sein Gesicht bewies seine Anspannung. „Das ist eine Lüge. Katharina hat Euch ganz sicher nicht verführt, um Euch Informationen abzuschwatzen."

Weitere Beleidigungen folgten und in seiner Umarmung steckend hatte ich gespürt, wie er mit jeder Einzelnen mehr versteifte.

„Nay, ich bin kein verblendeter Idiot."

Das war der Moment gewesen, in dem mir zum ersten Mal bewusst geworden war, wie gefährlich er mir werden konnte. Er war ein Hingucker, breite Schultern, Muskeln, wohin man fasste und ein Antlitz, das sowohl maskulin war in seinen strengen Zügen, als auch durch seine Freundlichkeit stets eine gewisse Sanftheit ausstrahlte. Damit sah er genauso aus, wie er wirkte: Wie ein Fels in der Brandung mit einem Inneren so süß wie Zuckerwatte und ebenso weich.

Tränen flossen über meine kalten Wangen und das Pfeifen in meinen Ohren schwoll wieder an. Mein Herz zog sich schmerzhaft zusammen und ich schluchzte auf.

„Finlay." Schwärze ummantelte mich, hüllte mich in seliges Vergessen.

Mein Atem kam abgehackt. Seit Stunden kletterte ich nun über Felsen und ging meiner Theorie nach, dass irgendwo ein Zeichen von Finlay zu finden sein musste, wenn er mit mir durch die Zeit gekommen war. Hatte ich ihn tatsächlich gesehen?

Ich streckte die Hand aus. Meine Finger schmerzten vor Anspannung und ich schüttelte sie kurz, bevor ich den Vorsprung im Felsen umklammerte. Es war sicher nicht sonderlich klug, die Fairy Pools hinaufzuklettern, aber die Alternativen, die mir offenstanden, waren nicht angenehmer: Entweder ich ging den ganzen Weg zurück, oder ich schwamm durch den Pool. Außerdem hoffte ich einen trockenen Zugang zu den Höhlen zu entdecken.

„Hey!" Sein Ruf ließ mich zusammenzucken, aber gleichzeitig pochte mein Herz schneller vor Freude. Ich suchte ihn am Ufer, seine Stimme war nur sehr schwach bei mir angekommen. „Was tun Sie denn da!"

„Klettern!", rief ich zurück.

„Das ist gefährlich!" Ich seufzte. Das war mir nicht neu. „Kommen Sie bitte wieder runter!"

Sollte ich so tun, als verstände ich ihn durch das Rauschen des Wasserfalls nicht?

Mein Blick suchte den Fels über mir ab, um einzuschätzen, wie weit es noch wäre, aber der Fels war voller scharfkantiger Vorsprünge und ich müsste ohnehin erst wieder nach rechts, bevor ich weiter hoch käme. Dasselbe galt für die Wasserwand. Die Gischt versperrte mir noch immer die Sicht und ich konnte nicht mit Sicherheit sagen, ob sich dort eine Öffnung befand oder nicht. Nach unten war es nicht halb so weit. Seufzend gab ich nach. Es dauerte, bis ich meine Füße wieder auf ebenen Boden setzen konnte, und zu der Zeit hatte Finn McInnes den Fluss überquert. Er drehte mich an den Schultern um, strich mir eine Strähne von der Wange, die dort klebte, und schob sie hinter mein Ohr. „Katharina“, murmelte er dabei. „Das muss aufhören.“

Ich sah zu ihm auf. Seine wunderschönen braunen Augen trugen dieselbe Besorgnis zur Schau wie Finlays, als er mich zum zweiten Mal im Kerker besucht hatte.

McInnes trug ein Hemd, dessen Ärmel bis zu den Ellenbogen hinaufgerollt waren, und Bluejeans. Der Wind fuhr ihm durchs Haar. Es juckte mir in den Fingern, ihn zu berühren, die kleinen Fältchen in seinen Augenwinkeln zu glätten.

„Wie lange klettern Sie schon hier herum?“

„Keine Ahnung, wie spät ist es denn?“ Mussten wir reden?

Ich schalt mich direkt. Er war nicht Finlay, was anderes als reden, kam gar nicht infrage!

„Nachmittag.“

„Hm.“ Dann war die Antwort: Stunden.

McInnes verengte die Augen, während er mich eindringlich musterte, dann legte er mir die Hand an die Stirn. „Sie schwitzen und Ihre Pupillen sind glasig. Katharina?“ McInnes legte seine Hand an meine Wange und hob mein Kinn, als ich wegsehen wollte. „Haben Sie etwas zu sich genommen? Alkohol, Drogen?“

„Nein“, beruhigte ich ihn. „Kaffee, heute Morgen.“ Und mit morgen meinte ich eigentlich, mitten in der Nacht, denn nachdem ich den letzten Tag im Bett verbracht hatte, war es mir unmöglich gewesen, in der Nacht zu schlafen. Also hatte ich die Bibliothek durchstöbert, bis ich die Fruchtlosigkeit meines Tuns nicht mehr ausgehalten hatte. Zum Glück war die Küche neuzeitlich bestückt und ich hatte mir meinen Kaffee selbst zubereiten können.

„Und seitdem?" Er zog sich zurück. „Sie sollten die Jacke öffnen und sich etwas abkühlen. Es gibt weiter unten eine Möglichkeit, den Fluss zu überqueren, ohne ins Wasser zu müssen."

„Ich dachte, ich solle mich abkühlen." Der Zipper hatte sich verhakt und ich musste am Reißverschluss zerren, um die Jacke zu öffnen.

„Ein Bad in den Fairy Pools ist nicht zu empfehlen, die Felsen sind scharfkantig und die Strudel können selbst einen erfahrenen Schwimmer zum Verhängnis werden. Kommen Sie." Er streckte mir die Hand hin, die ich übersah, weil ich noch mit meiner Jacke beschäftigt war. Ich lief gegen ihn. Seine Finger bohrten sich kurz in meine Brust.

„Verzeihung!"

Ich rieb über die Stelle, die sowohl angenehm prickelte, wie auch schmerzte. „Besuchen Sie wieder Ihre Mutter, oder haben Sie sich doch dazu entschlossen, Wünsche zu tätigen?"

Er lachte auf und der unangenehme Moment zwischen uns, der wegen der unangebrachten Berührung meiner Brust entstanden war, verpuffte. „Nay, obwohl Sie mich noch dazu treiben werden, wenn Sie weiterhin so unvernünftige Dinge anstellen, wie in den Pool zu springen, an den Felsen herumzuklettern oder was Sie sonst noch so anstellen." Sein Kopf deutete in die Richtung, aus der ich gekommen war. „Es ist ein Stückchen, aber ich verspreche Ihnen eine gute Tasse Tee im Anschluss."

„Hm, Tee." Dass ich die Augen verdrehte bekam er mit, weil er über die Schulter zurücksah. „Aber ich bin durstig, da schaue ich dem Gaul nicht ins Maul."

Wir kletterten über einige Felsen.

„Es tut mir leid, dass ich Ihnen nichts anderes anbieten kann, aber die Vorräte meiner Mutter sind beschränkt." Er reichte mir die Hand und zog mich auf die Anhöhe. „Sehen Sie die Steine, die aus dem Wasser herausragen?"

Ich folgte seinem Fingerzeig und entdeckte wasserumspülte Inseln aus grünem Moos.

„Aye."

„Die Abstände sind groß und die Oberflächen rutschig, aber wir sollten es gemeinsam schaffen." Er führte mich zum Ufer und balancierte auf dem ersten Stein.

„Ich wollte nicht undankbar klingen", ging ich auf seine vorherigen Worte ein. „Ich bin nur ein Kaffeetrinker, trotzdem weiß ich Ihr Angebot sehr zu schätzen. Ich habe bisher gar nicht gemerkt, dass ich durstig bin."

„Gern. Ich kann Ihnen einen Snack anbieten, allerdings nichts Besonderes. Brot und Käse." Er zog an meiner Hand und ich folgte vertrauensselig. Sein Griff wurde fester, als ich schwankte und er drehte sich, um mir auch die andere Hand zur Verfügung zu stellen.

„Hört sich perfekt an." Das Wasser rauschte zu meinen Füßen und ich konnte den Blick nicht von den unzähligen Strudeln abwenden.

„Wollen Sie mir erzählen, warum sie hier herumklettern?", fragte er mich, als wir das gegenüberliegende Ufer erreichten. Da er noch immer meine Hand hielt, zog ich sie zurück.

„Ich ..." Aber mir fiel kein guter Grund ein. „Wenn Sie mich nicht herausgefischt hätten, wo wäre ich angetrieben worden?" Offenbar war die Frage zu direkt gewesen. McInnes musterte mich mit diesem Blick, der mehr als nur Verwunderung verriet.

„Warum fragen Sie?"

„Ich habe die Hoffnung noch nicht aufgegeben, dass der Inhalt meiner Tasche wieder auftaucht. Mein Reisepass, Kreditkarten und mein Hausschlüssel ... alles ist in die Pools gefallen." Meine Stirn spannte, als ich dem Ufer mit meinem Blick folgte und dabei die Augen zusammenkniff.

„Das lässt sich nicht so leicht sagen, wo solche Sachen angetrieben werden könnten. Etwas weiter unten wird der Fluss flacher, an den Ufern ist es auch nicht so tief." Er zuckte die Achseln. „Die Frage ist wohl, ob Sie zuvor ertrunken wären, oder wie schwer Sie sich durch die Steine verletzt hätten, bevor Sie ihre Tasche finden. Die Kanten sind messerscharf."

Ich konnte nicht anders, ich schloss erschauernd die Lider. Finlay war bereits verletzt gewesen, als er ins Wasser fiel, war es da unsinnig zu glauben, er könne den Sturz und den wilden Ritt durch die tobenden Fluten überlebt haben?

Schnell riss ich mich von dem Gedanken los. Es war gar nicht sicher, dass er tatsächlich mit in die Gegenwart gekommen war. Es musste nichts bedeuten, dass er nicht gefunden worden war.

„Einen Penny für Ihre Gedanken." McInnes hob mein Kinn an. „Sie sind ein Mysterium, wissen Sie das?"

Seine Berührung schickte kleine Wellen über meine Haut. Mein Atem stockte. Der Moment war ungewohnt intensiv. Es zog mich zu ihm und nur, weil ich über meine eigenen Füße stolperte, kam ich zur Besinnung.

Warum nur sah er Finlay so ähnlich? „Wir betreiben Ahnenkunde", fiepte ich und huschte schnell an ihm vorbei. Auf wackligen Füßen folgte ich dem Weg zur Hütte. Steinchen knirschten unter jedem Schritt.

„Wer ist wir?"

„Meine Schwester und ich." Eigentlich war es eine totale Übertreibung. Bisher hatte ich einige Unterlagen durchstöbert, die sich in der Bibliothek finden ließen, und Vanessa war nicht mit von der Partie, schließlich hielt sie meine Geschichte für schwachsinnig.

„Über Ihre Familie?", erkundigte er sich. Sein Blick lag auf mir, eine Spur Neugierde funkelte in ihm. Er zog die Tür zur Hütte auf und ließ mir dann den Vortritt. Bevor er nachkam, öffnete er noch die Fensterläden. „Sie sind Deutsche, richtig?"

Überrascht zögerte ich, als ich mich an den Tisch setzte. Woher wusste Mr McInnes, wo ich herkam? Hatten wir darüber gesprochen? War es von Bedeutung?

Leider war ich so häufig nach meiner Herkunft gefragt worden und nie war es für mich von Vorteil gewesen, weshalb es mich aufschreckte. Verunsichert sah ich zu ihm. McInnes stellte den Kessel auf den Herd und hantierte dann mit dem Porzellan.

„Ihre Schwester ist die Duchess of Skye, Vanessa McDermitt, oder nicht?" Er kam zum Tisch, um die Tassen abzustellen und suchte etwas in meinen Augen. „Haben Sie Angst vor mir?"

„Ja. Nein. Ich meine ...“ Ich brach ab, schlug die Hände vor das Gesicht und schüttelte den Kopf. Es war wichtig, dass ich mich beruhigte und all meine verrückten Gedanken abwürgte.

„Ich verspreche Ihnen, dass ich nur Ihr Wohl im Auge habe.“

Er blieb bei mir stehen, was mich noch nervöser machte.

„Wir forschen über die Familie McDermitt“, führte ich schnell aus. Dabei zwängte ich ein Grinsen auf meine Lippen, das sicherlich alles andere als hilfreich war.

„So?“ Seine Musterung wurde noch intensiver. „Fühlen Sie sich wohl?“

„Äh, ja, natürlich“, haspelte ich überstürzt, was mich nur noch unglaubwürdiger machte. Seufzend lockerte ich die verkrampften Schultern. „Ich bin durcheinander. Wenig Schlaf, viele Informationen ...“ Da ich es noch nicht für ausreichend glaubhaft erachtete, schwang ich um. Jede Ablenkung war besser als eine Erklärung. „Wussten Sie, dass McInnes häufig im Stammbaum der McDermitts auftaucht?“ Sheamus McDermitts Ehefrau und Mutter von Padraig und Rourke war eine McInnes gewesen und nicht die Einzige seither. Ich blinzelte zu ihm rüber.

„Die McInnes sind auf Uist und Lewis, den beiden Inseln der Äußeren Hebriden, weit verbreitet“, sagte er und tat es mit einem Schulterzucken ab.

„Uist und Lewis?“ Ich hätte schwören können, Finlay wäre gebürtig von der Insel Mull. Der Kessel pfiff und McInnes wandte sich nach einem Moment ab, um den Tee zu bereiten.

„Aye. Meine Mutter ist auf Uist geboren und aufgewachsen. Meine Großeltern besitzen dort Land." Er grinste, zwinkerte mir zu und stellte spöttisch fest: „Aber hier ist es viel schöner." Damit gehörte er nicht zu dem Zweig der Familie, der für mich von Interesse war. Meine McInnes kamen von Mull und insgeheim hatte ich bei der Ähnlichkeit mit Finlay angenommen, es bestände eine Verwandtschaft. Sollte ich dennoch fragen, ob er zufällig eine Art Stammbaum zur Hand hatte?

„Das klingt nicht aufrichtig." Wobei meine Feststellung sich auf meine Erfahrung mit Finlay stützte. Zwar war er eher der Typ Mensch, der seine Meinung direkt äußerte, aber die Tonlage erkannte ich als erzwungene Zustimmung. Wann immer Finlay nicht mochte, zu was er sich einverstanden erklärte, hatte er sich genau so angehört.

McInnes lachte auf. „Also gut, es macht keinen Unterschied, Uist, Skye, jede der Inseln der Hebriden hat seinen Charme – wenn man es kalt und einsam mag."

Ein Lachen brach völlig unerwartet aus mir heraus. „Nicht Ihr Bier?"

Er kam mit einer Kanne Tee zurück, die er vor mir abstellte, verschwand dann noch einmal, um Käse und Brot auf einem Teller zu servieren.

„Vielleicht, wenn ich alt bin."

Das konnte ich nachvollziehen. „Muss schwer sein, hier Party zu machen."

„Aye." Er dehnte die Zustimmung, dass sie bedeutungsvoll wurde. „Es ist schwer, hier irgendwas zu machen."

Ich grinste noch immer. Die Schwere, die zuvor auf mir gelastet hatte, schwand. Meine Furcht, meine Zweifel, selbst meine Sehnsucht war nicht mehr so lastend. „Kann ich mir gut vorstellen."

Er wollte widersprechen, seine Augen verengten sich und er öffnete den Mund, aber zuckte dann nur die Achseln. „Als Kind habe ich mir immer gewünscht, Skye weit hinter mir zu lassen."

Wieder lachte ich auf. „Oh, das kenne ich!"

„Dann sind Sie auch in einem kleinen Ort aufgewachsen, wo jeder jeden kennt?"

„Oh ja!" Ich drehte mich, um ihn ansehen zu können, ohne mir den Hals zu verrenken. „Ich habe es so sehr gehasst." Auf McInnes weich geschwungenen Lippen setzte sich ein kleines Grinsen fest, das auch in seinen Augen aufleuchtete. Ich konnte nicht anders, als ihn eine Weile lang einfach anzustarren, weil er Finlay so ähnlich sah. Unsere Blicke trafen sich, aber auch das ließ mich nicht wegschauen. Es war McInnes, der sich schließlich räusperte und den Blickkontakt brach.

„Ahnenforschung. Das sollte auf Dunvegan keine große Schwierigkeit darstellen." Ein Eimer kaltes Wasser entleerte sich über mir. Hatte ich ihn angehimmelt?

„Äh." Zur Ablenkung steckte ich mir ein Stück Käse in den Mund und schob ihm meine Tasse zu. Er verstand den Hinweis. „Nein, natürlich ist es kein Problem", behauptete ich dann. „Haben Sie es schon mal versucht?"

„Ahnenforschung?" McInnes brach erneut in ein melodisches Lachen aus, das mich wie ein warmer Umschlag einhüllte. „Glauben Sie mir, das ist den Aufwand nicht wert."

„Warum?" Zwar hatte ich selbst nie in Betracht gezogen, meine eigene Herkunft zu ergründen, aber die Ergebnisse wären sicherlich auch nicht halb so spannend wie seine. Bei mir gab es maximal einige verabscheuungswürdige Nazis zu entdecken, wenn ich Pech hatte, bei ihm könnten richtige Geschichten verborgen sein.

„Weil es niemanden interessiert, von wem ich abstamme." Etwas in seiner Miene hatte sich geändert. Eine gewisse Härte und Bitterkeit hatte sich eingeschlichen und riet mir, das Thema zu wechseln.

„Ihre Mutter ist wieder nicht hier", stellte ich also extrem leicht fest und sah mich betont fröhlich um. „Ich glaube fast, Sie halten mich zum Narren und wohnen selbst hier."

McInnes konnte seine Belustigung nicht im Zaum halten. Der Tisch bebte und der Tee in meiner Tasse schwappte. „Ich schwöre, so schlimm steht es nicht um mich."

„Davon werden Sie mich nicht so schnell überzeugen." Obwohl ich mich pudelwohl mit ihm hier fühlte, wusste ich, dass ich besser zusah, zurückzukommen. Wenn es tatsächlich bereits Nachmittag war, dann hatte Vanessa seit Stunden nichts von mir gehört und ich wollte gar nicht wissen, was in ihrem Kopf vorging. Ich begann auf der Bank herumzurutschen. Es war dumm gewesen, stundenlang ohne Rücksprache fort zu sein, und es gäbe auch keine gute Erklärung dafür. Vanessa zerriss mich sicher in der Luft.

„Alles in Ordnung?"

„Ich bin seit Stunden unterwegs und niemand weiß, wo ich bin", gestand ich leise. „Meine Schwester hält mich für eine Irre und schlösse mich lieber sicher weg."

Mein Magen machte eine Talfahrt, denn die Befürchtung war nicht so weit hergeholt und sorgte erst recht für Übelkeit. Ich schlug die Hand vor den Mund und presste Lippen und Lider zusammen.

„Katharina!" Er reichte über den Tisch und berührte meine Hand. „Also gut, wir …" Sein Hocker schabte über den Boden, als er aufstand. „Machen uns besser auf den Weg. Wo steht Ihr Wagen?"

Mit einem Seufzen gestand ich, nicht mobil zu sein. „Ich wollte anrufen."

„Dann rufen Sie an." McInnes verschwand, um die Läden zu schließen, während ich langsam hinterherschlurfte. Die Fäuste grub ich in die Jackentaschen. Erst, als er wieder vor mir stand, die Hände in die Hüfte gestemmt, und mich irritiert ansehend, zuckte ich die Achseln.

„Ich vergaß, das Handy mitzunehmen." Ich war ein hoffnungsloser Fall.

6. Ahnenforschung

„Katharina!" Bei Vanessa reichten die wenigen Silben, um ihre Gefühlslage einzuschätzen. Meine Schwester war fuchsteufelswild, als sie mich am Tor von Dunvegan abfing. „Wo zum Teufel bist du gewesen? Weißt du eigentlich, dass ich fast Amok gelaufen bin vor Sorge? Wie kannst du ..." Sie griff nach meinem Arm und riss mich herum. Hinter ihr tauchte Ian auf. Genau wie Vanessa trug er Outdoor-Kleidung und eine kalte Miene der Enttäuschung zur Schau.

„Ich habe die Zeit vergessen."

„Kunststück, du hattest schließlich das Handy auch nicht dabei!", hielt sie mir vor. „Oder den Tracer! Du hast dich mitten im Nirgendwo absetzen lassen! Weißt du, welche Sorgen ich mir gemacht habe!"

„Es tut mir leid", ging ich in die Defensive. Gewöhnlich hatte ich kein Problem damit, einen Kampf mit wem auch immer auszufechten, aber ich sah ein, dass sie im Recht war. „Es war eine dumme Idee."

„Ja, verdammt!", spie Vanessa. Sie stampfte auf und riss erneut an meinem Arm, den sie noch immer nicht losgelassen hatte. „Du kannst dich hier verlaufen, du kannst in Felsspalten fallen oder ..."

„Von Schafen totgetrampelt werden." Mein Versuch, die Spannung zu lösen, schlug fehl. „Es tut mir leid."

„Mit den Nutztieren hier ist tatsächlich nicht zu spaßen“, mischte sich Ian ein. „Sie mögen niedlich aussehen, aber besonders die Schafe mit Lämmern können gefährlich werden.“

„Du wirst nicht mehr allein rausgehen!“, beschied Vanessa. Sie zerrte an meiner Jacke, als sie losstapfte. „Du wirst Rona mitnehmen, egal was du machst!“

„Vanessa, ich bin nicht deine Gefangene, sondern deine volljährige Schwester.“

Ihr Blick riet mir, zu schweigen.

„A ghràidh, es genügt sicherlich, gewisse Regeln festzusetzen“, mischte Ian sich ein, als er uns die Stufen hinauf in mein Zimmer folgte.

„Wie du aussiehst“, überging Vanessa ihren Gatten. „Wo hast du dich herumgetrieben?“

„Ich war spazieren“, grummelte ich. „Nichts weiter. Du tust so, als wäre ich nicht bei Verstand, aber ich garantiere dir, mir geht es blendend!“ Ich riss mich los. „Wenn es dich beruhigt, ich versuche zukünftig an den Tracer zu denken. Vielleicht sollte ich auch ein Telefon haben, dann kannst du nette kleine Kontrollanrufe machen, wie früher!“

„Du ...“

„Mir geht es gut!“, unterbrach ich sie. „Ich habe nicht schlafen können und gedacht, ich schaue mir die Insel an. Es war unüberlegt, ohne Bescheid zu sagen aus dem Haus zu gehen. Sorry!“ Seufzend zwang ich mich, meinen eigenen Ärger zu unterdrücken. „Mir geht es gut. Selbst Doktor Cameron sieht keinen Grund, mich einzuschränken.“

„Das wird daran liegen, dass du ihm nicht alles sagst!“, giftete Vanessa. „Aber das wirst du, verstanden!“

Ich stimmte nur zu, um sie zu beruhigen, auch wenn ich nicht vorhatte, Doktor Cameron einzuweihen. „Ich brauche ein Bad und keine Sorge, Vanessa, zum Dinner erscheine ich picobello auch ohne deinen Wachhund Rona!" Wir maßen uns mit Blicken. Vanessa presste schließlich die Lippen aufeinander.

„Also schön." Trotzdem fühlte ich mich nicht wie eine Gewinnerin, denn die nächsten Stunden verbrachte ich damit, eine Rolle zu spielen, um alle um mich herum in Sicherheit zu wiegen.

Mit einem Wisch schob ich nicht nur das unnütze Papier von mir, sondern auch gleich meine Hoffnungen. Noch immer ließ sich in den Aufzeichnungen in Dunvegan Castle nichts über einen Finlay McInnes im 18. Jahrhundert finden. Meine Finger schob ich tief in meinen Schopf, den Kopf stützte ich dabei in meinen Handflächen ab, die Ellenbogen waren auf dem schweren Mahagonitisch abgestellt, während ich einfach genug hatte. Meine Augen brannten vor Müdigkeit, meine Luftröhre durch den uralten Staub, den ich gezwungen war einzuatmen, und mein Hinterteil vom stundenlangen Ausharren auf dem harten Stuhl, den ich anstelle der wuchtigen samtbezogenen Sessel in der Bibliothek benutzte, weil ich mir auf denen so eingeengt vorkam.

„Hey, Eule."

Ich hatte nicht einmal mehr Energie, um zusammenzuzucken, schließlich war ich seit Stunden allein und hatte nicht gehört, dass die Tür aufgeschoben worden war. Vanessas Finger strichen meinen Arm hinauf und spielten mit meinem Haar auf meiner Schulter.

„Was hältst du davon, schlafen zu gehen?" Ihre Stimme schwang vor aufgesetzter Fröhlichkeit.

„Ich komme nicht voran", gab ich zu und rieb über meine angespannte Stirn.

Vanessa schlang den Arm um meine Schultern und drückte mich an ihre Brust. „Du brauchst eine Pause", murmelte sie sanft.

„Ich will …"

„Scht." Wieder presste sie mich an sich. „Katharina meinst du nicht, wir sollten es einfach lassen?" Sie sprach zu mir, wie zu einem bockigen Kind, das man nicht weiter aufregen wollte. Leider wirkte es eher wie Brandbeschleuniger. Wut schoss durch meinen Körper und ich musste mir fest auf die Lippe beißen, um ihr nicht meine Meinung an den Kopf zu werfen. Eine bitterböse Meinung, die nicht fair, noch akkurat wäre, sondern einzig darauf zielte, meinen eigenen Frust zu dämpfen.

„Du meinst, einsehen, dass du recht hast?", fragte ich scharf. „Dass ich mir den Trip in die Vergangenheit nur eingebildet habe?" Ich gab meiner Schwester einen Schubs und rutschte dann zur anderen Seite von meinem Stuhl, um unruhig Auf und Ab zu gehen. Vanessa seufzte, während sie mich maß und ließ jede Maske fallen.

„Ja."

Mein Schnauben sagte meiner Meinung nach alles. Ich drehte ihr den Rücken zu, verschränkte meine Arme vor der Brust und sagte mir, dass ich mich beruhigen müsse. Meine aufbrausende Art hatte mich zu oft in Schwierigkeiten gebracht.

„Kati", säuselte meine Schwester, blieb aber auf Abstand. „Ich möchte dir helfen."

Noch immer abgewandt schüttelte ich den Kopf, dabei zweifelte ich nicht an ihren Worten. Es war nur so, dass ihre Hilfe nicht vorsah, mir zu glauben und meine Forschung zu unterstützen.

„Du musst müde sein", zwitscherte Vanessa, als sie um den Stuhl herumkam und die Arme um mich legte. „Geh, leg dich hin. Schlaf, und wenn du ausgeruht bist, überlegen wir uns, wie es weitergehen soll, hm?"

„Ich verstehe deine Skepsis, Vanessa, und auch deine Sorge, aber ich wünschte, du würdest mir nur dieses eine Mal vertrauen. Hilf mir doch herauszufinden, was passiert ist." Ihre Umarmung wurde starr.

„Es hat etwas mit den Fairy Pools zu tun, da bin ich mir sicher." Auch darauf reagierte sie nicht. „Hat Ians Schwester Catriona nicht über die Fairy Pools und den Wünsche-erfüllenden Feen dort geschrieben? Vielleicht, wenn ich mit ihr spreche ..."

„Nein!" Es schnitt in meinen Gehörgang wie ein Schwertstreich und ließ mich hart zusammenzucken. Da sie mich losließ, schwankte ich und stieß gegen den Tisch.

„Du kannst nicht auch noch Catriona in diesen Unsinn verwickeln. Bitte nimm Vernunft an!" Ihre sonst so sanften Augen funkelten vor Wut. „Die Duchess hasst mich und mit deinem Verhalten bestätigst du all ihre schlimmsten Befürchtungen! Du machst mir das Leben zur Hölle!" Sie gab mir nicht die Gelegenheit, mich zu rechtfertigen, sondern stürmte davon.

Ich sah ihr nach, auch noch, als sie längst die Bibliothek verlassen hatte. Sie hatte ihren Standpunkt sehr deutlich gemacht und obwohl ich Mitleid hatte – mit der Schwiegermutter im Nacken wurde wohl jede Frau zum nervlichen Wrack – konnte ich ihr nicht ihren Willen lassen. Ich musste dahinterkommen, was mit mir passiert war. Warum war ich in der Vergangenheit gelandet, und wie? Warum war Finlay nicht gefunden worden, oder gar nicht erst mit in die Gegenwart gereist?

Oder war ich einfach verrückt?

Egal, wie die Antwort aussah, ich musste sie finden, um jeden Preis.

Und momentan war Catriona McDermitt meine beste Chance, die Geheimnisse zu lüften.

Kontakt aufzunehmen war überraschend einfach. Da Vanessa ein rechter Schussel war, und ihre Sachen immer irgendwo liegenließ, gab es von allem mehrere Ausführungen. Listen mit wichtigen Nummern waren in den Salons, den Schreibstuben und anderen privaten Räumen hinterlegt, zu denen ich natürlich Zugang hatte. Ihr Telefon brauchte ich nicht, auch wenn ich es im Frühstückszimmer fand, als ich verspätet meinen Kaffee hinunterkippte. Ich nutzte den Hausanschluss in der Bibliothek, weil ich mich dort am sichersten fühlte, nicht unterbrochen zu werden, und mein Schreibzeug parat lag.

Meine wichtigsten Fragen hatte ich mir notiert und überflog sie, während in meinem Ohr das Freizeichen tutete.

Als angenommen wurde, hielt ich den Atem an.

„Ian? Hey, ich weiß, ich wollte anrufen, aber noch haben wir uns nicht entschieden." Die Stimme am anderen Ende war voller enthusiastischem Tatendrang und überraschte mich. „Màthair wird uns sicher nicht vermissen."

Da ich meine Gesprächspartnerin nicht identifizieren konnte und sie auch nicht weiter auf eine falsche Fährte locken wollte, sie dachte schließlich, sie telefoniere mit ihrem Bruder, krächzte ich.

„Äh."

Stille grüßte mich, dann folgte ein verhaltenes hallo.

„Halò." Es wäre klüger gewesen, mir Notizen zu machen, wie ich ihr die Informationen entlocken wollte!

„Wer ist denn da?"

„Hier ist Katharina Hagedorn." Ich räusperte mich. „Vanessa McDermitts Schwester." Gut, so machte ich mir keine Freunde. „Entschuldigen Sie die Störung, Miss McDermitt, ich bin derzeit auf Dunvegan und beschäftige mich mit Ahnenforschug. Ihr Bruder ließ durchklingen, dass Sie sich ebenfalls damit auseinandersetzen und da dachte ich, Sie könnten mir einige Tipps geben." Ich hielt den Atem an und drückte mir die Daumen. „Ich weiß, ich überfalle Sie mit dieser Bitte und ich erwarte auch gar nicht, dass Sie für mich zur Verfügung stehen. Ich bin nur ziemlich ratlos und komme nicht weiter." Noch immer gab meine Gesprächspartnerin keinen Ton von sich. „Verzeihen Sie, ich hätte Sie wirklich nicht so überfallen dürfen." Damit hätte ich wohl rechnen müssen. Sollte ich sie bitten, diesen Anruf Vanessa gegenüber nicht zu erwähnen?

„Catriona Hagedorn?"

„Katharina", korrigierte ich sie atemlos. „Es tut mir leid, das war wirklich dumm." Meine Lippen fühlten sich wie Reispapier an. Erneut räusperte ich mich, weil auch mein Hals sich ausgedörrt anfühlte.

„Oh, nein, ich bin nur überrascht …“

„Tut mir leid.“ Ich biss mir auf die Lippe. Gab es etwas, was ich sagen konnte, um doch noch Informationen zu bekommen?

„Ich hätte nicht erwartet, dass Vanessas Schwester Gälisch spricht.“ Sie klang verhalten.

„Oh, das ist eine merkwürdige Geschichte.“ Von der ich nicht wusste, ob ich sie tatsächlich erzählen sollte. Dann wiederum war Catriona Schriftstellerin und womöglich etwas offener im Denken. „Die Kurzfassung wäre, dass ich die Sprache praktisch über Nacht gelernt habe, nachdem ich in die Fairy Pools stürzte.“ Ich hielt den Atem an.

Catriona kicherte am anderen Ende der Leitung. „Aye, davon habe ich gehört.“

„Was noch?“ Hatte Vanessa jedem erzählt, dass sie mich für verrückt hielt? Dann brauchte ich mich nicht wundern, dass sie so verhalten reagiert hatte, als ich mich vorstellte.

„Du hast dir den Kopf gestoßen und musst dich nun erholen.“

„Aye. Ähm, da ist mehr.“ Wie sollte ich es in Worte fassen?

„Bestimmt etwas Magisches“, kicherte sie. „Hast du Feen gesehen? Vielleicht mit ihnen gesprochen?“

Meine Finger zerknitterten die Seiten meines Notizblocks.

„Geht das denn?“, fragte ich verwirrt. „Ich weiß, dass du über sie geschrieben hast, Mr McInnes hält es auch für Schmu, aber ich habe gewisse ... Erfahrungen gemacht und möchte mich versichern, nicht den Verstand zu verlieren." Ich war immer schneller geworden und hielt nun angespannt den Atem an.

„Oh, damit kenne ich mich aus." Catriona lachte. „Auf Nairn haben wir ein Schlossgespenst, das mir hin und wieder den Schlaf raubt. Da zweifelt man schnell an seiner geistigen Gesundheit."

Ich entließ den angehaltenen Atem in einem tiefen Seufzen, nur um ihn wieder einzuziehen, als die Information bei mir ankam.

„Nairn?", quiekte ich aufgeregt. Die Seite riss ein, weil ich die Finger zu fest um sie schloss. Ich hatte erneut den Stuhl anstelle des Sessels gewählt, der höher war und meine Schenkel zwischen sich und dem Tisch einquetschte. Ich rutschte mit dem Po an den Rand und tippelte mit den Füßen.

„Doch nicht Dùn Nairn, nahe Inverness?" Ein Energieschlag durchzuckte mich, als sie es bestätigte.

„Mein Heim."

Zu viele Gedanken schossen gleichzeitig durch meinen Kopf, ohne dass ich einen formulieren konnte. Wie sollte ich mit der Information umgehen, dass die Schwester meines Schwagers genau dort lebte, wo früher Mairead zu Hause gewesen war?

„Es klingt blöd", murmelte ich nervös an meinem Nagel kratzend und mich dabei über den Tisch lehnend. „Aber sagt dir Mairead of Nairn etwas?"

„Aye. Das ist mein freundliches Nachtgespenst." Es knackte in der Leitung. „Warum fragst du?"

„Ich habe Notizen gefunden", wich ich aus. „Es scheint auf Gälisch zu sein und ich habe die Schriftsprache nie gelernt."

Catriona schnaubte belustigt. „Auf Dunvegan? Da liegt nur noch Quatsch rum. Die wichtigen historischen Aufzeichnungen liegen im Museum unter Verschluss."

„Oh." Da hatte ich wohl Tage mit nichts verschwendet.

„Hast du etwas Bestimmtes gesucht?", fragte Catriona, nachdem ich eine Weile meinen Gedanken hinterher gejagt war.

„Ich hatte gehofft, etwas über die Verbindung zwischen den McInnes und den McDermitts zu erfahren." Wieder biss ich mir auf die Lippe. Sollte ich das Jahr nennen, das mich dabei interessierte?

„Oh, da hilft dir unser Stammbaum weiter, den findest du in der Bibliothek, es sei denn, Ian hat ihn verlegt. Ich habe Bilder gemacht und kann sie dir gerne schicken."

„Den Stammbaum habe ich gefunden. Die Häufung der McInnes-Bräute ist mir aufgefallen, aber es gibt kaum Informationen zu ihnen oder dem McInnes-Clan."

Das Papier klebte an meinen Fingerspitzen, so feucht waren sie.

„Hm. Das ist tatsächlich ein schwieriges Thema." Catriona seufzte. „Wir haben kaum Kontakt zu dem Teil der Familie."

„Den McInnes?" Das war keine Überraschung, trotzdem stockte mir der Atem. „Unsere Mutter ist eine

McInnes von Uist, aber ich rate davon ab, sie darauf anzusprechen."

„Ich interessiere mich für die McInnes von Mull. Weißt du, wie ich an Informationen über den Clan kommen könnte?"

„Es gibt keine McInnes auf Mull", beschied Catriona fest. „Schon seit Jahrhunderten nicht mehr."

„Seit wann ist Nairn im Besitz der McDermitts?" Der erste Hinweis, der bestätigen konnte, dass ich mir nichts eingebildet hatte.

„Oh", machte Catriona. „Das weiß ich aus dem Kopf. Seit dem Jahr 1746."

Ein Prickeln zog sich über meinen Körper. „Durch eine Eheschließung zwischen Padraig McDermitt und Lady Mairead von Nairn?"

Catriona bestätigte überrascht: „Aye!"

Mein Herzschlag setzte aus. Ich hatte recht!

„Sohn und Erbe von Sheamus McDermitt, dem damaligen Duke of Skye. Der zweite Sohn hieß Rourke und dessen Mutter war auch eine McInnes", zählte ich aufgeregt auf.

„Maella McInnes", soufflierte Catriona. „Mairead und Padraig hatten sieben Kinder. Sheamus, Ealasaid, Mairi, Guy, Ian, Llachlan und Catriona. Nur zwei erreichten das Erwachsenenalter, Mairi starb bei der Geburt ihres zweiten Kindes. Hilft dir das?"

Das war mehr als ich wissen wollte. Der Gedanke, wie Mairead unter dem Verlust ihrer Kinder gelitten haben musste, schnürte mir die Kehle zu.

„Mairead kehrte zu den Ruinen ihrer heimatlichen Burg zurück und starb dort einsam und unglücklich", fuhr sie fröhlich fort. Ich fand es nicht lustig. Umso mehr ich erfuhr, umso schlimmer wurde es.

„Dann stammen die McDermitts von heute nicht von dieser Linie ab?" Was bedeutete, dass Ian und seine Familie Nachkommen von Rourke sein mussten. Ich verzog die Lippen voller Ekel. Rourke war ein Arsch der besonders fiesen Sorte, während Mairead stets freundlich und zuvorkommend gewesen war. Sie hatte nicht verdient, was ihr zugestoßen war und Rourke verdiente es nicht, doch noch der Duke of Skye geworden zu sein.

„Oh doch. Sheamus, der jüngste ihrer Söhne, heiratete eine englische Adlige, Lady Natalia, und zeugte drei Söhne. Ian, Lachlan und Guy. Ian wiederum hatte zwei Kinder, Sheamus und Catriona, mit Fiona McInnes." Sie fuhr fort, den Stammbaum herunterzurasseln, allerdings konnte ich nicht folgen. Ich war zu durcheinander. Ich brach in kalten Schweiß aus. Meine Knie bebten und ich bekam das Gefühl, jeden Moment zusammenzuklappen, obwohl ich ja saß. „Mairead war eine inspirierende Frau. Es hat mich beeindruckt, wie klug und vorausschauend sie gehandelt hat, ist mehr als bewundernswert für eine Frau ihrer Zeit. Sie war unglaublich mutig und loyal zu ihren Leuten", fuhr Catriona fort, wobei ihre Begeisterung noch zunahm. „Sie war nicht nur bereit, jedes Opfer zu bringen, um Nairn zu retten, sie schaffte es auch, unzählige Menschen zu retten. Auf Nairn waren gleich drei Clanoberhäupter versteckt, als die englischen Truppen die Burg einnahmen, und sie hat einen kühlen Kopf bewahrt und damit alle gerettet!" Das klang ganz nach Heldenverehrung.

„Ja, Mairead war …" Meine Worte verloren sich. Der Kloß in meinem Hals schwoll wieder an und auch ein Räuspern klärte ihn nicht.

„Ein Vorbild."

Da wollte ich nicht einmal widersprechen, also hob ich die Mundwinkel und nickte.

„Es gibt eine Art Mahnmal in der Bucht, über der Nairn einst thronte."

„Ah."

„Und ich habe vor, eine Biografie über Mairead zu schreiben. Deshalb habe ich allerhand Material in meinem Turm."

„Über Mairead?", fragte ich krächzend, um mich von meiner Sprachlosigkeit zu befreien.

„Aye. Sie war eine fleißige Dokumentarin ihrer Zeit. Sie ließ Bilder von Nairn malen, lange nachdem das Dùn abgerissen worden war, und beschrieb detailliert, wie ihre Leute unter der Herrschaft der Engländer gelitten haben."

Dazu hatte ich auch ein paar Anekdoten beizutragen.

„Es ist erschütternd, durch ihre Berichte zu gehen, aber auch unglaublich erhellend." Catriona seufzte in den Hörer. „Sag mal, warum kommst du nicht zu mir und wir gehen gemeinsam durch meine Aufzeichnungen? Vielleicht findest du hier, was du suchst." Darüber lohnte es sich definitiv nachzudenken. „Hat sie etwas über …" Einen Moment haderte ich. Wollte ich Catriona in meine Angelegenheiten hineinziehen? Aber letztlich musste ich nach jedem Strohhalm greifen. „… ihre Hochzeit geschrieben?"

„Oh, ja. Es war nur ein Handfasting, der damalig noch üblichen Art, zwei Familien miteinander zu verbinden.

Zumindest in den abgelegenen Orten wie den Hebriden und einigen schwerzugänglichen Teilen der Highlands", führte Catriona nachdenklich aus. „Den kirchlichen Segen gab es erst später." Ich musste das Ohr wechseln, weil meine Muschel schmerzte.

„Auf Dunvegan", wisperte ich, mich in die Erinnerung verlierend. „Sie bestand auf den kompletten christlichen Firlefanz."

„So steht es geschrieben."

„Gab es eine Gästeliste?" Ich rutschte auf dem Stuhl herum.

„Nein, aber einige Personen sind erwähnt."

„Finlay McInnes?", hauchte ich, jede Faser in mir zum Zerreißen angespannt.

„Aye."

„Katharina?", erschall die Stimme meiner Schwester hinter mir. Erschrocken kreischte ich und ließ das Telefon fallen. Vanessa trat ein und verengte sogleich die Augen. Ihr Blick fiel auf den Hörer zu meinen Füßen.

„Was machst du denn hier?"

„Nichts?"

Das machte sie nur misstrauischer. Vanessa klaubte das Telefon auf und sprach hinein.

„Hallo, wer ist denn da?"

„Vanessa ..."

Sie würgte mich mit einem heißen Blick ab. „Catriona, es tut mir leid, dass meine Schwester dich belästigt hat. Bitte vergiss einfach, was sie dir erzählt hat, und ermutige sie nicht, sich weiter mit Jakobiteraufständen und längst toten Lairds zu beschäftigen." Sie lauschte, verabschiedete sich und legte auf. Dabei bedachte sie mich mit einem mörderischen Blick.

„Was zum Teufel hast du dir dabei gedacht!", keifte
sie. „Catriona ist zum Glück eine ganz Nette, aber du
musst aufhören mit diesem Hirngespinst!" Sie deutete
mit der Hand, die so fest um das Telefon lag, dass die
Knöchel weiß heraustraten, auf mich. „Ian ist das Beste,
was mir je passiert ist, mach mir das nicht kaputt!" Damit ließ sie mich sitzen, aber ich hatte auch genug, wo-
rüber ich nachforschen musste.

7. Der Sturm nach der Ruhe?

Im Garten von Dunvegan Castle tummelten sich Besucher. Keine drei Schritte konnte ich machen, ohne dass mir jemand über den Weg lief. Also steuerte ich auf den Ausgang zu und hielt mich rechts. Der schmale Fußweg war halb überwuchert. Alle paar Meter musste ich Passanten ausweichen und dazu auf die Straße treten. Die war ebenfalls gut befahren und es hupte ständig. Trotzdem brauchte ich kaum zehn Minuten, um die Ansiedlung zu erreichen, die denselben Namen trug wie die Burg und die ganze Bucht: Dunvegan. Ein Restaurant, eine Tankstelle mit integriertem Shop, ein Schulgebäude und man war bereits auf dem Weg ins Nichts.

Ich stoppte an der Wegabzweigung. Anstelle der Wanderschuhe hatte ich nur Ballerinas an und durch die spürte ich jedes noch so kleine Steinchen auf dem schmalen ungeteerten Seitenstreifen.

Ich drehte wieder um, setzte widerstrebend einen Fuß vor den Anderen und kam erneut an der Tankstelle vorbei. An der Zapfsäule entdeckte ich ein bekanntes Gesicht und stockte. Finn hatte mich noch nicht bemerkt. Sollte ich ihn ansprechen?

Unsicher sah ich die Straße hinab. Eigentlich hatte ich die Burg verlassen, weil ich für eine Weile mit niemandem sprechen wollte, sondern meine Gedanken sammeln.

„Katharina?"

Als ich zu ihm sah, fuhr er sich durch das Haar.

„Oh, Hi." Ich schlang die Arme um mich. „Wohnen Sie in Dunvegan?"

„Chan eil. Ich bin auf dem Heimweg und wollte noch tanken." Er zeigte auf die Tanksäule. „Ist die Einzige zwischen Portree und Carbost."

„Oh."

McInnes steckte den Zapfhahn in die Halterung der Säule zurück und klappte den Deckel am Wagen zu. „Und Sie sind auf einem Spaziergang?" Sein Blick glitt über mich und fiel auf meine Füße. Seine Brauen hoben sich, auch wenn er sich jedes Kommentars verkniff. „Wohin soll es gehen?"

„Nur ... so herum." Mit einem Seufzen trat ich näher.

Er drehte sich, sah zum Gebäude, in dem sich der kleine Shop befand und deutete dann mit dem Daumen darauf. „Wie wäre es mit Eiscreme?"

Bei dem Vorschlag lief mir ein Schauer über die Gliedmaßen und ich verschränkte die Arme vor der Brust. „Aber es ist schrecklich kalt."

„Wann immer wir die zwanzig-Grad-Grenze knacken, ist es Hochsommer!" Er machte einen Wink. „Wir bekommen im Café nebenan auch eine heiße Tasse Kaffee, wenn Sie den bevorzugen."

„Kaffee hört sich gut an."

Ich schloss zu ihm auf und passte mich dann seiner Geschwindigkeit an. Er hielt mir die Tür auf und ich trat an ihm vorbei in den dämmrigen Shop. Die Tankstellenshops, die ich von zu Hause kannte, waren Luxuskaufhäuser mit unendlicher Vielfalt, stellte man sie dem hier gegenüber. Der schmale Raum war vollgepackt mit zwei Reihen Metallregalen und einer Kühlbox am anderen Ende. Finn strebte zur Kasse und bestellte Kaffee. Ich wanderte durch den Laden. Brot, Konserven, Cheddar und Kekse. Shortbread. Ich nahm die Packung aus dem Regal und drehte es belustigt in der Hand. Es war so ein Klischee!

„Ah, die Dame hat Geschmack." Finn tauchte neben mir auf, zwei Kaffee haltend, die er hob. „Wenn du mir die Becher abnimmst …"

Ich nahm einen, während ich die Kekse blind zurück in die Auslage stellte. „No way. Ich bin der Typ Frau, der ordentlich Sahne auf ihren Teilchen braucht. Eclairs, Cup Cakes, gefüllte Donuts …"

„Du bist immer für eine Überraschung gut." Er leitete mich hinaus. Das Sonnenlicht blendete mich und für einen Moment spürte ich, wie meine Knie weich wurden. Ich sah mich um, aber auf eine Bank hoffte ich vergeblich.

„Du wirst die Zapfsäule freimachen müssen." Was meine Chance wäre, mich zumindest auf die Bordsteinkante sinken zu lassen.

„Aye." Er zog den Schlüssel aus der Hosentasche und drückte auf die automatische Entriegelung. „Hier um die Ecke ist eine kleine malerische Bucht, da können wir den Kaffee austrinken. Ich verspreche, dich anschließend nach Dunvegan zu fahren."

„Also schön." Es gab mir etwas Kraft zurück, den Kopf anlehnen zu können und mich einen Augenblick lang nicht aufrecht halten zu müssen. Das Aroma des starken Kaffees stieg mir in die Nase, als ich die Tasse hob, um das Zuklappen meiner Lider zu verschleiern. Ich hielt mich tapfer, trotz der Kopfschmerzen, trotz des Schwindels.

„Was treibt dich dazu, die Einsamkeit zu suchen?" Finn bog um die Ecke und warf mir einen flüchtigen Blick zu. Ich blinzelte angestrengt.

„Schwierigkeiten", nuschelte ich.

„Gesundheitlicher Natur?"

„Nay." Wohl nur, weil niemand wusste, dass ich ständig dieses Schwindelgefühl abwehren musste und Dinge sah, die gar nicht da waren.

„Die Ahnenkunde."

Ich nickte nur, weil mein Hals kratzte. Finn bog erneut um eine Ecke und verließ die Straße, um auf einem Schotterplatz anzuhalten.

„So." Er stellte den Wagen ab, wobei er den Blick über das Panorama gleiten ließ. Meiner folgte. Vor uns lag eine kleine Bucht mit steiniger Küste und flachem Wasserstand. Es war nur ein kleiner, enger Arm des Loch Dunvegan, der vor uns auslief, wie es dutzende gab. Die Burg lag an einer weiteren und verbarg sich vor unseren Augen hinter der Landzunge. Rotes Moos und Algen bedeckten die Steine vor der Wasserlinie, die im Sonnenlicht funkelte.

„Ich bin über einige McInnes gestolpert", gab ich preis und drehte den Kopf, damit er merkte, dass ich zu ihm sah. „Ich fürchte, die McDermitts sind sehr berechenbar mit ihren Namen. Sheamus, Ian, Lachlan, Guy, Cameron und Aidan und das immer und immer wieder seit zweihundertfünfzig Jahren."

Er grinste breit. „Wir sind da weniger langweilig.“

Ich legte den Kopf wieder ab, seitlich, so dass ich ihn weiter betrachten konnte. „Das mit den Fehden zwischen den Clans ist ernst, was?“

Sein Grinsen sagte bereits alles. „Aye.“

„Ich hoffe, sie ist neueren Datums“, murrte ich. Wenn nicht, verhielten sie sich wie Kindergartenkinder. Nach über zweihundertsechzig Jahren sollte, was auch immer vorgefallen war, endlich vergessen sein.

„Nay.“

Ich stöhnte gedehnt. „Ihr schottischen Dickschädel!“ Finlay war dafür geopfert worden und ich wusste bis heute nicht, worum es eigentlich gegangen war.

„Aye, das kann ich nicht abstreiten, aber zu unserer Verteidigung: Wir sind nicht blind vor Hass, nur etwas verblendet.“ Er zwinkerte mir über den Rand seines Pappbechers zu. „Vielleicht wäre das Shortbread gar nicht schlecht gewesen.“

„Oder ein süßes Eclair.“

„Ich sehe schon, ein Kaffee in einem Pappbecher ist nicht der richtige Weg, Vergebung für meine rüde Unterbrechung deiner Einsamkeit zu erlangen.“ Er drehte sich so weit wie möglich zu mir um. Sein SUV war zwar geräumig, aber bequem vis-a-vis unterhalten konnten wir uns nicht. Die Mittelsäule störte.

„Ich bin bereit, dir zu verzeihen, wenn du mir ein paar Fragen beantwortest.“ Irgendwie kam ich mir vor, wie bei einem Flirt, auch wenn ich normalerweise Finns Anmache abgeblockt hätte.

„Ein paar Fragen? Schön. Schieß los.“ Sein Becher rastete auf seinem Knie, die freie Hand auf dem Lenkrad. Es wirkte lässig. Seine Jeans spannte über seinen

Schenkeln, ebenso wie die Ärmel seines Hemdes in Höhe seines Bizeps.

Ich senkte den Blick auf meinen eigenen Becher, der in meiner Hand schlingerte. Ich sollte mich besser nicht ablenken lassen, denn momentan konnte ich peinlicherweise an keine Frage denken.

„Trägst du jemals einen Kilt?“ Mein Kaffee kippte und nur weil ich damit beschäftigt war, ihn abzufangen, konnte ich meinen Schock überwinden. Das hatte ich nicht wirklich gesagt!

„Ah, das beschäftigt dich also?“

„Nay. Nicht wirklich. Es ist nur, dass wir Sassenachs gewisse Vorstellungen von euch Schotten haben und …“ Ich zuckte die Achseln und nahm betont gleichgültig einen weiteren Schluck von meinem Kaffee. „Vergessen wir das. Ich versuche, etwas über einen McInnes aus dem Jahre 1746 herauszufinden. Du weißt nicht zufällig, ob die McInnes Aufzeichnungen haben, die so weit zurückgehen?“

„Das ist sehr spezifisch.“

„Ja, das ist mir bewusst. Die Schlacht von Culloden lag nur wenige Monate zurück und viele Clans …“ Ich brach ab, weil er die Lippen zusammenpresste.

„Aye.“

„Der McInnes-Clan gehörte allem Anschein nach dazu.“

„So ist es. Der Laird of McInnes wurde gefangengenommen und gehörte zu den letzten Highlandern, die wegen Hochverrats hingerichtet wurden. Danach zerstreute sich der Clan, es war ihnen verboten, ihre Farben zu tragen, sie verloren ihr Hab und Gut und ihr Anrecht sich niederzulassen.“

So hatte ich es auf diversen Geschichtsseiten nachlesen können. Damals im Jahre 1746 hatte es sich nicht so ernst angehört, auch wenn die Gefahr für Leib und Leben in jedem Moment spürbar gewesen war. Aber ich hatte eine Geschichtslektion erhalten, die alles etwas ins rechte Licht rückte. So barbarisch es klang, hatte es tatsächlich stattgefunden. Der zweite Jakobiteraufstand war das Ende der Highlander-Kultur gewesen. Die Highland-Clearance folgte, in der das Hochland von seinen Bewohnern gereinigt wurde. Schotten waren verpflichtet, nahe der Städte zu siedeln. Hungersnöte und Massenauswanderungen waren unausweichlich.

„Es ging vielen Clans so." Maireads war ein weiterer, von dem ich wusste.

„Oh ja."

„Und wofür?" All diese Leben, die verschwendet worden waren, Maireads Brüder, Finlay und all die anderen, wozu?

„Für einen englischen, katholischen König anstelle eines protestantischen Deutschen." McInnes zuckte die Achseln und gab seine lässige Haltung auf, um auf seinem Sitz herumzurutschen. „Es waren andere Zeiten. Sie haben für das gekämpft, an was sie glaubten."

„Und haben verloren." Schlimmer noch, sie hatten dafür gesorgt, dass ich das Einzige verlor, was mir Halt gegeben hatte. „Amadain."

„Meinst du? Ich finde es mutig. Integer. Bewundernswert." Er warf mir einen Blick zu, der meine Reaktion abschätzen sollte, und grinste ertappt. „Frauen finden Männer, die sich hoffnungslosen Dingen verschreiben doch anziehend."

„Nur dumme Gänse!", widersprach ich schnaubend. „Was glaubst du, wie viele Frauen und unschuldige Kinder in Mitleidenschaft gezogen worden sind? Ihr Leid ist unermesslich." So wie meines. Meine Stimme versagte und Tränen sammelten sich in meinen Augen.

„So wird es gewesen sein, ja."

„Männer." Sie waren unglaublich in ihrer Arroganz. Der Pappbecher zerdrückte in meiner Hand.

„Amadain?" Er bemühte sich zwar, sein Grinsen zu verstecken, schaffte es aber nicht.

„Ich glaube, ich will doch lieber allein sein", grummelte ich, mich zur Straße wendend. „Die ganze Geschichte treibt mich noch in den Wahnsinn!" Und dies sogar wortwörtlich. Denn auf die Bucht hinauszusehen, wo die seichten Wellen das Sonnenlicht reflektierten, hatte einen unschönen Effekt auf mich. Ich schluckte schwer und sog den Atem ein. Der Kaffee wirkte nicht, wie er gedacht gewesen war. Ich lehnte den Kopf an und atmete gleichmäßig. „Puh."

„Alles in Ordnung?"

Nein, aber das wollte ich nicht eingestehen. „Ich habe das Haus schon wieder verlassen, ohne mich abzumelden. Beim letzten Mal gab es einen riesen Theater deswegen." Er startete den Wagen, nachdem er sich angeschnallt hatte.

„Ich bringe dich nach Hause."

„Danke", murmelte ich leise. Es zog mich nicht gerade zurück, schließlich wusste ich, dass ich nur eine weitere Nacht vor dem Bildschirm sitzen würde, um durch Catrionas Cloud zu scrollen, die sie mir der Einfachheit halber zur Verfügung gestellt hatte.

„Gern." Er fuhr an, verließ den geschotterten Seitenstreifen und folgte der engen Straße den Hügel hinauf.
Im Nu standen wir auf dem Parkplatz gegenüber des
öffentlichen Eingangs zu Dunvegans Gärten.

„Es war mir ein Vergnügen, dich aus der Einsamkeit
reißen zu dürfen." Er sah aus dem Seitenfenster und
verzog die Lippen. „Ich würde dich noch zur Tür bringen, aber ..."

„Das ist völlig unnötig. Trotzdem danke. Für den Kaffee und die Gesellschaft." Ich schubste die Beifahrertür
auf und rutschte aus dem Sitz.

„Hey, vielleicht sollten wir uns mal absichtlich sehen,
was meinst du?" Er wirkte so verflucht lässig, dass es
mir nicht schwerfiel, ihm die kalte Schulter zu zeigen.

„Beim nächsten Mal vielleicht."

8. Finn versus Finlay

„Katharina?“

Es war nicht mein Name, der mich aufschreckte und mich meinen Blick vom Horizont nehmen ließ, es war die Berührung an meiner Hand.

„Hey, alles in Ordnung?“ Finns besorgte Augen musterten mein Gesicht und seine Brauen wanderten weiter zusammen. „Du bist krebsrot im Gesicht.“

„Hm?“

Er hob mein Kinn an. „Bist den ganzen Tag unterwegs gewesen? Ohne Hut? Ohne irgendeinen Sonnenblocker?“

„Es ist Schottland, nicht Griechenland“, murmelte ich. Seine Berührung schickte kleine Stromstöße durch meinen Arm, trotzdem hatte ich Schwierigkeiten, mich auf den Moment zu konzentrieren. Irgendwie wollte mein Geist nicht in die Gegenwart zurück, sondern sich weiterhin mit der Vergangenheit und deren Rätsel beschäftigen.

„Das ist eine dumme Feststellung. Komm, ich habe Wasser im Wagen und du solltest dringend aus der Sonne raus.“

Einer Sonne, die bereits tief stand, und zwar in seinem Rücken. Irritiert kniff ich die Augen zusammen. „Wie spät ist es?“

„Gleich sechs." Er zog die Tür auf und schob mich an der Hüfte auf den Beifahrersitz, bevor er um den Wagen herum ging und aus dem Kofferraum eine kleine Flasche Wasser mitbrachte. Er reichte sie mir, während er auf den Fahrersitz rutschte.

„Ich hoffe, dies ist nicht deine neue Taktik, um dich ins Jenseits zu katapultieren." Er wartete auf eine Reaktion. Als sie ausblieb, verwischte auch sein Grinsen. „Langsam mache ich mir ernsthaft Sorgen." Er berührte meine Hand. „Trink."

Da ich ihn lediglich weiter anglotzte, fluchte er.

„Der feine Duke sollte sich mehr um seine Familienangehörigen sorgen, als um ..." Er brach ab, riss an seinem Gurt und schnallte sich an. „Ich bringe dich ins Krankenhaus."

„Nein!" Obwohl ich es schrie, kam es eher als Krächzen heraus. Undeutlich, kratzig und fremd. Mich zu räuspern schmerzte, dann wiederholte ich fest: „Nein."

„Du bist dehydriert, hast dir womöglich einen Sonnenstich zugezogen, es wäre sträflich, dich dich selbst zu überlassen." Er startete den Wagen.

„Finlay – Finn McInnes, ich sagte Nein!"

Er fuhr nicht an. „Es geht dir nicht gut."

„Nein, aber es wird mir nicht besser gehen, wenn ich im Hospital herumsitze!" Um ihn zu beruhigen, öffnete ich die Flasche und trank in kleinen Schlucken und mit Pausen das Wasser aus. „Zufrieden?"

„Nein."

Ich begegnete seinem Blick und wir maßen uns eine kleine Ewigkeit lang, bevor ich es seufzend aufgab und meine schweren Lider schloss.

„Was ist los mit dir?"

„Geht dich das was an?“ Dummerweise verspürte ich einen unheimlichen Drang, ihm alles zu erzählen und mich an seiner Schulter auszuweinen. Verflucht sei er und Finlay gleich mit.

„Nein, ich lasse trotzdem nicht locker.“

Mein Schnauben war kraftlos.

„Wann hast du zuletzt etwas zu dir genommen?“

„Gerade.“

Ich spürte seine Zurückhaltung ebenso wie seinen Ärger.

„Davor, Katharina, zum Frühstück oder bist du ohne aus dem Haus?“

Mein Mundwinkel zuckte, ich hatte einfach keine Kontrolle über ihn.

„Also schön, dann fahren wir nach Portree ...“

„Nein, ich will in kein Krankenhaus.“

„Zum Dinner. Ich lade dich ein.“

Mein Widerspruch ging im Aufheulen des Motors unter.

„Magst du Fisch?“

„Ich sollte zurück nach Dunvegan, meine Schwester wird sich bereits Sorgen machen.“ Allerdings zog mich nichts dorthin zurück. Vanessa beharrte darauf, dass Finlay nicht existiere, ganz gleich, was ich bereits herausgefunden hatte.

„Ruf sie an. Ich bringe dich später nach Hause, wenn ich mich überzeugt habe, dass es dir gutgeht und du keine medizinische Versorgung benötigst.“ Er schaltete in einen höheren Gang, wobei er mir einen schnellen Blick zuwarf. „Schnall dich an, die Straßen hier sind tückisch.“

„Ich habe kein Handy." Und sollte auch nicht daran denken, ausgerechnet mit ihm Essen zu gehen. Zu gut war mir der gemeinsame Kaffee in Erinnerung und ich wollte mich nicht wieder wild flirtend wiederfinden.

„Meins liegt dort, in der Ablage." Er deutete auf die Mittelschiene des Armaturenbretts. Unterhalb des Aschenbechers versteckte sich sein Mobiltelefon. Zögerlich zog ich es heraus.

Ich wischte mit dem Daumen über das Display und es leuchtete auf. Das Bild einer Dogge diente als Hintergrund. Vanessas Nummer hatte sich nicht geändert, sie benutzte immer noch ihre deutsche, auch wenn sie nun bereits über ein Jahr in den Highlands lebte. Es war noch ihre allererste Nummer, der einzige Grund, warum ich sie auswendig kannte, schließlich hatte ich sie alle zwei Jahre in mein neues Handy einspeichern müssen und sie hatte, solange ich mich zurückerinnern konnte, immer am Kühlschrank meiner Mutter gehangen.

Vanessa nahm augenblicklich ab. „Hallo?"

Ich nahm mir die Zeit, tief durchzuatmen.

„Hallo, wer ist denn da?"

„Ich bin es."

Es herrschte eine Millisekunde Stille am anderen Ende. „Kati, wo zum Teufel bist du schon wieder! Du hast …"

„Alles ist gut", würgte ich sie schnell ab. „Ich wollte dir nur Bescheid geben, dass ich mich verspäte."

Sie entließ den Atem in einem harten Stoß. „Was? Auf keinen Fall. Du sagst mir augenblicklich, wo du bist und ich lasse dich abholen."

„Ich habe Mr McInnes getroffen, als ich auf dem Rückweg war, und er hat mich zum Essen eingeladen.“

„Mr McInnes? Ich verstehe nicht ...“

„Er bringt mich später mit dem Auto nach Dunvegan, also brauchst du dir keine Gedanken machen.“ Damit war eigentlich alles gesagt.

„Katharina ...“

„Bis morgen.“

Ich legte auf und quetschte das Telefon wieder in die Ablage.

„Getroffen? Katharina, ich habe dich beinahe überfahren, weil du mitten auf der Straße standest, direkt hinter einer Biegung.“ Er schüttelte den Kopf. „Das ist hier lebensgefährlich.“ Das war nicht einmal übertrieben, die Straßen schlängelten sich wie Schlangen durch die hüglige Landschaft. Straße bedeutete hier meist, dass gerade ein Wagen auf ihr Platz hatte und man sich mit dem Gegenverkehr arrangieren musste. Was bedeutete, auf die Parkbuchten auszuweichen, die in unregelmäßigen Abständen den Weg verbreiterten. Trotzdem war es eine enge Angelegenheit. Besonders, da hier Einheimische wie auch Touristen rasten, als seien sie auf einem Rennplatz. Kurz gesagt: Hier auf der Straße rumzustehen, war in der Tat lebensgefährlich. Natürlich gäbe ich nicht zu, dass ich leichtsinnig gehandelt hatte.

„Nur, wenn ich einem Verkehrsrowdy vors Auto gerate.“ Das Gespräch mit Vanessa hatte mich offensichtlich wachgerüttelt. Die vorherige Unschärfe, die Taubheit, verschwand und mein Geist wurde rege genug, um mit der Situation umzugehen.

„Ha.“

„Wolltest du zu deiner Mutter?“ Ich rutschte auf meinem Sitz herum und lockerte den Gurt über meiner Brust.

„Ich komme von der Arbeit.“

Er setzte den Blinker und bremste den Wagen ab. Wir befanden uns an einer großen Kreuzung, geradeaus ging es nach Dunvegan, rechts rum nach Portree.

„Wie läuft es mit der Ahnenforschung? Hast du Fortschritte gemacht?“, fragte Finn und wirkte dabei aufrichtig interessiert.

„Ja.“

„Vielleicht gibt es in London Aufzeichnungen über die Schlacht von Culloden und den folgenden Prozessen.“

„Oder Edinburgh. Ich habe bereits einen Termin zur Besichtigung einiger Mikrofilme im Staatsarchiv.“ Nur wusste ich nicht, wie ich dorthin kommen sollte, wenn Vanessa sich weiterhin krumm stellte. „Aber ich habe kein Auto.“ Ich lehnte meinen Kopf an und schloss die Augen. „Dabei brauche ich nur eine blöde Geburtsurkunde.“ Das wäre Beweis genug, dass ich mir das alles nicht ausgedacht hatte.

„Aus dem achtzehnten Jahrhundert? Wozu?“ Wir passierten die Stadtgrenze. „Ist das exakte Datum der Geburt von Belang?“

„Das ... nein, nur gibt es bisher keine Nachweise seiner Existenz und ...“ Wie sollte ich die Wichtigkeit erklären, ohne mich zu verraten? Finn glaubte bereits, ich wäre nicht richtig im Kopf.

„Du suchst ein Phantom?“ Er lachte leise. „Was lässt dich glauben, dass es ihn gab? Geheime Liebesbotschaften?“

„So was in der Art", wich ich aus, wobei ich wieder auf meinem Sitz herumrutschte.

„Vielleicht nur ein falscher Name, um Ehemänner auf die falsche Spur zu locken?", schlug Finn vor und zwinkerte mir zu. „Die McDermitts sind berühmt für ihre Eifersucht."

„Sicher nicht."

„Du fragtest mich letztens nach Aufzeichnungen über die McInnes, ich hoffe, es handelt sich bei deinem ominösen Unbekannten nicht um einen." Wir hielten an einer Ampel. Ich kannte die Straße und argwöhnte, dass er mich doch ins Krankenhaus brachte. Es linderte meine Nervosität nicht.

„Doch."

„Okay, jetzt hast du mich erst recht neugierig gemacht. Wen suchst du?" Er bog ab. Die abschüssige Straße führte zum Meer, das in der Abendsonne glitzerte.

„Einen McInnes", murmelte ich widerstrebend.

„Finlay", tippte er. „Und keinen von denen, die dokumentiert sind."

„Finlay", bestätigte ich leise.

„Hm, ich bin mir sicher, dass auch in meiner Linie einige Finlays herumgeistern. Leider habe ich keinen Kontakt zum McInnes-Clan." Er schnaubte belustigt. „Oder zu irgendeinem Teil meiner Familie, abgesehen von meiner Mutter."

Ein einsamer Wolf, so wie ich mich auch sah. Meiner Familie ging ich eher aus dem Weg und da machte es keinen Unterschied, zu welcher Seite sie gehörten, wobei ich den väterlichen Teil seltener sah als den mütterlichen.

„Kann ich sie fragen?“

„Meine Mutter?“ Er warf mir einen prüfenden Blick zu. „Natürlich.“

„Danke.“ Es gab mir einen großen Teil meiner Kraft zurück und ich setzte mich auf. „Manchmal komme ich mir vor, als suche ich nach einem Hirngespinst, aber es gibt so viele Dinge, die ich bereits herausfinden konnte!“

„Und was?“ Aufregung pulsierte durch meinen Körper und die Abenddämmerung wurde plötzlich klarer, bunter, fast schon lebendig.

„Er ist von Mairead McDermitt einige Male in ihren Aufzeichnungen erwähnt worden. Er war auf ihrer Hochzeit, hat sie nach Dunvegan eskortiert und war laut ihren Angaben mit seinem Cousin Padraig McDermitt bei der Schlacht von Culloden dabei.“ Ich spielte mit meinen Fingern. „Padraig wurde nach dem Tod seines Vaters in 1750 der Duke of Skye und Herr über Mull, also dem Stammsitz deren von McInnes.“

Finn runzelte die Stirn, sagte aber nichts.

Wir bogen auf einen Parkplatz ab, von dem aus das Meer in voller Pracht zu sehen war, und hielten. Möwen kreischten und drehten über uns ihre Runden.

„Was machte ihn noch gleich so interessant?“ Finn schnallte sich ab und drehte sich zu mir. Den Arm stützte er gegen das Lenkrad, was lässiger aussah, als es war.

„Das ist kompliziert.“

„Wir haben Zeit, viel Zeit und ich habe nicht vor, dich gehen zu lassen, bevor ich nicht verstehe, was vor sich geht.“

„Klingt nach einer Entführung.“

„Ich sehe es als Anamnese. Also, Fisch ist dir recht? Schottlands bestes Meeresfrüchterestaurant liegt gleich hinter uns." Er wartete meine Antwort nicht ab, sondern stieg aus. Die Tür knallte zu, ließ den gesamten Wagen wackeln. Er kam um das Heck herum und zog meine Tür auf.

„Wenn du Allergien haben solltest, oder eine Abneigung gegen irgendetwas, wäre jetzt der passende Zeitpunkt, es mir zu sagen." Er reichte mir die Hand. Ich war es von Finlay gewohnt, der mir selbst zum Herabsteigen der Stufen helfen wollte, und ergriff sie, ohne weiter darüber nachzudenken. Finn zog mich sanft aus dem Wagen und schlug hinter mir die Tür zu. Er stand direkt vor mir, nur wenige Zentimeter und ich könnte ihn spüren.

Erschrocken von meinen unangebrachten Gedanken zuckte ich zurück.

„Also? Eine Straße weiter gibt es auch ein erstklassiges Steakhaus."

„Fisch ist gut", krächzte ich und wich schnell zur Seite aus, dabei stieß ich mir die Hüfte am Rückspiegel. „Ist es das Restaurant?"

Finn legte mir die Hand in den Rücken und führte mich über die Straße.

„Das Bosville hat erstklassige Bewertungen. Mein Vater brachte meine Mutter stets her, wenn es etwas zu feiern gab. Seit seinem Tod war ich nicht mehr hier."

„Oh, mein Beileid." Wie unangenehm. „Es ist schlimm, einen nahen Angehörigen zu verlieren." Eine Phrase, nichts weiter. Zwar war mein Vater auch tot, aber es lag so weit zurück, dass ich keine Erinnerungen mehr an die Zeit mit ihm hatte.

„Ja. Für meine Mutter ist es ein Desaster, sie hat sich völlig zurückgezogen und verbringt ihre Tage damit, aus Brennnesseln Sud einzukochen." Die Schwere der Todesnachricht hob sich. „Als wäre ihr Leben völlig auf den Kopf gestellt."

„Ist es wohl auch", murmelte ich, an meine Situation denkend. Ich war nicht lange mit Finlay zusammen, aber die Trennung setzte mir zu. Wenn man ein Leben mit jemand verbracht hatte, ihn Tag für Tag vor sich sah und mit ihm alles gemeinsam machte, musste es sein, als hätte man die Hälfte von sich selbst verloren, wenn der Partner starb.

„Vielleicht", räumte Finn ein. „Nur weil ich es nicht nachempfinden kann, heißt es nicht, dass es nicht so sein könnte." Er zog mir die Schwingtür zum Restaurant auf. Eine zweite Tür stand offen und gab dunkles Holz und weißgetünchte Wände preis. Eine Reihe an Tischen, eingedeckt mit weißen Platzdeckchen und ebenfalls strahlendweißen Servietten. Kerzen und ein Blumengesteck rundeten die Deko ab.

Finn schob mich durch den Eingang.

„Feasgar mhath", grüßte Finn, als er mich weiterführte. Eine schicke Kellnerin vertrat uns den Weg und lächelte uns freundlich an, während sie erst mich und dann Finn musterte.

„Haben Sie einen Tisch für Zwei?", fragte Finn. Sein Blick glitt über das Innenleben des Lokals.

„Aye. Wie wäre es am Fenster?" Sie deutete auf einen Platz am hinteren Ende des Raums. Er lag im Schatten zweier Kerzenhalter und genau genommen auch nicht mehr am Fenster, denn nur derjenige, der nicht mit dem Rücken zur Wand saß, konnte, wenn er sich zurücklehnte, gerade noch aus dem Fenster sehen.

„Lieber den in der Ecke.“ Er deutete quer durch das gut besuchte Restaurant.

„Es tut mir leid, der ist reserviert.“ Sie lächelte verbindlich, während sie die Hände vor dem Bauch zusammenlegte.

„Für den Duke of Skye.“

„So ist es, Sir. Wenn Ihnen der Tisch am Fenster nicht zusagt, setzen Sie sich doch an die Bar, bis ein anderer frei wird.“

Ich trat vor und hob die Hand, um die Aufmerksamkeit der Servierkraft auf mich zu lenken. „Ich bin die Schwägerin des Duke of Skye, wenn Ian einen Tisch reserviert hat, dann kommt er sicherlich mit meiner Schwester her und sie hat nichts dagegen, wenn wir ihr Gesellschaft leisten.“

„Darauf würde ich nicht wetten“, murmelte Finn in meinem Rücken. „Der Tisch in der Ecke ist gut.“

„Aber ...“, hob ich an, verwirrt, weil er plötzlich doch mit dem Angebot der Bedienung einverstanden war.

„Dort haben wir einen wundervollen Ausblick über das Meer und den Sonnenuntergang.“ Finn schob mich weiter, an der Angestellten des Restaurants vorbei zum einzig freien Tisch im Lokal. Dort zog er mir den Stuhl hervor.

„Bitte.“

Ich nahm Platz. „Von wegen einen Ausblick über den Sonnenausgang“, murmelte ich, als ich versuchte, einen Blick zu erhaschen. Ich sah auf und verfolgte, wie Finn um den Tisch herumging und sich auf den Stuhl mir gegenüber niederließ. „Ich bin mir sicher, Vanessa und Ian haben nichts dagegen, wenn wir uns zu ihnen setzen.“

„Die Reservierung ist permanent. Es bedeutet nicht, dass sie heute herkommen werden. Der Tisch ist lediglich für die Möglichkeit reserviert.“

„Warum macht man eine Reservierung für den Fall der Fälle?“

„Das ganze Jahr nehme ich an.“ Finn setzte sich mir gegenüber und schlug die Serviette aus. „Reiche Leute haben so ihre Macken.“ Ich ließ es so stehen, schließlich hatte Vanessa auf jeden Fall *Macken*.

Die Bedienung kam und reichte uns die Speisekarten. „Tabadh leibh.“

„Es ist mir vorher schon aufgefallen“, meinte Finn, wobei er die Karte aufschlug und durch das Angebot ging. „Du sprichst Gälisch.“

„Ein wenig.“

„Wo hast du es gelernt?“ Sein Blick blieb auf die Karte gerichtet.

„Hier.“ Vertiefen wollte ich das Thema nicht. Was sollte ich auch sagen? Dreist lügen? In wenigen Tagen eine Sprache zu lernen war zwar möglich, aber ich wollte mich vor ihm nicht mit fremden Federn schmücken. Gälisch zu lernen war mir schwergefallen, und dass obwohl ich einen Hang zu Sprachen hatte.

Ich studierte das Menü und fragte zur Ablenkung: „Kannst du etwas empfehlen?“

„Die Seeplatte ist gut, aber auch mächtig. Wie lange bist du schon in Schottland? Gälisch ist keine einfache Sprache und dein Akzent ist kaum hörbar.“

„Danke", murmelte ich. Da ich keinen Hunger hatte, schlug ich die Seite um. „Etwas Traditionelles?" Die Gerichte waren in Englisch und Schottisch benannt, was ich neckisch fand und ablenkend. Gälisch war keine einfache Sprache, weil viele Wörter umschrieben wurden. *Onkel* war zum Beispiel *Bruder der Mutter oder des Vaters*, es war spezifischer, aber eben auch umständlicher.

„Etwas für Hartgesottene: Hugga-Haggis. Ich sollte dich warnen, es wird im Fischmagen serviert und ist nicht jedermanns Sache." Seinen Vorschlag nahm ich als Witz. Es war nicht das erste Mal, dass man mir Haggis vorsetzen wollte und auch Hugga-Haggis hatte ich bereits auf dem Teller gehabt. Es war nichts, was ich freiwillig auswählen würde.

„Danke für die Warnung, und da du meine Bitte um Weisung nicht ernst nimmst, werde ich den Lachs nehmen."

„Gute Wahl, ich schließe mich an." Er klappte seine Karte zu und schob sie an den Rand des Tisches. „Wie lange bist du schon in Schottland?"

Ich stockte, ließ die Karte von selbst zuklappen und sah vorsichtig auf. „Etwa zwei Wochen."

„Für das Studium der gälischen Sprache? Ich bin beeindruckt, aber das erwähnte ich bereits." Er zwinkerte mir zu. „Was auch immer du dir als neues Studienfach vornimmst, wirst du mit Bravour meistern, wenn du dich ihm mit derselben Leidenschaft widmest, wie dem Gälischen."

Wenn er wüsste, was für eine Versagerin ich war. Schnell senkte ich den Blick, ließ die Hände unter den

Tisch rutschen und versuchte mir meine unangenehme Berührung nicht anmerken zu lassen. „Wenn mir alles so leicht fallen würde wie Sprachen, wäre es sicher kein Problem, mein Studienfach zu wechseln, momentan sieht es eher nach einem Abbruch aus."

„Warum?" Finn lehnte sich auf den Tisch, legte die Unterarme ab und verschränkte die Finger ineinander.

Warum interessierte es ihn überhaupt? Oder war es schlichter Small Talk zum Abendessen? Interpretierte ich nur wieder zu viel hinein?

„Ich bin ..." Wie sollte ich es erklären? „Mir nicht mehr sicher, wie es weitergehen soll."

„Muss es weitergehen?"

„Natürlich muss es irgendwie weiter ..." Sein Grinsen ließ mich abbrechen. „War das eine Fangfrage?"

„Aye." Finn zuckte die Achseln. „Immerhin neigst du zu lebensgefährlichen Aktionen."

„Du übertreibst."

Die Bedienung unterbrach ihn und er lächelte zu ihr auf, als sprächen wir über belangloses Zeug.

Er bestellte für mich mit und ließ mir nur die Wahl meines Getränkes, dann sah er ihr noch hinterher, bis sie außer Hörweite war.

„Ich fand dich mitten auf der Straße, Katharina. Ich habe dich mehrfach angesprochen, ohne eine Reaktion zu erhalten. Die Straße mag kein Motorway sein, aber zum Feierabend sind auch die Landstraßen voll."

„Ich war in Gedanken vertieft", rechtfertigte ich mich, obwohl ich mir vorgenommen hatte, es eben nicht zu tun.

„Diese Gedanken interessieren mich."

Erschreckt sah ich zu ihm rüber.

„Nichts Aufregendes“, murmelte ich, während ich auf meinem Stuhl herumrutschte und die Rückkehr der Bedienung kaum abwarten konnte.

„Spann mich nicht auf die Folter, Katharina, ich bin neugierig.“

„Worauf? Egal was mich so ablenkt, es wird kaum für dich von Interesse sein.“

„Du versuchst immer noch, mich abzulenken.“

„Weil ich keine privaten Dinge mit Fremden besprechen möchte!“ Meine Defensive war übertrieben und ich hielt mich wieder zurück. „Entschuldigung. Ich bin zurzeit etwas neben der Spur.“

„Ich bin immerhin dein Lebensretter.“

Ich verdrehte die Augen, auch wenn er natürlich recht hatte. „Deswegen muss ich dir doch nicht gleich all meine Geheimnisse erzählen.“

Sein Grinsen blieb mild, als er die Achseln zuckte. „Warum nicht?“

„Du wirst mich für verrückt halten.“

Finn beugte sich vor, ich hatte ihn neugierig gemacht, auch wenn ich mir nicht vorstellen konnte, womit.

„Ich verspreche, mich mit vorschnellen Diagnosen zurückzuhalten.“

„Also gut.“ Natürlich hatte ich nicht vor, ihm von Finlay zu erzählen. „Ich grübele über meine Zukunft nach.“

Er nickte angespannt und hielt den Atem an.

„Ich war in die Für und Wider eines Studienabbruchs vertieft.“

Sein Kiefer klappte herab. Es war so herrlich banal, dass ich kein Problem damit hatte, deswegen schief angesehen zu werden, also zuckte ich die Achseln und griff nach meinem Glas. Mein Finger kreiste über den feuchten Rand.

„Es ist eine große Entscheidung. Ich tue mich schwer damit, zumal ich die Reaktion meiner Familie vorhersehen kann." Ich seufzte bedeutend. „Es ist das Leben, das einen an die Grenzen bringt, nicht wahr?"

Finn fing sich und nickte. „Aye."

„Ich komme einfach nicht weiter." Das bezog sich auf alle Bereiche meines Lebens. „Es ist eine Spirale nach unten, aber der Rückweg ist versperrt."

„Hm."

Es ermutigte mich, weiterzusprechen.

„Schlimmer noch. Vor mir ist ein Loch und manchmal denke ich, es wäre einfacher ..." Ich stockte erschrocken und riss den Blick von meinen Fingern, die am Glas herumgespielt hatten. „Das klingt jetzt nicht so, wie ich es meine."

„Es ist wohl kein ungewöhnlicher Gedanke", räumte Finn ein. „Es gibt immer Situationen, die einen aus der Bahn werfen."

Ich nickte schnell, schließlich wollte ich ihn von dem Gedanken ablenken, tatsächlich suizidgefährdet zu sein und in die Klapse zu müssen.

„Dinge, die das Leben auf den Kopf stellen und aus heiteren Himmel über einen hereinbrechen."

„Ja, richtig." Dann erst dachte ich über seine Worte nach. „Natürlich zeichnete es sich ab, dass Jura nicht das richtige Studienfach für mich ist." Meine Finger waren immer noch steif, als ich nach dem Glas griff, um aus ihm zu trinken. Ich schlabberte.

„Es macht mich ganz kribbelig", kicherte ich beschämt und versuchte die Cola aufzutupfen. Finn nahm mir die Serviette ab und drückte kurz meine Hand.

„Lass mich das machen."

Schnell riss ich die Finger zurück und harkte sie in meinem Schoß ineinander. Meine Unruhe brodelte in mir und ich musste auf dem Stuhl herumrutschen, um Dampf abzulassen.

„Danke."

„Es macht dich offensichtlich unruhig, also lohnt es sich, darüber nachzudenken." Finn wischte mit seiner Serviette über den Tisch und legte dann beide an den Rand. „Über die Ursachen. Befürchtest du finanzielle Einbußen, wenn du der Familie deinen Entschluss mitteilst? Bist du abhängig von ihnen?"

Mein Stocken rührte von meiner Verwunderung, schließlich war der Gedanke absurd.

„Jein." Ein deutscher Ausdruck, für den es in keiner anderen Sprache eine Entsprechung gab, also fasste ich meine Gedanken zusammen. „Ich werde natürlich Schwierigkeiten haben, aber keine, die nicht zu managen wären. Der Wechsel wird etwas Unruhe hineinbringen, meine Mutter wird enttäuscht sein und Vanessa mosern." Demnach war alles wie gewohnt. Ich stoppte sinnend. „Eigentlich hat mich so etwas nie von irgendetwas abgehalten."

„Dieses Mal ist es anders?"

Schuld schlich sich in mich, wie ein Dieb in der Nacht und überraschte mich eiskalt.

„Äh." Der Unterschied bestand nur in meinem Gefühlsaufruhr. „Ja. Ich hatte bisher nie Zweifel an mir."

Sein Blick bohrte sich in mich. Es war, als eröffnete sich ihm soeben mein gesamtes Innenleben und er

musste nur hinschauen, um mich in- und auswendig zu
kennen.

„Das ist anders", murmelte ich schnell und verhas-
pelte mich dabei. „I-i-ich äh ..."

„Es muss sehr beruhigend sein, nie an sich zu zweifeln."

„Es ist eher total egoistisch und bescheuert", krächzte
ich. „Aber ich habe bisher nie das Gefühl gehabt, falsch
liegen zu können und in den letzten Monaten ..." Ich
biss mir auf die Unterlippe, wobei ich hart mit mir
kämpfte, mich nicht so klein wie möglich zu machen.

„Klingt nach einer Lebenskrise."

Und er klang verflucht mitfühlend. Tränen brannten
sich in meine Augen. Selbst meine Lider konnten die
Pein nicht lindern und auch kein Blinzeln. Zumindest
konnte ich die Tränen noch zurückhalten und heulte
nicht los wie ein dummes Huhn.

„Katharina, solche Dinge kommen nicht über Nacht.
Hast du vor Kurzem einen schweren Verlust erlitten?
Einen Todesfall? Eine Trennung."

Ich schniefte und konnte mich nicht mehr zurückhalten. „Tschuldigung", krächzte ich, wobei ich hastig aufstand. „Ich muss kurz ..." Meine Hand beschrieb einen
Wink in eine unbestimmte Richtung, während ich bereits losstolperte.

„Katharina ..." Seinen Ruf ignorierte ich. Die Toiletten
befanden sich hinterm Haus, was mir recht war. Die
warme Sommerluft trug einen Hauch Salz, so dass ich
mir einreden konnte, der Geschmack auf meinen Lippen rühre von ihm.

Es war dumm zu weinen und ich mochte nicht dumm
sein.

Als ich mich endlich gefangen hatte und zurückging, war das Essen aufgetragen worden. Finn stand auf, als er mich sah, und zog mir den Stuhl zurecht.

„Danke.“

Sein Blick fragte, ob ich in Ordnung sei, aber er verkniff sich die Frage. „Guten Appetit.“

„Aye, guten Appetit.“ Schnell schlug ich die Serviette aus und beschäftigte mich mit meinem Fischgericht.

„Der Tod meines Vaters vor etwas über einem Jahr war für meine Mutter ein herber Schlag“, griff Finn das Gespräch nach langen Minuten wieder auf. „Sie ist über Nacht um zwanzig Jahre gealtert und noch uneinsichtiger als früher.“ Er grinste leicht. „Mein Vater zog sie immer damit auf, dass ihr McInnes-Blut sie reizbar und rechthaberisch mache.“ Nun lachte er auf. „Manchmal fragte ich mich, ob er sie überhaupt kannte.“

Dankbar, dass das Gespräch einen anderen Fokus bekam, wollte ich mich beteiligen und stellte die naheliegende Frage.

„Wie lange waren deine Eltern verheiratet?“

„Gar nicht.“

Ich brauchte einen Moment, um die Information zu verarbeiten. Dann sah ich auf, ein O auf den Lippen und mich fragend, ob es eines Kommentars würdig war.

Finn grinste und zuckte die Achseln. „Ihre Beziehung war nicht immer einfach.“

„Welche ist das schon?“, murmelte ich leise. Finlay und ich hatten auch unsere Tiefen gehabt. Seufzend sackte ich doch noch in mich zusammen.

„Keine vermutlich.“

Auch recht zu haben machte mich nicht fröhlicher. Tief seufzend steckte ich mir ein Stück Lachs in den Mund. Er schmeckte wie Reispapier.

„Trotzdem war meine Mutter glücklich. Vielleicht ist es den Ärger wert?"

Ich schluckte den Bissen ungekaut hinunter, um nicht daran zu ersticken.

„Vermutlich."

„Willst du mir nicht von deinen Problemen erzählen? Ich bin kein Experte für komplizierte Beziehungen, aber manchmal hilft es, es einfach mal loszuwerden."

Er meinte es sicher gut, aber attraktiv war das Angebot trotzdem nicht. Also schüttelte ich den Kopf.

„Also gut." Er klang enttäuscht und widmete sich eingehend seinem Essen.

Ich bekam einen Anflug eines schlechten Gewissens.

„Ich vermisse ihn." Meine Stimme kratzte und die Worte überschlugen sich in meinem Mund. „Ich kann einfach nicht aufhören, darüber nachzudenken. Über ihn nachzudenken. Über uns."

„Du hast also tatsächlich jemanden verloren. Das tut mir leid. Es braucht seine Zeit, um über Verluste hinwegzukommen."

„Ja", wisperte ich, nur um das Thema endlich abzuschließen. „Zeit."

„Und Ablenkung."

Dieses Mal brummte ich nur. Ich bekam nichts mehr runter, schob die Reste nur noch von links nach rechts und zurück.

„Hast du den *Old man of Storr* bereits gesehen? Oder die *Fairy Glenn*? Magst du Leuchttürme? Dann solltest du *Neist Point* einen Besuch abstatten. Was hältst du davon, dich einfach meiner Tour anzuschließen?" Finn hatte deutlich mehr Appetit als ich und leerte seine Portion bis zum letzten Soßentröpfchen, bevor er das Besteck quer über den Teller legte und sich den Mund mit einer Serviette abtupfte.

„Sie dauert vier Stunden und startet hier in Portree." Er drehte sich auf seinem Stuhl und deutete in die hintere Ecke. „Am Busbahnhof, gleich hier um die Ecke."

Er sah mir meine Begeisterung an.

„Ich hole dich ab. Neun Uhr, dann haben wir noch Zeit für ein gemeinsames Frühstück, bevor die Touristen eintreffen."

Ich räusperte mich. „Ich bin beschäftigt", murmelte ich. „Und stundenlang in einem schlecht temperierten Bus zu sitzen, gibt mir zu viel Zeit zum Nachdenken, fürchte ich."

„Du hättest nicht viel Zeit", korrigierte er mich, wobei er sich vorbeugte und die Ellenbogen auf dem Tisch abstützte. „Die Touren sind zwischen dreißig und fünfundvierzig Minuten lang. Wir wandern, erfahren einiges über die Geschichte Schottlands und ..."

„Gnade", murrte ich, die Hände hebend. „Ich bin wirklich nicht scharf auf eine Führung in Begleitung unzähliger, internationaler Touristen."

Finn zuckte die Achseln. „Bisher gab es keine Beschwerden, und auch wenn es hin und wieder etwas chaotisch wird, macht es auch Spaß. Aber vielleicht kann ich dich eher zu einer privaten Führung verlocken?" Er ließ nicht locker. „Vielleicht bekommst du Anhaltspunkte, die deine Ahnenforschung unterstützt?"

„Da müsste ich schon nach Mull."

Finn hatte nach seinem Glas gegriffen und stockte beim Ansetzen. Eigentlich wollte ich nicht darüber sprechen, aber er war nicht so leicht abzulenken. „Der Finlay McInnes, den ich suche, ist der Laird und Herr über Mull."

„Es gibt keine McInnes mehr auf Mull. Der Clan verteilt sich ..."

„Ich weiß, aber bis 1747 war Mull der Stammsitz der McInnes of Mull. Ich habe einige Aufzeichnungen im Internet gefunden, aber der letzte dokumentierte Herr über Mull, den ich finden konnte, war Douglas McInnes." Ich beendete den Satz mit einem Seufzen.

„So weit ich es verstehe, ist Vanessas Schwiegermutter eine gebürtige McInnes, allerdings stammt sie von Uist."

„Aye", brummte er, auf einmal verärgert. Es klang einer Nachfrage wert.

„Kennst du sie?"

Finn hielt meinen Blick. „Aye."

„Also gut, deine Mutter ist auf Uist geboren und die Dowager Duchess auch. Gibt es Verbindungen zwischen euren Familien?"

„Aye", knurrte Finn, wobei er die Lippen verzog. Irgendetwas an dieser Frage hatte ihn verärgert.

„Nachtisch?"

„Nay tabadh leat." Ich starrte ihn an, in der Annahme, er würde von selbst seinen Verwandtschaftsgrad kundtun, aber er schwieg. Winkte lediglich der Bedienung unauffällig zu, um zu bezahlen und überging das Thema, indem er fragte:

„Wie wäre es mit einem Spaziergang?"

„Raus damit! Seid ihr verwandt?"

Finn zog den Stuhl für mich zurück und hielt mir auch die Tür auf. Die sanfte Brise erfasste mein Haar und ließ es über meine Wangen streicheln. Von der Tür aus hatte man einen herrlichen Überblick über den Hafen Portrees mit seiner Reihe bunter Häuser und den Masten der Segelschiffe, die in der Bucht vor Anker lagen. Ich vernahm das Rauschen des Meeres, schmeckte das Salz in der Luft und schloss kurz die Augen. Allerdings fraß die Neugierde an mir.

„Finn?"

„Über Ecken", brummte er. „Vermutlich auch mit deinem Finlay."

Es elektrifizierte mich regelrecht. „Meinst du ...?"

„Die Vertreibung haben nicht viele McInnes überlebt, soweit ich weiß."

Ich blieb stehen. Hatte ich all die Zeit eine Informationsquelle direkt vor der Nase gehabt und sie ignoriert?

Finn fuhr sich durch das Haar. „Auf Mull wirst du nichts finden, da steht ein Gedenkstein, der eigentlich nach Culloden gehört und die gefallenen Krieger des Clans ehrt, aber wenn du hin möchtest ..." Er warf mir einen fragenden Blick zu.

„Ja!", quietschte ich begeistert und fiel ihm um den Hals. „Das wäre super!" Ich drückte ihm einen Kuss auf die Wange, bevor mir meine Aktion richtig bewusst wurde. Ich erstarrte, riss die Augen auf und keuchte, weil eine heiße Welle der Sehnsucht über mich hinwegrollte.

Finn schlang locker die Arme um mich und legte seinen weichen Mund zart auf meinen zu einem vorsichtigen Kuss, der dadurch nur umso süßer wurde. Es fühlte sich so verdammt gut an, dass mir gleich der Atem fehlte. Meine Finger schob ich genüsslich langsam über seine breite Brust, um dann mit dem kurzen Haar in seinem Nacken zu spielen.

Finn zog mich enger an sich, gab der sanften Liebkosung mehr Leidenschaft, dass mir die Sinne schwanden und ich mir nichts sehnlicher wünschte, als die Nacht mit ihm zu verbringen.

Sein Wispern riss mich allerdings aus dem Strudel meiner Begierde.

„Am Mittwoch habe ich frei. Ich leihe uns ein Boot und hole dich vom Anleger bei Dunvegan ab.“

Ich stolperte zurück, schlang die Arme um mich und wandte mich von ihm ab. Ich schloss die Augen. Mein Körper spielte verrückt, lechzte nach weiteren Küssen. Ich zitterte, meine Zähne klackerten aufeinander und selbst meine Knie schlotterten. In meinem Inneren brannte das pure Verlangen. Schnell ließ ich die Arme wieder fallen, die ich mir schützend um den Körper schlingen wollte.

„Hey“, murmelte Finn und schloss mich erneut in die Arme. „Du bist ja völlig durch den Wind, Lassie. Was ist denn los?“

„Nichts“, behauptete ich, wobei meine Stimme so sehr schwankte, wie die Sturmwellen in meinem Inneren.

„Katharina ...“ Er fluchte. „Du zitterst am ganzen Körper.“

„Mir geht es gut“, behauptete ich. „Ich bin nur müde. Bring mich nach Dunvegan. Bitte.“

Finn zog mich zurück, stoppte meinen neuerlichen Versuch, mich zu lösen, indem er mein Kinn hob und mir in die Augen sah. „Ich mache mir Sorgen. Versprich mir, mit jemanden über deine Gefühle zu sprechen."

Mir klappte erschreckt der Mund auf. „Wie bitte?"

„Der Verlust macht dir zu schaffen und du fühlst dich schuldig, weil du ... mich magst."

„Nein!" Ich schubste ihn von mir. „Glaub ja nicht ..."

„Also gut." Seine Finger drückten sich auf mein Handgelenk. „Dein Puls rast und du bist in kaltem Schweiß getränkt."

Absolut richtig. Ich blinzelte und ließ die Zunge über meine Lippen schießen. Ich fühlte mich in die Ecke gedrängt.

„Du bist nicht in Ordnung, warum willst du dich nicht durchchecken lassen? Mit einem Psychologen sprechen? Medikamente könnten dir helfen, dein seelisches Gleichgewicht wiederzufinden."

O toll, er hielt mich für einen Fall für die Klapsmühle.

Ich entriss ihm mein Gelenk. „Das reicht jetzt, Finn. Bring mich nach Dunvegan." Damit wandte ich mich ab und stapfte über die Straße und hinüber zu seinem Wagen. Er hielt mir die Tür auf, schlug sie zu, als ich eingestiegen war, und umrundete den Wagen. Sich anschnallend ließ er die Bombe fallen.

„Hier meine Bedingungen: Ich rufe deine Schwester an, damit sie dich in Empfang nimmt und ein Auge auf dich hat. Außerdem wirst du morgen bei einem Arzt vorstellig und lässt dich untersuchen. Dafür stehe ich dir für jeden Ausflug zur Verfügung, den du aufgrund deiner Recherche tätigen möchtest. Edinburg, Mull, U-ist ... London. Ganz gleich, wo du hinwillst oder wann."

O Finlay. Mein Herz splitterte.

9. Schmerzliche Sehnsucht

Finn begleitete mich bis zur Tür. Er hatte es völlig ernst gemeint und übergab mich Vanessa, als wäre ich ein entlaufendes Kind, er der Polizist und Vanessa die besorgte Mutter. Ihre Augen lagen glühend auf mir, als sie sich an Finn wendete.

„Mr McInnes, ich weiß gar nicht, wie ich Ihnen danken soll!"

„Passen Sie auf Ihre Schwester auf, das wäre mir Dank genug." Finn lächelte Vanessa verhalten an. „Sie sollte sich noch einmal bei einem Arzt vorstellen."

Ich presste die Lippen aufeinander, denn meine Schwester ging sofort darauf ein. „Das ist ganz meine Meinung, Mr McInnes, aber Katharina ist davon überzeugt, dass es ihr blendend geht, und will nicht auf die Stimme der Vernunft hören."

Die Worte lagen mir bereits auf den Lippen, aber ich schluckte meinen harschen Widerspruch hinunter. Besser war es, ihr Sand in die Augen zu streuen.

„Ich freue mich auf unseren Ausflug übermorgen." Meine Lippen sprangen in ein unaufrichtiges Grinsen, als ich Finn flüchtig am Oberarm berührte. „Gute Nacht."

„Gute Nacht, Katharina.“ Seine Augen verengten sich, als röche er den Braten. „Neun Uhr am Pier?“

Ich nickte, wobei ich mir vorkam wie eines dieser Nickpüppchen. „Ich bin schon ganz aufgeregt.“ Das war ich wirklich, schließlich erhoffte ich mir einiges von meinem Besuch auf Mull.

„Kann ich dich irgendwie erreichen?“ Er sah sich flüchtig um, seine Lippen verzogen sich unauffällig, bevor er sie zusammenpresste.

„McInnes!“

Vanessa zuckte ebenso wie ich zusammen. Ian kam aus einem Flur, die Hände auf den Rücken gelegt, deutlich auf Angriff getrimmt. Sein Kinn schob sich vor, wobei seine Miene seinen Abscheu kundtat.

„Wer hat Sie eingeladen?“ Ians Blick schweifte über Vanessa und mich.

„Ich brachte Miss Hagedorn her.“ Was das Nötigste an Information war, aber keine Erklärung. Die Spannung zwischen den Männern nahm zu, je näher sie sich kamen. Sie maßen sich, wobei beide aussahen, als gingen sie sich jeden Augenblick an die Gurgel.

„So? Dann bedanke ich mich für Ihren Dienst.“ Ians Hand schoss vor und deutete zur Tür. „Auf Wiedersehen.“

Das war rüde. Finn grinste, als habe er genau diese Reaktion erwartet. Er verabschiedete sich erneut, nickte mir zu und schlenderte hinaus.

Ian folgte ihm und schmiss die Tür hinter ihm zu, die durchaus auch allein ins Schloss gefallen wäre. „Sag mir bitte, dass es nicht der McInnes war, der Katharina gerettet hat“, schnarrte er, bemüht, seine Aggressivität im Zaum zu halten.

Vanessa flog auf ihn zu, legte ihm die Hand auf die Brust und sah mit großen Bambi-Augen zu ihm auf. „Was hast du denn?“

Ian schüttelte den Kopf. „A ghràidh, ich möchte, dass du diesem Mann aus dem Weg gehst.“ Dass es ihm todernst war, war kaum zu überhören. Vanessa stammelte eine Zustimmung, was Ian beruhigte. Er legte die Arme um meine Schwester, seufzte und fasste mich ins Auge.

„Du bist mit ihm verabredet?“

Ich zuckte die Achseln.

„Ich kann dir nicht verbieten, dich mit ihm zu treffen“, murrte er, was mich denken ließ, dass er es gerne täte. „Aber ich möchte dich warnen: Er hat andere Ziele.“

„Die da wären?“ Es war sicherlich fraglich, was Finn von mir wollte, aber Ian ließ es aussehen, als gäbe es nur ihn und seine Fehde gegen die McInnes.

Er blieb mir die Antwort schuldig, betrachtete mich nur aus zusammengekniffenen Augen.

„Was macht er wohl ausgerechnet in der Nähe von meiner Frau? Warum war er zufällig da, um dich retten zu können? Ich finde es sehr passend, dass er immer zur rechten Zeit am rechten Ort zu sein scheint.“

„Immer?“, griff Vanessa verwirrt auf. „Aber wie oft ...?“ Sie sah zu mir, als könnte ich Klarheit schaffen. „Was geht hier vor?“

„Ich habe ihn häufiger hier herumkurven sehen“, behauptete Ian nun. „Ich konnte mir bisher keinen Reim daraus machen, aber offenkundig führt er was im Schilde.“

„Er hat mich nur nach Hause gebracht, Ian.“ Alles andere war absurd.

„Natürlich." Ian sog genervt den Atem ein und schüttelte den Kopf. „Katharina, gehe davon aus, dass du nicht alles verstehst, was zwischen den McDermitts und den McInnes vorgeht."

Mein Schnauben unterbrach ihn nicht.

„Aber er hat keinen Grund, in Dunvegan aufzutauchen."

„Es ist die einzige Tankstelle im Umkreis." Ich hob die Hände, um die Diskussion abzuwürgen. „Schön! Ich gehe hoch."

Ich drehte ihnen den Rücken zu, um die Halle zu durchqueren, und streckte die Hand schon mal nach dem Treppengeländeraus.

„Es ist mir ernst mit meiner Warnung, Katharina", stoppte Ian mich, als meine Finger gerade Kontakt zu dem uralten Holz bekamen. „Er hat hier nichts verloren, und das weiß er genau."

„Er hat mich nach Hause gebracht, nachdem er mich … in Portree traf." Ich zuckte die Achseln, wobei ich über die Schulter zurücksah. „Und er hatte einen guten Grund bei den Fairy Pools zu sein."

„Das bezweifle ich nicht", knurrte Ian. Er zog Vanessa an sich und drückte seine Lippen in ihr Haar. „Ich habe dich vor Gladys gewarnt, a ghràidh."

„Aber sie hat mir doch geholfen. Ohne sie hätte ich niemals den Weg zu dir zurückgefunden!"

Ian seufzte. Ich drehte mich, lehnte mit dem Rücken gegen das Ende des Geländers, die am Fuß der Treppe in einem breiten Bogen auslief, und konnte nicht ganz fassen, was ich hier zu hören bekam.

„Ich weiß, aber nun stehen wir in ihrer Schuld und das ist kein Platz, an dem ein McDermitt gerne steht."

„In der Schuld eines McInnes, na das hat offenbar
Tradition.“ Schließlich hatte Finlay vor über zweihundert Jahren seinen Cousin Padraig das Leben gerettet
und für einen beträchtlichen Zugewinn an Land gesorgt, indem er die Verehelichung von Padraig und
Mairead bezeugte.

Ian verengte die Augen. „Wie bitte?“

Ich wollte ihn mit dieser Tatsache konfrontieren,
dass ohne Finlays Hilfe sein Vorfahr nicht lang genug
gelebt hätte, um Nachkommen zu zeugen, verkniff es
mir aber gerade noch.

„Finn war nur bei den Fairy Pools, weil er eine Reisegruppe begleitete.“

„Er macht Sightseeing?“ Ians Grinsen hatte einen
überheblichen Touch. „Peinlich genug.“ Er drückte Vanessa noch einmal an sich, bevor er sie vorwärtsschob,
um nicht durch die Halle brüllen zu müssen.

„Findest du?“ Ich versuchte es neutral, obwohl ich den
Drang verspürte, mich für Finn McInnes einzusetzen.
Natürlich nur, weil er mich gerettet hatte und meinem
Finlay so ähnlich war. „Ich finde es beeindruckend,
wenn man seine Heimat so gut kennt, dass man
Fremde herumführen kann.“

Er stockte, runzelte die Stirn und formte ein stummes
Wort mit den Lippen.

„Du dachtest, er sei als Tourist dabei.“ Er glich seiner
Mutter, wenn man ihn ertappte, allerdings wandelte
sich sein sturer Zug um die Lippen schnell in ein zer-
knirschtes Grinsen.

„Aye.“

Ich schnalzte. „Verrätst du uns das Problem?“

„Ich kenne ihn und habe keine guten Erfahrungen gemacht, das muss dir genügen.“

Vanessa bestätigte ihn seufzend, aber ich schnaubte lediglich und verdrehte die Augen.

„Also schön, ich gehe ins Bett!“

Vanessa hatte zu mir aufgeschlossen und streckte die Hand nach mir aus. „Du darfst nicht allein verschwinden, Katharina, ich weiß nicht, wie oft ich dir das noch vorhalten soll!“

Ich hatte gehofft, an der Standpauke vorbeizukommen, wunderte mich aber nicht, dass Vanessa es aufgriff. „Ich habe doch gesagt, dass ich spazieren gehe.“

„Das Handy!“ Vanessas sonst so sanfte Augen glühten. „Und den Tracer hattest du auch wieder nicht dabei!“

„Er war in der anderen Jacke.“ Die Ausrede war lahm, aber die reine Wahrheit. „Ich nehme ihn ja mit und dein Telefon auch.“

„Aber Rona nicht. Sie ist hier aufgewachsen und kennt sich hier aus.“ Sie fasste nach meiner Hand und drückte sie. „Es ist mir ernst damit.“

„Du erwartest nicht wirklich, dass ich da zustimme?“ Das wäre wirklich dumm, denn ich hatte es noch nie ausstehen können, überwacht zu werden.

„Nimm doch bitte Vernunft an. Du hattest eine Gehirnerschütterung!“, knirschte Vanessa, ihre Nägel bohrten sich in mein Fleisch, bevor sie sich besann und sich mit einem tiefen Atemzug beruhigte. „Rona wird dich begleiten, wenn du das Haus verlässt. Punkt.“

Ein Laut, halb Lachen, halb Schnaufen, brach aus mir hervor. „Dann geh ich nicht vor die Tür.“ Ich zuckte die Achseln und drehte mich um, um die Stufen emporzusteigen.

„Katharina!“

„Ich dachte, du wolltest, dass ich mich mit *anderen Dingen* beschäftige, aber gut, lasse ich meine Gedanken weiter um gewisse Erinnerungen kreisen.“ Unbeeindruckt ging ich weiter. „Oh, und es gibt auch noch so viele Dinge, die ich hier erkunden kann – unbeobachtet von lästigen Wachhunden meiner Schwester.“

„Es ist durchaus vernünftig, sich begleiten zu lassen“, mischte Ian sich ein. „Abgesehen von deiner gesundheitlichen Verfassung ...“ Ich verfehlte die nächste Stufe und strauchelte. „... gibt es genügend andere Gefahren. Rona fungiert nicht als Wachhund, sondern als Bodyguard. Gewisse Journalisten werden sich von dir fernhalten und dich nicht behelligen.“

Mein Herz pochte wild in meiner Brust. Vanessa hatte Ian doch nicht alles erzählt?

Hitze schoss mir in die Wangen und verschwand ebenso schnell wieder, um mich bebend zurückzulassen.

„Ich bin nicht verrückt!“, beschied ich fest. Ich löste meine verkrampften Finger vom Treppengeländer und krallte sie ineinander.

„Gewisse ... Erlebnisse, die du gehabt haben willst, lassen mich etwas an deiner geistigen Gesundheit zweifeln, wenn ich es so direkt sagen darf.“ Ian und Vanessa schlossen zu mir auf, weil ich mich nicht bewegen konnte. „Glaubst du wirklich, eine Zeitreise begangen zu haben?“

Damit war wohl deutlich, dass Vanessa ihrem Ehemann nichts verschwiegen hatte. Ein Wunder, dass Ian mich immer noch mit Respekt behandelte und nicht wie eine Irre. Ich räusperte mich unangenehm berührt. „Ich weiß, wie es klingt."

„Es wäre besser, wenn es nicht publik wird." Es klang wie eine Drohung, weshalb ich das Kinn hob. Ian überholte mich, baute sich vor mir auf und überragte mich. Es hatte etwas Einschüchterndes, auch wenn er beruhigend die Hände hob und lächelte. „Vanessas Depression ist genug Zündstoff für die Presse, da brauche ich keinen zusätzlichen Brandbeschleuniger wie eine schizophrene Schwägerin oder so etwas."

„Auch wenn ich in letzter Zeit daran zweifle, halte ich mich nicht für verrückt." Gut, dass ich Vanessa nicht erzählt hatte, dass ich tatsächlich noch einmal von der Plattform bei den Fairy Pools gesprungen war.

„Ich bin sicher, wir können uns einigen. Wenn Rona dir als Begleitung nicht zusagt, kann ich einen der Sicherheitsleute für dich abstellen. Sie sind es gewohnt, sich im Hintergrund zu halten."

„Wie gesagt", hob ich nach einem Räuspern wieder an. „Ich kann mich auch im Schloss beschäftigen." Ich reckte den Hals. „Indem ich die Geheimgänge erkunde."

Seine Augen wurden rund. „Woher ...?" Er brach ab, räusperte sich und warf einen Blick voller Ungemach hinter mich, wo ich Vanessa vermutete.

„Die Geheimgänge?", fiepte sie schrill. „Die sind unbeleuchtet und gefährlich!"

Ich fuhr herum. „Also bitte, Vanessa! Soll ich im Salon sitzen und mich mit Handarbeiten beschäftigen?" Ich lachte auf, weil ich schon einmal in dieser Situation gewesen war. Bei Mairead hatte ich ein gewisses Verständnis gehabt, dass sie mir mit so etwas kam, meine Schwester sollte es besser wissen!

„Beruhigen wir uns“, mischte Ian sich erneut ein. Wenn es Katharina hilft, beschäftigt zu sein, sollten wir für Beschäftigung sorgen.“

„Aber doch nicht, indem wir sie durch die Eingeweide des Schlosses kriechen lassen!“

„Und warum nicht?“

Vanessa klappte den Mund zu.

„Mit gewissen Vorsichtsmaßnahmen, auf die ich bestehen muss, spricht nichts dagegen. Lachlan und ich haben einige der Wege in unserer Kindheit genutzt, es ist sicher.“ Ian hatte ein beachtliches Talent. Meine Schwester seufzte und ihre Haltung lockerte sich.

„Wenn du der Meinung bist, dass sie sich nicht in Gefahr bringt, dann ist es mir tatsächlich lieber, sie hier im Haus herumstreunen zu lassen.“ Vanessa lächelte in ihrer Beruhigung, was meinen Puls in die Höhe schießen ließ. Das, oder der Vergleich mit einem Hund, ich konnte das nicht auseinanderhalten. Meine Hände ballten sich zu strammen Fäusten. „Ich zeige dir morgen, wo man Zugang zu den Wandzwischenräumen bekommen kann, aber ich muss darauf bestehen, dass du dich abmeldest, wenn du dich dort umschaust und bestimmte Stockwerke meidest.“ Er seufzte. „Du verstehst hoffentlich, dass meine Mutter ein Recht auf ihre Privatsphäre hat.“

Die Formulierung ließ mich aufhorchen.

„Soll das heißen, es gibt diese Gänge auch in anderen Teilen der Burg?“

„Aye.“

Innerlich triumphierte ich.

„In allen?" Ich entspannte mich wieder und zippte die Jacke auf, weil mir langsam zu warm in ihr wurde.

„Nay." Er nahm Vanessas Hand auf, legte sie sich auf seinen Unterarm und bedeutete mir dann, die letzten Stufen zu erklimmen. „Aber es gibt auch Fluchttunnel und verborgene Räume, die dich sicher beschäftigt halten sollten." Oben angelangt, wandten wir uns nach rechts. Mein Zimmer war das Erste, das vom Flur abging. Vanessa nahm mich linkisch in den Arm, während sie mir eine Gute Nacht wünschte.

„Ja, Gute Nacht euch beiden." Ich schloss die Tür und lehnte mich dagegen. Zu viel war auf einmal passiert und ich musste mich erst einmal sammeln.

Der nächste Tag in den Geheimgängen versprach Aufregung, schließlich hatte ich noch nicht ganz ausgeschlossen, dass sich Finlay gerettet haben könnte und sich irgendwo versteckt hielt. Dunvegan wäre dafür perfekt geeignet, schließlich hatte man hier Zugang zu allem, was man so benötigte: Wasser, Essen und ein Dach über dem Kopf. Aber so richtig rechnen wollte ich nicht damit, dass ich Finlay tatsächlich fand. Da war so ein Gefühl tief in mir, das mir die Hoffnung nahm, aber es war wichtig, jede Möglichkeit zu untersuchen. Ich brauchte das. Die Geheimgänge zu erkunden, war wichtig, bedurfte aber keiner großen Planung. Eine Taschenlampe mitzunehmen sollte kein Akt sein, aber der Ausflug nach Mull am Mittwoch benötigte überdachte Vorbereitung. Vor einer Woche wäre ich noch einfach so drauflosgestürmt, aber Catriona hatte mir bezüglich der Recherche die Augen geöffnet. Irgendwo aufzutauchen und Antworten zu verlangen, führte nicht zum Ziel. Ich stieß mich von der Tür ab und lief zum Bett, um unter dem Fußende meine Tasche hervorzuziehen. Mit meinem Notizbuch und einem Stift kletterte ich ins Bett, um mir eine Liste zu erstellen. Einige Anrufe bei Behörden sollten hilfreich sein, dann brauchte ich noch etwas mehr über Mull herauszufinden, wobei ein örtliches Naturkundemuseum dienlich wäre. Den Rest der Nacht brütete ich über Dinge, die ich auf Mull erfahren konnte.

10. Zeit für einen Richtungswechsel

Nach einem Tag, den ich in den Eingeweiden Dunvegans verbracht hatte, war ich mehr als getrieben, diesen in der freien Natur zu genießen. Die Geheimgänge hatten sich als Enttäuschung erwiesen: Es gab keinen Hinweis darauf, dass jemand sie vor Kurzem benutzt hätte. So gesehen blieb noch immer ungeklärt, wie Finlay in der Halle erschienen war und wie er so plötzlich wieder hatte verschwinden können. Ich hatte ja gespürt, wie er mich ins Bett getragen hatte, er musste da gewesen sein, ich konnte mir das nicht eingebildet haben.

Zwar war mir Finns Begleitung nicht ganz geheuer – ich reagierte körperlich zu stark auf ihn – aber nach reiflicher Überlegung war ich zu dem Schluss gekommen, dass ich diese Unannehmlichkeit eingehen musste. Catriona war mir eine unschätzbare Hilfe gewesen, aber sie war Kilometer weit entfernt und ich war hier gefangen.

Ich schlang die Arme um mich, die kühle Luft des Morgens ließ mich frösteln, während mein Blick ziellos in die Ferne gerichtet war. Nebel hing über dem Meer. Sonnenstrahlen durchzogen die diesige Luft und färbten den Himmel in ein zartes Rosa. Ein Brummen schwoll an. Der Ton kam aus allen Richtungen, hätte durchaus auch von einem Auto oder anderem Fahrzeug stammen können. Aber ich hielt meinen Blick in die Ferne gerichtet und wartete darauf, dass ein Boot in die Bucht tuckerte.

Ich war früh dran, weil ich nach meiner stundenlangen Erkundung in den Geheimgängen schlecht geträumt hatte, und nach dem Aufschrecken am frühen Morgen nicht mehr hatte liegenbleiben können.

Endlich brach die Nebelwand auf und ein kleines Boot raste heran. Es machte einen Bogen, bevor es langsamer wurde und kurz vor dem Pier den Motor abstellte. Der Schwung beförderte das winzige Fahrzeug an den Anleger und Finn warf ein Seil aus, um das Boot an den Pier zu ziehen.

„Madainn mhath." Finn grinste zu mir auf und hielt mir die Hand hin. „Bist du bereit?"

Ich gab den Gruß zurück, wobei ich meinen Blick über das kleine Wasserauto gleiten ließ.

„Das ist nicht dein ernst."

„Komm, wir haben einen langen Tag vor uns." Er fischte nach meiner Hand und zog sanft an ihr. „Was ist los?" Sein Lächeln verflüchtigte sich. „Ich nehme an, dein Schwager findet es nicht passend, dass ich dich begleite."

Das war freundlich ausgedrückt.

„Das heißt dann, dass du nicht mitkommst?" Sein Blick fiel an mir herab, legte sich kurz auf die Riemen meines Rucksacks, bevor er zu meinen Füßen stockte. „Oder bist du noch unentschlossen?"

„Es sind mehrere Seemeilen bis nach Mull!", kam ich auf den Punkt. „Über den Pazifischen Ozean und wir beide wissen, dass das Wetter hier die Hölle ist."

Er sah auf, Erkenntnis dämmerte in seiner Miene. „Aye. Dunvegan liegt nicht gerade günstig zu Mull, aber wir werden keine Probleme bekommen, vertrau mir. Ich bin ein erstklassiger Seemann." Wieder streckte er die Hand nach mir aus und dieses Mal überwand ich meine Zweifel und ergriff sie.

Finn grinste, führte mich zum Steuerrad und bedeutete mir, auf dem Nachbarsitz Platz zu nehmen.

„Wir werden nicht schneller sein, als wenn wir mit dem Auto gefahren wären."

„Nay", stimmte er zu. Er drehte den Schlüssel und der Motor brummte auf. „Aber die Fahrt wird entspannter."

Stöhnend sank ich in die Polster, froh darüber, zumindest eine dicke Jacke zu tragen.

„Und da wir sehr viel Zeit haben …", lächelte er und sah genauso aus wie Finlay.

„Was weißt du über die Fehde zwischen euren Clans?", unterbrach ich ihn. Ich hatte mir vorgenommen, Abstand zu halten und mich nur auf meine Recherche zu konzentrieren.

„Nicht viel", blockte er ab. Dass ihm das Thema nicht behagte, erkannte man an seiner verschlossenen Miene.

„Ich habe den Verdacht, dass einiges mehr im Argen ist, als einer von euch zugeben will." Und keiner sprach darüber.

„Schafe", murrte Finn nach einer Weile.

Ich wartete, aber er gab nichts weiter preis.

„Mein Gott, was ist euer Problem?", knirschte ich. Es war unglaublich, dass erwachsene Männer sich zierten, wie Jungfrauen im Mittelalter!

„Eure Clans heiraten ständig untereinander, was kann also so Tragisches passiert sein, dass ihr daraus so ein Geheimnis macht?"

Finn räusperte sich. „Die Schafe sind der Grund für die Eheschließungen."

Okay, das machte es nicht verständlicher.

„Wie wäre es mit einer Erklärung?" Da er wieder nur auf das Meer hinausstarrte, fluchte ich. „Ach komm schon! Es ist Generationen her, welche Bewandtnis kann es jetzt noch haben, dass die einen dem anderen ein paar Schafe stahlen oder was früher sonst so verbrochen werden konnte!"

Vielleicht hatten sie die Frauen des anderen Clans als Hexen denunziert? Einen Moment zweifelte ich daran, dass der Grund belanglos sein konnte, dann erinnerte ich mich daran, dass es hunderte Jahre her war.

Als er endlich zu einer Erklärung ansetzte, war es so leise, dass ich ihn unter dem Motorengeräusch und dem Rauschen des Wassers kaum verstand.

„Es begann mit Schafen. Einer Schiffsladung Schafe, wenn man es genau nimmt, und zwar zur Zeit Königin Elizabeths."

Was irgendwann sechzehnhundert gewesen sein musste. Mir klappte der Mund auf. „Das ist Ewigkeiten her!"

„Aye." Finn zuckte die Achseln. „Aber es war auch nur der Anfang und der Grund, warum es durch die Jahrhunderte hinweg immer wieder zu Zusammenstößen kam."

„Erzähl." Auch wenn ich nicht glaubte, es nachvollziehen zu können, wollte ich trotzdem die ganze Geschichte hören.

„Die McDermitts und die McInnes schlossen einen Pakt gegen die ebenfalls auf Skye ansässigen McPhersons. Leider kam die Fracht nie auf Mull an und die McInnes bezichtigten die McDermitts des Betrugs. Es ging bis hinauf zum späteren König James, der beschied, dass die Fehde beizulegen sei und für jedes verlorengegangene Schaf eine McInnes zur Duchess of Skye gemacht wird."

Wenn es nicht so absurd gewesen wäre, hätte ich gelacht. „Schafe." Sollte ich mich darüber aufregen, dass einmal mehr Frauen unter der Dummheit von Männern zu leiden hatten?

„Aye." Er warf mir einen abschätzenden Blick zu. „Warum hast du deinen Schwager nicht danach gefragt?"

„Ich habe Ärger aus dem Weg gehen wollen", murmelte ich leise. „Warte, heißt das, dass Ian eine McInnes hätte heiraten sollen? Ist die Duchess deswegen so abweisend meiner Schwester gegenüber?" Ich pfiff, wobei ich mich fragte, ob Vanessa davon wusste.

„Nay, aber die nächste Generation wäre dazu verpflichtet."

Die Vorstellung deprimierte mich. Zwar waren die Chancen, dass dieser McDermitt mein Neffe war gering – Vanessa hatte Schwierigkeiten schwanger zu werden, weshalb ihre vorherige Ehe gescheitert war – aber irgendein junger Mensch würde sich damit auseinandersetzen müssen, jemand heiraten zu sollen, den er gar nicht wollte.

„Wahnsinn."

„Aye. Ich könnte nicht mit einer Frau zusammen sein, für die ich nichts empfinde." Finn schwenkte das Boot. Zu unserer Linken wusch die Küste von Skye an uns vorbei. Das Panorama war aber nicht der Grund, warum ich den Kopf drehte.

„Pass auf, sonst halte ich dich noch für einen Romantiker." Ich konnte das Grinsen nicht unterdrücken. „Aber ich stimme dir zu. Ich mag mir gar nicht vorstellen ..."

Mitten im Satz kam mir eine wahnwitzige Idee. „Zur Duchess? Soll das heißen, dass immer der Erstgeborene seine Gattin unter den McInnes wählen muss?" Wie Ians Vater zum Beispiel. Die Reaktion der Duchess kam mir in den Sinn, wie sie auf Liebesbekundungen reagierte, was sie von ihnen hielt. War es verwegen, davon auszugehen, dass sie eine der *ausgewählten Bräute* war.

„Zumindest habe ich es so gehört." Er zuckte die Achseln. „Aber die genauen Umstände sind mir natürlich nicht bekannt." Er sah zu mir, seine Lippen zu einem schüchternen Grinsen verzogen. „Hast du schon mal ein Boot gesteuert?"

Es war eine Ablenkung, auf die ich nur einging, weil ich mir mehr Offenheit von ihm versprach, wenn ich die Befragung unterbrach. „Nein, und ich weiß auch nicht, ob ich eine Lektion auf offenem Meer erhalten möchte."

Das kleine Boot schaukelte auf den tosenden Wellen und ich fühlte mich kein bisschen besser auf diesem motorisierten Vehikel, als damals mit Finlay auf dem Ruderboot.

„Unter deinem Sitz findest du eine Schwimmweste. Vielleicht fühlst du dich sicherer, wenn du sie anlegst?“ Er verengte die Augen. „Eigentlich sollte ich darauf bestehen.“

„Du sagtest, es war der Anfang. Gab es mehr Gründe, warum eure Familien einander nicht ausstehen können.“

„Oh, dutzende.“

Da hatte ich noch einiges aus ihm herauszuholen.

„Wir sollten zunächst ...“

„Zum Stadthaus. Ich habe um zwei einen Termin mit Mr Ward“, sagte ich, als wir zwei Stunden später endlich auf Mull anlegten. Meine Knie fühlten sich an wie Wackelpudding und ich wagte es nicht, die Hand vom Poller zu nehmen.

„Wie bitte?“ Finn hatte das Boot festgemacht und kam nun zu mir, um mich zu stützen. „Du hast Termine?“

Ich schlug die Augen auf und bedachte ihn mit einem strafenden Blick. „Ich bin nicht hier, um die Natur zu bewundern.“

„Natürlich nicht, aber ...“

„Wir werden einen Wagen brauchen, aber wir haben nicht umsonst hier angelegt, nicht wahr?“

Tobermory war meiner Vorabrecherche nach die Hauptstadt der Insel und damit ähnlich wie Portree. Im Vergleich zu Köln befanden wir uns also in einem Kaff am hintersten Ende der Welt.

„Daran habe ich gedacht“, räumte Finn ein. „Ich habe einen Leihwagen reserviert, allerdings ist es bereits halb zwei, und wenn du deinen Termin pünktlich einhalten willst ...“

„Okay. Ich habe eine Offlinekarte auf Vanessas Handy geladen und werde den Weg finden. Treffen wir uns dann im Rathaus?“ Ich fischte nach dem Handy in meiner Jackentasche, um das Telefon zu präsentieren. „Du hast die Nummer?“

„Warte.“ Finn fuhr sich durchs Haar und schüttelte den Kopf. „So habe ich mir das nicht vorgestellt.“

„Ach?“ Sollte ich fragen, was er sich vorgestellt hatte? Allerdings hielt ich die Antwort für irrelevant. Ich klopfte ihm auf den Oberarm. „Nach meinem Gespräch können wir essen gehen und dann kannst du mir erzählen, was du an diesem schönen Tag gerne gemacht hättest.“ Ich ließ ihn stehen, aber er wollte sich nicht abhängen lassen.

„Vielleicht sollte ich mich zunächst informieren, was du geplant hast.“

Ich hob die Hand und präsentierte meinen Zeigefinger. „Punkte eins: Mr Ward und Zugang zu den Archiven. Punkt zwei: Das Kirchenregister überprüfen, und Punkt drei wäre die Besichtigung des Mahnmals.“

„Das klingt nicht nach einem Tagesplan.“ Finn hielt mich erneut auf. „Zum Mahnmal müssen wir zum Loch Frisa, der mehr im Inland liegt. Das sind knappe dreißig Meilen an Straße, die wir zurücklegen müssen – pro Strecke.“ Er schüttelte den Kopf. „Das schaffen wir nicht alles an einem Tag.“

„Wir müssen es schaffen“, beschied ich fest. Verzweiflung ließ mich beben, aber mir leuchtete aus seinen Augen nur Verständnislosigkeit entgegen. „Ian war nicht begeistert, dass du mich begleiten wolltest. Er riet mir, mich von dir fernzuhalten.“

Das überraschte ihn nicht. Er zuckte die Achseln und ich fuhr fort: „Vanessa hat mich nur gehen lassen, weil sie nicht weiß, was ich geplant habe. Sie will nicht, dass ich mich weiter mit dieser Recherche beschäftige." Den Grund dafür nannte ich ihm nicht, obwohl es mich nervös machte, es für mich zu behalten. Ich tänzelte zur Seite weg und stieß gegen jemanden. Ich entschuldigte mich schnell, froh abgelenkt zu sein.

Wir befanden uns immer noch am Hafen, auch wenn wir mittlerweile festen Boden unter den Füßen hatten. Der Weg endete an einer Art Wendehammer und die Straße erklomm eine Anhöhe.

„Katharina ..."

„Es könnte sein, dass ich keine zweite Chance bekomme, Finn." Ich blieb nur stehen, weil ich wollte, dass er verstand, wie wichtig es war. Ich sah zu ihm auf. „Wir müssen es schaffen."

„Ich habe das Gefühl, dass du mir etwas verheimlichst."

„Aye", flüsterte ich für mich, wobei ich einen Blick auf die Uhr warf. „Ich muss mich beeilen."

„Also gut, ich hole den Wagen und treffe dich im Rathaus." Er führte mich noch die Straße hinauf, der sanfte Druck seiner Finger in meinem Rücken gab mir Zuversicht. Ich bekam meine Antworten und alles würde gut. Zwar wusste ich nicht, was in meinem Fall gut wäre, aber allein die Möglichkeit, endlich nicht mehr von den eigenen Dämonen getrieben zu werden, beruhigte mich.

„Danke." Ich sah auf das Handy. „Ich muss nach rechts."

„Du hast meine Nummer?", versicherte sich Finn, als er die Hand zurückzog. „Falls irgendetwas ist?"

Ohne nachzusehen bestätigte ich es.

Wir trennten uns und ich beschleunigte meinen Schritt. Das Rathaus befand sich in einem uralten Backsteinhaus gleich neben der Polizei und dem Postamt. Mr Ward erwartete mich bereits. Er war ein älterer Herr mit Halbglatze und einer Brille mit dicken Rändern aus Horn. Er schüttelte meine Hand mit Enthusiasmus.

„Miss Hagedorn, welch unglaubliche Freude, sie persönlich kennenzulernen."

„Mr Ward?" Ich lächelte. „Ich bin Ihnen sehr dankbar, dass sie sich Zeit für mich nehmen. Besonders, da meine Bitte so kurzfristig war."

„Ah, einem hübschen Lassie wie Ihnen, kann man doch nichts abschlagen." Er zwinkerte und deutete zu seinem Büro. „Kommen Sie."

Neben dem Schreibtisch gab es in der Ecke des vollgestellten Raumes noch einen zweiten Tisch, auf dem sich Kartons stapelten.

„Ihre Anfrage war sehr spezifisch." Mr Ward leitete mich zu dem einzigen freien Stuhl. „Die Vertreibung des Clan McInnes von Mull. Darf ich fragen, was Ihr Interesse ausgelöst hat?"

„Meine Schwester ist die Duchess of Skye und wir haben etwas über die Familiengeschichte recherchiert. Dabei stießen wir häufig auf den Namen McInnes, aber wir konnten sonst kaum etwas über den Teil der Familie erfahren, das hat mich wohl neugierig gemacht." Ich tat es mit einem Lächeln und einem Schulterzucken ab. „Meine Schwester hätte mich gerne begleitet, aber ihr

Mann hält nicht viel von der Idee. Es scheint eine ernsthafte Fehde zwischen den Familien zu herrschen."

„Oh, aye", bestätigte Mr Ward frenetisch, während er sich einen Stuhl freiräumte. „Die Fehde ist legendär."

Belustigt verdrehte ich die Augen. „Wegen einiger Schafe?"

„Nay, wegen der einzigartigen Konsequenzen. Es heißt, wären diese Schafe auf Mull angekommen, wäre die Insel noch immer in Besitz der McInnes."

Das hielt ich für Unsinn, nahm mich aber zurück. Meinen Rucksack neben meinem Bein platzierend, wählte ich meine Worte mit Bedacht. „Bitte korrigieren Sie mich, aber liegt das Missverständnis mit den Schafen nicht bereits vierhundert Jahre zurück, und die Vertreibung der McInnes von Mull weniger als dreihundert?"

„Aye, Miss Hagedorn, Sie sind gut informiert." Er rieb die Hände aneinander und beugte sich vor. Seine Augen glitzerten vor Aufregung.

„Es liegen hundertfünfzig Jahre zwischen den beiden Ereignissen, wie hängen sie zusammen?"

Mr Ward rutschte auf seinem Stuhl nach vorn und zog etwas aus dem Stapel auf dem Tisch. „Wir haben hier Kopien der Kirchenregister aller auf Mull geschlossener Ehen, zudem Nachweise über Geburten und Todesfälle in den letzten dreihundertzwölf Jahren." Er reichte mir die Kladde, die ich mit zittrigen Fingern annahm.

„Sie stehen online", krächzte ich. „Ich habe bereits einen großen Teil des Stammbaums der McInnes entschlüsselt, aber es fehlen einzelne Personen." Ich schlug den Ordner auf und blätterte durch die Seiten.

„Dies sind die kompletten Daten."

Nach drei Seiten hatte ich das jetzige Jahrhundert hinter mir gelassen. „Und es sind keine McInnes verzeichnet."

„Aye", bestätigte Mr Ward aufgeregt. „Es gibt keine McInnes auf Mull."

Ich warf ihm einen abschätzenden Blick zu und überschlug einen Haufen Seiten. Es brachte mich direkt in das Jahr 1712.

„Hier", murmelte ich. Ein Großteil der Einträge hatten in diesem alten Kirchenregister den richtigen Namen. „Wie weiß ich, wer wohin gehört?"

Ich blätterte weiter bis in das Jahr 1722. Finlay Eoan Alisdair Wallace McInnes. Einen Augenblick blieb mein Herz stehen. Da war er. Meine Finger strichen zittrig über seinen Namen. 17. März 1722, damit war er vierundzwanzig Jahre alt gewesen, als wir uns trafen. Er hatte einen deutlich älteren Eindruck gemacht.

Mr Ward verdeckte mir mit seinem Kopf einen Moment den Blick auf das Dokument. „Ah, aye, der letzte Laird McInnes." Er nickte und tippte auf das Papier.

Mich fesselte allerdings der Eintrag der Eltern. Alistair McInnes und Iona McInnes. Schnell suchte ich nach weiteren Informationen zu dem Paar und fand den Eintrag der Eheschließung. Ionas Mädchenname war McDermitt. Ich blinzelte verwirrt. „Die McDermitt waren gezwungen, wegen dieser Schafsache McInnes-Bräute zu wählen, aber andersherum gab es keine solche Vereinbarung, oder?"

„Nicht irgendwelche Bräute", korrigierte er mich breit grinsend. „Sie mussten Nachkommen des betrogenen Lairds sein und zwar in direkter Linie."

Das war neu. Meine Stirn spannte, als ich sie in Runzeln zog. „Sie müssen ... damit bestände eine ziemlich nahe Verwandtschaft zwischen den potentiellen Eheleuten."

„Aye."

„Aber hier ist eine McDermitt, die einen McInnes geheiratet hat." Bràthair-màthair. Ich hatte es die ganze Zeit über gewusst, denn Finlay hatte seinen Onkel immer mit Bruder der Mutter angesprochen.

„Aye. Ein Brautraub, der einiges an Ärger über Mull brachte."

Elektrisiert bebte ich auf meinem Stuhl. „Wie bitte?"

„Es ist lediglich eine alte Volksweise. Iona sei die unwillige Braut Alistairs und wurde von ihrem Bruder Sheamus in einer Nacht- und Nebelaktion befreit. Aber es war zu spät. Einige Monate später wurde ihr Sohn geboren und Iona kehrte nach Mull zurück."

Finlay? Nachdenklich strich ich über die Kopie.

„Klingt nicht nach einem Happy End." Allerdings hatte ich auch keines erwartet. „Sie hatten weitere Kinder?" Ich suchte nach weiteren Einträgen. „Douglas." Ein Jahr später im Dezember geboren. „Moira. Sie ist noch im gleichen Jahr gestorben."

Es klopfte, was mich aufschreckte. Der Ordner rutschte von meinem Schoß und die Seiten verteilten sich auf dem Boden. „O nein!" Schnell ging ich in die Knie, um die Seiten aufzuklauben.

„Halò." Finn trat ein und schüttelte Mr Wards Hand. „Das Auto steht bereit, Katharina, kann ich dir hier irgendwie helfen? Ansonsten besorge ich schon einmal unser Mittagessen, das spart Zeit."

„Danke, Finn, das wäre tatsächlich eine große Hilfe." Ich hatte alles wieder in den Ordner gestopft und glättete nervös die Seiten. „Ich brauche hier noch einen kleinen Moment." Finn nickte und verabschiedete sich knapp.

„Ich habe Ihnen einige Namen aufgeschrieben", wandte Mr Ward sich wieder an mich. „Die Ihnen geschichtliche Details geben können. Professor Cullmore lege ich Ihnen besonders ans Herz, er lehrt in Cambridge englische Geschichte und hat einen erhellenden Essay über die Vertreibung der Highlander und der der McInnes von Mull geschrieben."

Ich nahm einen Zettel entgegen, auf dem noch weitere Namen standen. „Tabadh leat."

„Und hier habe ich ein Dokument, dass die Umsiedlung verlangt, sie ist von seiner Majestät King George persönlich unterzeichnet." Er wühlte in dem Haufen und zog die Kopie hervor. „Laut der hiesigen Aufzeichnungen wurde zwischen 1747 und 1748 jeder McInnes auf Mull inhaftiert, ob Mann, Weib oder Kind." Er drückte mir eine Liste in die Hand mit unzähligen Einträgen. Oben auf Douglas McInnes, geboren 1723, Herr über Mull.

Besitztümer waren aufgelistet.

„Hab und Gut wurden eingezogen."

Ich erschauerte, an Douglas denkend. Er war von meiner Rettung nicht begeistert gewesen, was ich ihm nie verübelt hatte. Er war im recht gewesen und alles, was passiert war, hatte ich verursacht. „Gibt es keine weiteren Aufzeichnungen über die McInnes? Etwas nach 1748?"

„Nicht auf Mull."

„Auch nicht über Eheschließungen von Finlay?“

„Soweit es dokumentiert ist, waren beide Söhne des letzten Laird über Mull unverheiratet.“

Ich schloss die Augen. Zwar war ich einen Schritt weiter, aber je mehr Informationen ich bekam, desto schlimmer wurde alles.

„Danke, Mr Ward.“ Ich räusperte mich. „Das war sehr erhellend. Darf ich Sie bei Bedarf noch einmal kontaktieren?“ Nur für den Fall, dass mir noch Fragen einfielen.

„Natürlich. Kommen Sie gerne jederzeit vorbei, Miss Hagedorn. Sie sollten Loch Frisa einen Besuch abstatten und der Kapelle, in der die sterblichen Überreste der McInnes liegen.“

„Ja, das werde ich.“ Schließlich hatte er diesen Vorschlag bereits am Telefon unterbreitet. „Sagen Sie … Hätte man damals nicht in der heimatlichen Kirche geheiratet, sondern sagen wir, bei Verwandten, wie wäre die Eintragung erfolgt?“

„Nachträglich“, bestätigte Mr Ward. „Sie wäre nachgetragen worden, sobald eine entsprechende Abschrift vom Original vorlag.“

Deswegen war dies wohl eine Sackgasse für mich. Da Finlay und ich auf Dunvegan geheiratet hatten, und nie nach Mull gekommen waren, konnte es hier keine Daten über mich geben. Seufzend verabschiedete ich mich und schlurfte abgelenkt die Stufen hinunter. Die Sonne blendete mich.

„Da bist du ja.“ Finn kam mir entgegen. „Ich habe Sandwiches besorgt und Kaffee.“ Er zwinkerte mir zu, während er die Hände hob, um die Pappbecher zu präsentieren.

„Ah, mein Held“, murmelte ich und nahm ihm einen ab. Das Aroma stieg mir in die Nase.

„Was interessantes herausgefunden?“

„Nur weitere Anhaltspunkte, aber immerhin kann ich mit Sicherheit sagen, dass Finlay existiert hat.“

„Dann weiter zu Punkt zwei? Das Kirchenregister, richtig?“ Er schüttelte den Kopf. „Was hoffst du, dort zu finden?“

„Nichts“, wisperte ich, schließlich hatte Mr Ward die Register bereits kopiert und ich hatte einen Blick hineinwerfen können.

„Ich parke hinterm Haus, machen wir einen Halt und essen was, bevor wir zur örtlichen Kirche gehen.“

Ich folgte ihm. „Danke, Finn.“

Er schloss den Wagen auf und zog einen Beutel heraus. „Ich habe Hühnchen, Thunfisch und Schinken-Käse.“

„Hühnchen, bitte.“ Auf meinem Handy suchte ich bereits den Weg zur Kirche. „Es ist die Straße runter.“

„Aye.“ Er deutete hinter mich und ich drehte mich, um seinem Fingerzeig zu folgen. Der Glockenturm überragte die uralten Häuschen.

„Tja, das erklärt wohl, warum wir nur geradeaus mussten.“ Ich steckte das Telefon weg und öffnete mein Sandwich.

„Lass uns los.“

Obwohl die Kirche tatsächlich nicht weit entfernt war, lag sie außerhalb der Innenstadt. Um das Gebäude herum lagen dutzende von Grabsteinen.

„Ein historischer Ort“, kommentierte Finn, als er das Tor öffnete. Es knarrte laut.

„Ein Friedhof. Die Gebeine deiner Vorfahren könnten hier herumliegen.“

Finn biss in sein Sandwich. „Aye, wollen wir schauen?“

„Kennst du Namen?“

„Nay.“ Trotzdem verließ er den Weg und betrachtete einen alten, aber aufwendig gestalteten Stein. Muster waren eingraviert und ein Engel thronte auf der Spitze.

„Hollies.“ Er ging weiter. „Ward.“ Und zum nächsten, wobei er die Familiennamen vorlas. „Kein einziger McInnes.“

„Lass uns reingehen. Vielleicht kann uns der Pfarrer helfen.“

„Du gehst davon aus, dass er hier sein wird.“ Finn fing mich auf dem Hauptweg ein. Er vergrub seine Hände in den Hosentaschen und sah an dem Kirchturm hinauf.

„Es gibt eine Messe um fünf.“ Ich nahm die Stufen und streckte die Hand aus, um die Flügeltür aufzudrücken. Finn sprang vor und übernahm es für mich.

„Willst du teilnehmen?“

„Nay.“ Ich trat ein. Die riesigen Buntglasfenster warfen eine Kakophonie an Farben auf den Steinboden. Der einzige Schmuck in diesem Hause Christi. Ich ging den Kreuzgang hinab zum Altar, wo ich mich umdrehte.

„Wir sind allein.“

„Gott ist bei euch, mein Kind.“

Ich schrie und stolperte von der Stufe. Finn fing mich ab. Rechts hinter dem Altar löste sich ein Schatten aus dem dunklen Hintergrund und kam näher.

„Verzeihen Sie, mein Kind, ich wollte Sie nicht erschrecken. Die Messe beginnt erst in einer Stunde und für gewöhnlich haben wir keine unbekannten Gäste.“

„Wir sind auf der Suche nach Hinweisen über den McInnes-Clan und seiner Beziehung zu den McDermitts von Skye.“ Ich befreite mich von Finn, der mich noch immer im Arm hielt und streckte dem Geistlichen die Hand entgegen. „Ich bin Katharina Hagedorn und mein Begleiter heißt Finn McInnes.“

Das weckte das Interesse des Pfarrers. Er schüttelte Finns Hand. „Nach zweihunderteinundsiebzig Jahren darf dieses Haus wieder einen McInnes begrüßen.“

Der Moment dehnte sich.

„Unfreiwillig.“ Finn legte mir den Arm um die Schulter. „Meine Freundin ist verrückt nach der Familiengeschichte.“

„Eine traditionsbewusste und äußerst hübsche Gefährtin haben Sie sich gewählt, aber dahingehend haben die McInnes immer auf der glücklichen Seite gestanden.“ Er deutete in die Ecke, aus der er gekommen war. „Bitte, leisten Sie mir doch bei einer Tasse Tee Gesellschaft.“

Ich hob meinen Pappbecher. „Wir haben Kaffee, danke, aber ich würde mir gerne anhören, was Sie uns noch über die McInnes erzählen können.“

„Das, was jeder hier weiß, mehr nicht.“ Erneut deutete er in die Ecke und ich setzte mich in Bewegung. Finns Arm rutschte von meiner Schulter und er folgte mir schnell.

„Es gibt keine McInnes mehr auf Mull und das seit 270 Jahren?“, mutmaßte ich einigermaßen enttäuscht. In der Ecke befand sich eine enge Tür, durch die ich zwar mühelos passte, die Männer sich aber quetschen mussten.

„So ist es.“

„Gibt es noch andere Dinge, die Sie uns erzählen können?“, fragte Finn, nahe bei mir bleibend, als der Pfarrer an uns vorbeiging und sich hinter seinen Schreibtisch setzte.

„Setzen Sie sich. Es gibt einige Geschichten, die auf Mull ihre Runden machen.“ Erneut bot er uns Tee an, aber auch Finn zog seinen Kaffeerest vor.

„Klatsch?“, hinterfragte Finn mürrisch, setzte sich aber neben mich.

„Was sonst sind Sagen und Legenden?“

Innerlich stöhnte ich, denn ich hatte das Gefühl, dass ich nicht mögen würde, was der Pfarrer zu berichten hatte.

„Ich bevorzuge Tatsachen.“ Finn griff nach meiner Hand und drückte meine Finger. Er übertrieb es mit seiner Covergeschichte, die sicher nicht nötig wäre.

„Tatsachen“, griff der Geistliche auf. „Sind irreführend. Schauen wir uns die Aufzeichnungen der McInnes an, wie sie auf Mull hinterlegt sind. Wir haben Geburts- und Sterbedaten, aber erzählen sie uns etwas von dem tatsächlichen Leben jener Person?“ Der Pfarrer lehnte sich mit seiner Tasse zurück. „Sagen oder Klatsch verraten uns da viel mehr.“

„Aber es muss nicht der Wahrheit entsprechen.“

„Moment.“ Ich drehte mich zu Finn. „Können wir uns anhören, was er zu erzählen hat?“

„Wie du wünschst.“ Er klang sehr nach Ian.

„Bitte, Herr ...“ Ich runzelte die Stirn.

„Pastor McRea." Er nickte. „Die Geschichte besagt, dass nicht die McDermitts die Feenflagge seinerzeit erhielten, sondern eine von ihnen gefangene Frau, die sich auf der Flucht befand. Moira McInnes. Sie soll eine Alliance ausgehandelt haben, die zweihundert Jahre Bestand hatte."

„Die Feenflagge? Steht sie nicht für den Erhaltder Sippe?", erkundigte ich mich. „Warum sollte jemand etwas so Kostbares eintauschen?"

McRea zuckte die Achseln. „Ich fürchte, das ist nicht überliefert."

Finn schnaubte. „Schön, was können Sie uns von der Vertreibung der McInnes von Mull erzählen?"

„Da gibt es unterschiedliche Versionen der Geschichte. Eine besagt, der junge Laird habe sich in eine Hexe verliebt." McRea lächelte breit. „Es gibt Aufzeichnungen, die im Kirchenarchiv hinterlegt sind, aus denen hervorgeht, dass tatsächlich eine Eheschließung auf Dunvegan stattgefunden haben soll."

Mir klappte der Mund auf. „Es gibt einen Nachweis!", fiepte ich. Tausend Ameisen liefen über meinen Körper und ich konnte nicht sitzen bleiben. Ich sprang auf, angespannt von oben bis unten und ebenso geladen. „Wo?"

„Nicht von der Eheschließung."

Seine Pause sorgte für eine Gänsehaut. „Aber anscheinend wurden die Aufzeichnungen über die Hexenprozesse sorgfältiger geführt, als die über Ehen, Geburten und Sterbefällen."

Mein Körper war so starr wie Marmor und jeder Schlag meines eingezwängten Herzens schmerzte. Hexenprozesse, es war, als wüsste ich, was ich als nächstes erfahren sollte.

„Hexen?", griff Finn auf. Er fixierte den Geistlichen. „Erst Geschichten über Feen und nun jetzt auch noch Hexen? Tut mir leid, aber das wird jetzt albern." Finn kam auch auf die Füße. Seine warme Hand lag in meinem Rücken und dirigierte mich sacht zur Tür.

„Ich beschäftige mich mit Kirchengeschichte und besonders jene über Mull ist für mich erhellend."

„Finn, warte." Mich umwendend drehte ich mich aus seiner halben Umarmung und biss mir auf die Lippe. Pastor McRea hatte sich aufgesetzt und die Tasse abgestellt. Er wühlte in seinen Papieren.

„Sie fanden eine McInnes, die im Jahre 1747 der Hexenprobe unterzogen worden ist", stellte ich krächzend fest. Unfassbar, dass ausgerechnet dieser Umstand zu einer Bestätigung werden sollte, dass meine Reise in die Vergangenheit stattgefunden hatte.

„Catriona McInnes", bestätigte er. „Und in der Tat ist es die einzige Hexe in der Kirchengeschichte, die mit Mull in Verbindung gebracht wird."

Meine Knie bebten und mein Herz raste. Es war der falsche Vorname, dann wiederrum klang … „Es klingt wie Katharina."

„Catriona ist die gälische Form von Katharina", erklärte Finn. Er legte mir die Hände auf die Schultern.

„Wo haben Sie das her?" Ich musste es mit eigenen Augen sehen. „Gibt es Genaueres über diesen Fall?"

Pastor McRea stemmte sich auf und suchte weiter in seinem Aktenchaos. „Hier."

In Sekunden war ich beim Tisch und riss ihm das Papier aus der Hand. Meine Augen flogen über die Schrift, dann noch mal. „Ist das Gälisch?" Meinen Fluch unterdrückte ich gerade noch. „Ich kann Gälisch nicht lesen."

Finn nahm die Kopie und überflog sie. „*Der Hexe Zauber wirke allumfassend auf Mannsbilder in ihrer Nähe.*" Er schüttelte den Kopf. „Unfassbar."

Das fand ich auch, aber mir fehlte der Atem.

Finn drehte die Seite um. „Das ist ein Witz."

„Leider wurden viele Frauen zu Unrecht beschuldigt." McRea seufzte. „Wie auch die Hexe von Dunvegan."

Ich zuckte zusammen. „Die was?"

„So wird sie hier genannt. Die Hexe von Dunvegan."

„Anfang Februar 1747 wurde die Hexenprobe durchgeführt und ihre Unschuld bewiesen. Angeblich." McRea zuckte die Achseln. „Das sah man hier aber anders, denn es folgten schlimme Dinge und in jener Zeit war es einfacher, einen Sündenbock zu finden, als die wahren Ursachen zu bekämpfen."

„Und wer eignet sich besser dafür als eine tote Sassenach?" Obwohl all dies für meine geistige Gesundheit sprach, drehte es mir auch den Magen um.

„Ich wette, dass jede junge Frau, die wegen Hexerei angeklagt worden war, einen bösen Zauber auf die Männer in ihrer Umgebung ausübte!" Für mich klang es ganz nach der alten Anklage: Frau verführt Mann, weil sie atmete.

„Gemeinhin steht es aber nicht in der Anklageschrift", gab McRea zum Besten. Er lehnte sich wieder in seinem Sessel zurück. „Die Hexe war die letzte Lady of Mull."

„Was passierte danach? Gibt es Aufzeichnungen darüber …" Unsere Flucht kam mir in den Sinn, meine

Freude, Finlay wiederzusehen, die Erleichterung dem Tod doch noch entronnen zu sein, und die Euphorie über Finlays Zustimmung, mit mir den Versuch zu unternehmen, zurück in die Gegenwart zu springen.

„Was ist mit Finlay McInnes passiert?“

„Hingerichtet.“

Der Boden schwankte. „Wie bitte?“ Es war kaum mehr als ein Hauch. „Nein …“ Das konnte nicht sein. Obwohl ich es nicht zum ersten Mal hörte, wollte ich es nicht glauben. „Er ist doch …“ Durch die Fairy Pools mit mir in die Gegenwart geflohen. Aber dafür fehlten mir natürlich die Beweise. Niemand hatte ihn hier gesehen.

„Gleich im Anschluss wurde Mull von Engländern überflutet und die McInnes vertrieben. Die Population der Ansässigen halbierte sich in einem Jahr.“

Es fiel mir schwer zu atmen, als sich mein Blick langsam dem Boden zuneigte.

11. Loch Frisas Geheimnisse

Die Fahrt raus zum Loch Frisa verbrachten wir schweigend. Meine Gedanken tanzten wild in meinem Kopf herum. Bisher war ich nur bestätigt worden. Finlay hatte existiert, er hatte auf Dunvegan geheiratet und seine Frau galt als Hexe. Lauter Treffer.

„Schau, das muss der Loch Frisa sein."

Im Licht der untergehenden Sonne funkelte nur wenige Meter von uns entfernt Wasser. Finn drosselte die Geschwindigkeit auf der einspurigen Straße und gönnte sich auch einen Blick.

„Siehst du die Halbinsel?"

Sie war nicht zu übersehen. Dort auf den schwarzen Felsen hatte einst eine Burg gestanden, so hatte ich gelesen.

„Das ist unser Ziel."

Eine Anhöhe schob sich vor das Wasser, als die Straße einen großen Bogen machte.

„Danke."

Er warf mir einen schnellen Blick zu. „Du hast dich schon bedankt."

„Du mutest dir jede Menge zu, nur weil ich ..." Mit einem Seufzen brach ich ab.

„Nun, ich lerne auch etwas dazu. Immerhin recherchieren wir hier über den McInnes-Clan. Wenn alles anders gelaufen wäre ...“ Er zuckte die Achseln. „Vielleicht wäre ich hier aufgewachsen und nicht auf Skye.“

„Sagtest du nicht, dass eine Insel wie die andere sei?“

„Nicht diese.“ In seiner Stimme schwang etwas mit, was ich Zärtlichkeit genannt hätte. Da ich nicht wusste, wie ich damit umgehen sollte, starrte ich ihn nur an.

Schließlich stoppten wir auf einem Schotterplatz. Vor uns lag die Felseninsel und im schwindenden Licht sahen die Steine aus wie Ruinen.

„Ich lasse den Scheinwerfer an.“

Das künstliche Licht zerstörte den Flair, aber zumindest erkannte man nun deutlich, wie uneben und wild die Umgebung war.

Wir stiegen aus und Finn verschloss den Wagen.

„Dort drüben steht das Denkmal.“

Aber es zog mich auf die Halbinsel. Ich musste über die Felsen klettern und stand dann auf einem grünen Ring, der mit Disteln überwuchert war. Finn folgte mir.

„Es muss ein schöner Ort zum Leben gewesen sein.“

„Eine zugige Burg, voll mit müffelnden, blutgierigen Schotten, die man nur schief ansehen musste, damit sie dir an die Gurgel gingen, kein fließend Wasser, keine Kanalisation. Eine Millionen grausame Wege, um zu sterben.“ Und das war nicht einmal der Anfang von Ungemach, der einen in der Vergangenheit das Leben vermieste.

„Im Herzen eine Pessimistin, hm?“

„Kann nicht jeder ein Romantiker sein“, versetzte ich und gab ihm einen Knuff auf den Oberarm. „Aber ich gebe dir recht, der Ausblick ist atemberaubend.“

„Was hältst du von einem Picknick?"

Die Nacht senkte sich über das Land. „Es ist viel zu kalt", murmelte ich und drehte mich von ihm fort. Ein Picknick war fast schlimmer als ein Date, zumal wir hier auch noch völlig allein waren.

„Ich habe einen Plaid im Wagen, der wird dich warm halten und zur Not, verspreche ich ..." Er grinste und brauchte den Satz nun wirklich nicht zu beenden. Ich schnaubte.

„Persönlich dafür sorgen, dass ich nicht friere?" Ich ließ ihn stehen, um zum Land zurückzukehren. Das Mahnmal stand ein gutes Stück zur Linken entfernt. Das Licht der Scheinwerfer genügte nicht, um die Inschrift zu entziffern.

„Ich park den Wagen um." Finn machte kehrt, während ich mich hinkniete. Der Stein war nicht besonders groß, ich konnte ihn mühelos an beiden Seiten fassen. Die Ränder waren glatt und weich. Moos überwucherte ihn bereits. Hinter mir heulte der Motor auf und der Lichtkegel fiel auf mich.

Ich blinzelte, kniff die Augen zusammen und erkannte die Inschrift. Trotzdem blinzelte ich erneut. *Liebe durch alle Zeit.* Es gab noch Initialen, die ich mit den Fingern nachfuhr.

„Nanu. Ich hätte etwas Gälisches erwartet." Finns Schatten fiel über mich, dann kniete er sich zu mir. „Aber das ist ..."

„Deutsch."

„Auf einem Gedenkstein aus dem 18. Jahrhundert, der in der Einöde Schottlands steht." Finn berührte das F. „F. M.?"

„Finlay McInnes", wisperte ich. Mein Zeigefinger lag auf dem K. „Und Katharina McInnes."
„Du meinst Catriona."
Ich hob die Achseln. Es war einerlei.
„Wer hat ihn wohl aufgestellt?"
Eine exzellente Frage.

12. Geduld am seidenen Faden

Ich war erst spät in der Nacht zurückgekommen, nachdem Vanessa mich bereits dutzende Male angerufen hatte. Zumindest hatte das für mich gesprochen, als ich endlich am Pier von Dunvegan abgesetzt worden war.

„Ich habe angenommen, du wärst spätestens zum Abendessen zurück", klagte Vanessa. Sie hatte mich am Pier abgefangen und leitete mich durch die Höhle zum altertümlichen Fahrstuhl, mit dem man ins Schloss gelangen konnte.

„Vanessa, ich denke, wir sollten zusehen, dass ich meinen Reisepass ausgestellt bekomme. Deine Kontrollsucht halte ich nicht mehr lange aus."

Sie stockte mitten im Schritt. „Ich mache mir Sorgen!", rief sie mir waidwund nach. „Seit deinem Unfall bist du nicht du selbst." Sie holte zu mir auf. „Ich finde, du solltest bleiben, bis es dir wirklich gut geht!"

„Und wann das ist, entscheidest du?" Ich gähnte gedehnt. „Nein, Vanessa, ich habe keine Lust, mich wieder von dir gängeln zu lassen." Schon gar nicht, wenn ich mir sicher war, dass es mir tatsächlich mental gut ging!

„Das maße ich mir nicht an, aber ich habe mit Doktor Cameron gesprochen, er schlägt vor, dich einem Kollegen vorzustellen. Einem Fachmann."

Wohl einem Seelenklempner, wenn ich den Unterton richtig einschätzte.

„Nein, danke."

„Verflixt, lass mich nicht bitten. Ich muss sicher sein, dass du gesund bist."

„Es geht mir hervorragend." Wieder gähnte ich.

„Und ... was ist mit Finlay?" Sie versuchte sich bei mir einzuhängen. „Mit deiner Einbildung, in der Vergangenheit gewesen zu sein?"

Wir hatten bereits den halben Weg zu meinem Zimmer zurückgelegt und durchquerten gerade den letzten Turm, aber ich konnte es kaum erwarten, sie los zu sein. „Was soll damit sein?"

„Glaubst du es immer noch?"

Wir kamen an dem Erkerfenster vorbei, in dem ich bereits einer Ohnmacht nahe in Erinnerungen geschwelgt hatte. Mir war etwas mulmig, denn es war mir verdammt real erschienen.

„Ich weiß, dass es passiert ist, Vanessa, das ist ein Unterschied zum *Glauben*."

„Mein Gott, Katharina!", seufzte Vanessa und blieb stehen.

„Gute Nacht."

„Katharina, ich mache einen Termin für dich. Du wirst mit diesem Spezialisten sprechen, verstanden!" Sie folgte mir, riss mich am Arm herum und baute sich vor mir auf. Da wir ungefähr gleich groß waren, verfehlte es seine Wirkung. „Ich bin für dich verantwortlich!"

„Ich bin erwachsen, Vanessa, und selbst für mich verantwortlich. Ich habe Beweise." Ich schob ihre Hände von mir. „Aber jetzt werde ich erst einmal schlafen gehen. Ich erzähle dir morgen gerne alles. Am Nachmittag bin ich mit Finn verabredet."

„Was ist das mit euch?" Vanessa verstellte mir immer noch den Weg, war aber sichtlich verwirrt. Sie schüttelte den Kopf und runzelte die Stirn. „Du sagtest doch, du liebst Finlay, warum machst du dann mit McInnes rum?"

„Ich mache nicht mit ihm *rum*. Wir verstehen uns ganz gut. Es ist schön, Zeit mit ihm zu verbringen." Zu schön, wenn man es genau nahm, aber ich wollte das lieber weiterhin ignorieren.

„Ich bin nicht verrückt, Vanessa, das muss dir genügen. Gute Nacht."

Sie ließ mich gehen, aber ich spürte ihren Blick in meinem Rücken.

Meinem Arzttermin entkam ich nur mit Mühe und Not. Vanessa hatte mir beim Frühstück mitgeteilt, dass Doktor Cameron in Begleitung des Spezialisten nach Dunvegan käme, und meine Gesellschaft gefordert. Den ganzen Morgen hatte ich mit ihr verbracht und konnte froh sein, allein auf die Toilette gehen zu dürfen.

„Euer Gnaden, Doktor Cameron bittet um Vorsprache", verkündete Ferris, der Butler, schließlich steif. Vanessa seufzte schwer, als hätte sie diesen Moment gerne hinausgezögert.

„Servieren Sie bitte den Tee." Vanessa stand auf, strich sich die Bluse glatt und setzte ein Lächeln auf, das gequält wirkte. Das war der Moment, in dem ich unbemerkt entschwinden konnte. Während Vanessa und Doktor Cameron Nettigkeiten austauschten, war ich durch die zweite Tür und den Gang hinunter. Auf der Treppe begegnete mir die frühere Duchess, was mir sehr zupass kam.

„Euer Gnaden, sind Sie auch auf dem Weg zu Vanessa und Ian, um Tee zu trinken? Ich begleite Sie."

Die Miene der Dowager Duchess verzog sich angeekelt.

„Oh, wie dumm, ich muss mich erst umkleiden! Vanessa befindet sich im grünen Salon." Damit ließ ich sie stehen und lief ins Erdgeschoss. Erst einmal in den grünen Gürtel eingetaucht, der das Schloss umgab, fischte ich nach Vanessas Handy.

Ich drückte das Telefon an mein Ohr, während ich in Bewegung blieb. Der Garten war riesig und so verzweigt, dass man sich gut in ihm verbergen konnte, allerdings wäre ich hier gefangen, wenn ich mir zu viel Zeit ließe und das wollte ich vermeiden. Ich holte das Handy hervor.

„Ja?", meldete eine Stimme sich am anderen Ende.

„Finn? Ich bin es. Kannst du mich früher abholen?"

„Meine Führung ist gerade erst zu Ende." Im Hintergrund hupte es. „Ich brauche gut eine Stunde."

„Okay, hör zu, Vanessa geht mir auf den Keks, deswegen laufe ich einfach schon mal los. Richtung Dunvegan und dann die Hauptstraße runter?"

„Aye. Achte auf den Verkehr."

„Selbstverständlich. Hey, vielleicht sollte ich es lieber querfeldein versuchen." Für den Fall, dass Vanessa auf die Idee kam, mich außerhalb von Dunvegan suchen zu lassen. Ich warf einen letzten Blick zurück zum Schloss, bevor ich den Garten verließ. Ich schlüpfte durch den Zaun und die Straße hinunter.

„Nay, Katharina, bleib auf der Straße. Ich finde dich, keine Sorge." Nach einer Verabschiedung legte er auf und ich steckte das Telefon in die Tasche meines Rocks, bevor ich die Arme um mich legte. Es war kalt, auch wenn die Sonne schien, und ich hatte keine Jacke dabei. Ich beschleunigte meinen Schritt, um mich aufzuwärmen und ging meine Möglichkeiten durch. Ich konnte Vanessa nicht ewig ausweichen und letztlich war es vermutlich nicht klug, ihr auf der Nase herumzutanzen. Seufzend zog ich das Telefon hervor und rief im Schloss an. Es dauerte, bis ich verbunden wurde.

„Verdammte Hacke, wo bist du!", keifte sie mir ins Ohr. „Du kommst auf der Stelle zurück und sprichst mit Doktor Kilbridge."

„Nein." Ich musste das Telefon vom Ohr nehmen, weil ich befürchtete, ansonsten mein Gehör zu verlieren. Vanessa brüllte in den Hörer.

„Hör auf, dich wie ein verzogenes Balg aufzuführen! Du brauchst Hilfe, je früher du das einsiehst, desto eher wird alles wieder normal."

Warum brachte sie mich dazu, mich tatsächlich wie benanntes Kind zu verhalten? Ich legte auf.

Gut, ich hatte ein ernstes Problem und bevor ich Handeln konnte, musste ich mir über eines klar sein: Wo war Finlay?

Ich hatte sämtliche Geheimgänge des Schlosses durchforstet, ohne ihn zu finden, er war nirgends gesehen worden und ich hatte bei meinem Rundgang um die Pools auch keine Hinweise gefunden, dass er irgendwo an Land gegangen wäre. Wenn Finlay mit mir in die Gegenwart gesprungen war, konnte er sich nur noch an einer Stelle verbergen, in den Höhlen hinter dem Wasserfall.

Hinter mir kam ein Wagen näher und ich verließ den Asphalt. Das Auto raste an mir vorbei und mein Puls beruhigte sich wieder. Wenn Finlay nicht in der Höhle war, war die Wahrscheinlichkeit groß, dass er gar nicht hier gelandet war, sondern sich noch in der Vergangenheit befand. Zumindest brauchte ich dann nicht befürchten, dass er in der Zivilisation jämmerlich zugrunde ging, weil er seine Schussverletzung nicht behandeln ließ. Das wäre definitiv eine Erleichterung.

Finn sammelte mich schließlich auf.

„Halò.“

„Hi, du siehst müde aus, einen langen Tag gehabt?“ Ich schnallte mich an.

„Aye.“ Er fuhr an. „Nach einer verdammt kurzen Nacht.“

„Sorry.“

„Es war mir ein Vergnügen, Katharina. Ich bin allerdings ziemlich überrascht, dass es deinen ominösen Liebhaber tatsächlich gab.“ Er schüttelte den Kopf. „Ich hielt es für einen Scherz.“

„Keine Sorge, er war bestimmt stets ein perfekter Gentleman“, beruhigte ich ihn gut gelaunt. Allein ihn zu sehen half, aus meinem Gedankenkarussell zu steigen. „Ich bin mir hundertprozentig sicher, dass er Mairead als Schwester ansah, oder eben als zukünftige Cousine.“

„Du missverstehst unser Temperament, Lassie." Er grinste und ich ließ ihm seinen Spaß.

„Nun, ihr Schotten seid nicht gerade als hinreißende Liebhaber bekannt."

Er lachte auf. „Dann kennst du keinen näher." Er zwinkerte mir zu, sein Grinsen bekam einen eindeutigen Touch.

Ich schmunzelte. „Hm, ich glaube, du bist ein Aufschneider und nichts weiter." Ich kuschelte mich in den Sitz und seufzte. „Wenn es dich beruhigt, meine Schwester scheint zufrieden zu sein."

Sein Grinsen zerplatzte augenblicklich. „Ich glaube nicht, dass ich etwas über Ians *Qualitäten* erfahren möchte."

„Wer will das schon, dann wiederum ist mir alles lieb, was mich von Vanessa ablenkt."

Finn bog ab. „Ärger?"

„Oh, du hast keine Ahnung." Und ich wollte ihn auch nicht einweihen. „Also, treffe ich heute deine Mutter?"

„Ich hoffe es doch. Obwohl ich nicht weiß, was sie dir erzählen könnte, was relevant wäre." Wieder machte die Straße einen Knick. „Außer ähnlichem Quatsch wie der Pfarrer vielleicht."

Meine Lippen kräuselten sich bei der Erinnerung an den letzten Abend. „Du wärst ihm gerne an den Hals gegangen, hm?"

„Hexen, ich bitte dich."

„Es waren Frauen, die diffamiert wurden, sonst nichts." Wir erreichten die Felsformation der Fairy Pools und Finn verließ die Straße, um ein Stück landeinwärts zu parken.

„Das meine ich nicht." Er schnallte sich ab und drehte sich in meine Richtung. „Es kommt doch sehr gelegen, der letzten Lady McInnes zu unterstellen, sie sei eine Hexe gewesen, und natürlich war sie verantwortlich für die Vertreibung des Clans von Mull."

Wärme stieg in mir auf, umhüllte mich wie ein Umschlag.

„Dabei steht fest, dass die Beteiligung des Clans an dem zweiten Jakobiteraufstand Ursache für die Enteignung war." Finn presste die Lippen aufeinander und schüttelte den Kopf.

„Warum bist du dir da so sicher?"

„Ich habe gegoogelt." Er zuckte die Achseln. „Außerdem ist es offensichtlich. Lassen wir das." Er streckte die Hand aus und nahm meine auf. „Meine màthair ist besonders. Sie wird dir vermutlich Schauergeschichten gigantischen Ausmaßes erzählen. Bitte gib nichts drauf." Er drückte meine Finger, sein Lächeln eine Spur zu zärtlich. „Ich habe von dir gesprochen, also wird sie womöglich übereilte Schlussfolgerungen ziehen." Er spielte mit meinen Fingern. „Ich versuche, sie zu bremsen, aber màthair hat ihren eigenen Kopf. Ignoriere es bitte."

„Hm, worauf habe ich mich da nur eingelassen?" Mein Zwinkern war eindeutig zu flirtend. Schnell wandte ich mich ab, um auszusteigen. Die Kletterpartie über die Felsen, die die Hütte von der Straße trennten, ging schnell vonstatten und als wir auf der anderen Seite anlangten, wischte ich mir die schweißnassen Hände an meinem Rock ab.

„Ich habe es bisher nicht kommentiert, aber ich halte deine Kleidung für undurchdacht." Sein Blick lag ungläubig auf meinen Füßen. „Wir können von Glück sagen, dass du nicht abgerutscht bist."

„Ich war leider in Eile."

„Manchmal mache ich mir ernsthaft Sorgen um dich, weißt du das?" Er klang zu ernst für meinen Geschmack.

„Tu mir den Gefallen und mach dir keine. Vanessa geht mir damit genug auf den Senkel." Ich verdrehte mürrisch die Augen und drehte ihm den Rücken zu, um das Panorama aufzunehmen. Vor uns lag der Fairy Pool, der Wasserfall rauschte ohrenbetäubend und Gischt lag in der Luft. Es legte sich auf mein Haar und auch meine Wangen bekamen eine leichte Schicht Feuchtigkeit ab.

Hier entschied es sich. Heute änderte sich alles, das spürte ich. Die Aufregung ließ meine Haut kribbeln und meinen Magen hopsen. Zudem musste ich eine Entscheidung treffen. Wenn feststand, dass Finlay noch in der Vergangenheit war, musste ich zu ihm und es war nicht sicher, ob ich so schnell noch einmal eine Chance bekam, hierherzukommen.

„Katharina?" Finn berührte meine Schulter und riss mich aus meinen Gedanken. Ich sah zu ihm auf und mein Magen knotete sich zusammen.

„Hey?" Er kam um mich herum und legte die warme, weiche Hand an meine Wange, um mein Gesicht anzuheben. Er sah mir in die Augen, die sich unversehens mit Tränen füllten. „Was hast du denn?"

„Ich …" Mein Hals kratzte wahnsinnig. Ich fühlte mich, als säße ich in einer Achterbahn. Mein Magen drehte und wendete sich, sprang in die Höhe, um dann blitzschnell hinabzufallen. Es war ein ganz ähnliches Gefühl wie damals, als Finlay von mir verlangte, allein zurück in meine Zeit zu springen. Eine gemeine Mischung aus Furcht, Verlust und Unvermögen. Schnell drehte ich mich weg, den Pool vor Augen, und mir die Notwendigkeit vorbetend, dass ich mein Ziel im Auge behalten musste. Ich liebte Finlay und wollte ihn und niemanden sonst.

„Das mit den Wünschen", krächzte ich, „wie sollte das funktionieren?"

„Das ist Quatsch", beschied Finn fest und drehte mich wieder zu sich um. „Einigen wir uns darauf?"

„Gibst du mir einen Moment?" Ich hob zittrig die Mundwinkel. „Der Ärger mit Vanessa greift meine Nerven ganz schön an."

„Sprich mit mir darüber." Er legte auch die andere Hand an mein Gesicht, umrahmte es so und beugte sich dann vor, um einen Kuss auf meine Nasenspitze zu drücken. „Es gibt nichts, was du mir nicht erzählen könntest."

Schnell trat ich zurück, bevor er mich noch richtig küsste und räusperte mich. „Einen Moment, bitte."

Deutlich widerwillig trat Finn zurück. Er fuhr sich durchs Haar und warf einen Blick über die Schulter zurück. „Okay, ich sehe nach, ob meine Mutter zu Hause ist."

Dank meiner Erleichterung wurde mein Grinsen aufrichtiger. Ich wartete, bis er an der Hütte anlangte und von ihr verschluckt wurde, bevor ich zur Felsenwand hastete und versuchte, einen Blick zwischen Wand und Wasser zu werfen. Tatsächlich gab es einen Spalt und ich verschwendete keinen weiteren Moment. Es waren definitiv die falschen Schuhe zum Klettern, aber ich hielt mich durch schieren Willen an der Wand. Das Rauschen wurde übermächtig, dennoch vernahm ich meinen Namen wie ein leises Echo über dem Rauschen. Oder hatte tatsächlich jemand gerufen?

Meine Finger rutschten ab, wodurch mein volles Gewicht auf meinen anderen Arm lastete. Meine Zehen hatten keinen festen Halt und so hatte ich keine Chance. Meine Finger rutschten und ich gab mir noch einen Schubs, um mich von der Wand abzustoßen. Der Wasserfall schluckte mich und ich ging unter. Ich kam zu nah an der Wasserwand hoch und ertrank fast unter einem Schwall. Prustend schwamm ich weiter. Felsen stoppten mich und ich klammerte mich an einen Vorsprung, während ich nach Atem schnappte. Mein Herz schlug zum Zerspringen und der Schreck ließ mich noch immer wie verrückt beben. Ich schloss die Augen, um mich zu beruhigen.

„Daingead, Katharina, du hättest dir den Hals brechen oder ertrinken können!", blaffte Finn, als er auftauchte und mich im Wasserfall sah. „Warum zu Teufel kletterst du am Wasserfall herum?"

„Ich wollte in die Höhle." Und ich hatte nicht vor, mich so kurz vor dem Ziel aufhalten zu lassen. Also zog ich mich aus dem Wasser und kniete auf den Felsvorsprung, um mich umzusehen. Durch den Vorhang fiel nicht gerade viel Licht, kaum genug, um sicher zu sein, dass es eine Höhle gab, wie ich sie in Erinnerung hatte, aber es war ein Anfang.

„Finlay?", rief ich in die Dunkelheit. „Ich bin es, Katharina." Bei meinem nächsten Schritt stieß ich gegen am Boden liegende Felsen und stolperte. Dabei landete ich bäuchlings auf noch mehr Geröll.

„Katharina!" Es plätscherte, als Finn mir folgte und kurz darauf legte sich eine warme Hand in mein Kreuz. „Hast du dich verletzt?" Das Rauschen des Wasserfalls hallte in der Höhle wieder.

„Ja." Aber das war mir ziemlich gleich. Ich rappelte mich auf, wobei ich verzweifelt versuchte, im hinteren Teil der Höhle etwas auszumachen. „Hallo!"

Wieder spürte ich Finns Berührung. „Katharina, wer glaubst du, sollte dir hier antworten?" Seine Hände schlossen sich um meine Oberarme und hinderten mich daran, weiterzugehen.

„Finlay." Obwohl ich es versuchte, konnte ich mich nicht befreien. „Bist du hier?"

„Was ist los mit dir?"

„Lass mich los, ich muss nachsehen, ob sich hier jemand versteckt." Schließlich machte die Höhle einen Knick und man konnte sie nicht überblicken, selbst wenn im hinteren Teil ein kleines Feuer brennen sollte.

„Wer sollte sich denn ... Katharina, bitte ..." Erneut hielt er mich zurück. „Hier ist niemand. Hey, ich wusste nicht einmal, dass es hier eine Höhle gibt und meine màthair kennt sich hier besser aus, als sonst jemand."

„Finlay kennt sie und wenn er mit mir in diese Zeit gesprungen ist, den Fall überlebt und sich aus dem Wasser ziehen konnte, trotz seiner Schusswunde, dann könnte er sich hier versteckt halten." Ich riss mich los, allerdings nicht mehr von der Idee beseelt, die dunkle Höhle zu durchsuchen.

„Katharina", wisperte Finn in einem schmerzlichen Ton. „Daingead."

„Hör zu, ich weiß, wie das klingt, aber ich liebe meinen Mann. Ich vermisse ihn, ich ...“

„Du bist verheiratet?“ Finns Hand senkte sich. „Du sagtest doch ...“

„Also gut, die ganze Geschichte.“ Mein Herz pochte wie verrückt und mit Sicherheit war ich nicht bei Verstand, sonst hätte ich nicht einmal daran gedacht, ihm auch nur einen Fitzel zu offenbaren. „Als ich von der Plattform über uns gestoßen wurde, zog Finlay mich im Jahr 1746 heraus und versteckte mich in dieser Höhle. Er brachte mich zu seinem Onkel Sheamus McDermitt nach Dunvegan. Sein Sohn Rourke hatte seinen Spaß daran, mir Probleme zu bereiten, und obwohl Finlay und ich heirateten, sah man in mir nur die Sassenach, die Skye in den Untergang ziehen würde. Dann kamen die Engländer. Ich sollte Finlay verraten. Man steckte mich in den Kerker auf Wasser und Brot, unterzog mich dutzenden Befragungen. Da ich mich weigerte, erklärte man mich zur Hexe und wollte mich hinrichten. Finlay rettete mich und wir flohen zu den Fairy Pools. Wir sprangen und ich war wieder in der Gegenwart.“

Obwohl sich sein Gesichtsausdruck nicht geändert hatte, wusste ich genau, was er dachte. Es stand in seinen Augen.

„Hast du niemanden gesehen, als ...?“

Er brach den Blickkontakt, drehte sich weg und fuhr sich mit einem gemurmelten Fluch durch das Haar.

„Vergiss es.“ Da ich in seiner Gesellschaft die Höhle ohnehin nicht erkunden konnte, sprang ich ins Wasser. Die Eiseskälte schnitt in meinen Körper wie die

Schneide eines scharfen Schwerts und raubte mir den Atem.

„Daingead, Katharina!"

Ich hörte ihn trotz des Rauschens des Wasserfalls. Es gab mir die Kraft, mich abzustoßen und unter der Wasseroberfläche hindurch zu tauchen. Ich kämpfte gegen die Starre an, die mich mehr und mehr übermannte, und bebte unkontrolliert, als ich endlich das Ufer erreichte. Ich brauchte zwei Anläufe und Finns Unterstützung, um aus dem Wasser zu kommen.

„Das ist verrückt!", knurrte Finn, als er sich selbst aus dem Pool hievte. „Du kannst nicht wirklich glauben ..." Er ragte über mir auf, stemmte die Hände in der Hüfte ab und sah mit flammenden Augen zu mir hinab. „Bitte sag mir, dass du mich nur schocken wolltest. Es war ein Scherz, richtig?"

„Nein." Ich rappelte mich auf, schwankte so sehr, dass ich befürchtete, jeden Augenblick der Länge nach aufzuschlagen. Stattdessen fing Finn mich auf. Seine Arme schlangen sich um mich und er drückte mich gegen seinen nassen, aber deutlich wärmeren Körper. Tränen schossen mir in die Augen, weil ich mit dem Verlangen kämpfen musste, zu bleiben, wo ich war.

„Katharina ..." Mit aller mir verbleibenden Kraft stieß ich mich von ihm ab.

„Ich muss es nicht glauben."

„Katharina!" Er fing mich ein, kaum hatte ich zwei Schritte getan. „Jetzt warte."

„Warum?" Ich schüttelte ihn ab. „Es gibt nichts weiter zu sagen."

„Du frierst, stehst vermutlich unter Schock. Mit einer Unterkühlung ist nicht zu scherzen. Wir wärmen uns bei meiner Mutter auf und reden ..."

Ich schnaubte abfällig. „Ich wärme mich in Dunvegan auf." Damit stapfte ich los. Mein Plan war simpel, ich brauchte ein paar Minuten zum Nachdenken, aber alles in mir meinte, die Antwort schon zu kennen. Ich musste springen, wenn ich mit Finlay wieder zusammen sein wollte.

„Wow ... jetzt warte!"

Stattdessen stapfte ich los, schließlich müsste ich ihn zunächst loswerden, bevor ich mich von Aussichtsplattformen stürzen konnte. Er holte mich ein und griff nach meinem Handgelenk. Ich streckte die Hand nach dem ersten Felsvorsprung aus und verlor den Kontakt zum Boden. Finn drehte sich mit mir, schließlich hatte er mich fest an sich gepresst, und stapfte dann los.

„Lass mich runter!"

„Du zitterst am ganzen Körper. Wir werden uns aufwärmen und dann werden wir gemeinsam nach Dunvegan fahren." Er fluchte an meinem Ohr.

„Finn, lass mich runter!" Ich gab meiner Forderung mit einem Tritt Nachdruck. „Los jetzt!"

„Wenn du mich fragst, ist deine Geschichte ein Produkt deiner Ohnmacht. Du hast dir eingebildet ..." Es waren nicht die Worte, die mich aufregten, es war sein geduldiger Tonfall. Ich trat erneut zu, dieses Mal gezielt und traf. „Ouch! Daingead, halte still!"

„Lass mich runter!"

Mit einem Seufzen stellte er mich ab. Ich schwankte leicht. „Halte mich ruhig für verrückt, das ist nun wirklich nichts Neues, aber hör auf, dich in mein Leben einzumischen!“

Da ich ihm nicht die Chance zu einer Erwiderung einräumen wollte, stapfte ich los. Finn folgte mir.

„Dein Gehirn litt unter Sauerstoffmangel, da sind Halluzinationen nicht ungewöhnlich. Katharina, behalten wir doch unseren Sinn für die Realität!“ Er vertrat mir den Weg und blieb auch dort, als ich ihm ausweichen wollte. Wie Finlay war Finn ein großer, breiter Mann, der auch noch leichtfüßig war und nicht auszutricksen. Genervt stoppte ich meine Versuche, an ihm vorbeizukommen.

„Lass mich gehen!“

„Nay!“

„Geh mir aus dem Weg!“ Ich machte einen Schritt vorwärts, die Fäuste geballt und die Lippen verkniffen. Ich verengte die Augen zu schmalen Schlitzen und hob das verkrampfte Kinn. Er schüttelte den Kopf. Bevor er etwas sagen konnte, was irgendein Schmu über Kopfverletzungen wäre, der mich überzeugen sollte, dass alles eine Einbildung gewesen war.

„Wenn du ihm nicht ähnlich sähest, hätte ich nicht meine Zeit mit dir verplempert!“ Ich gab ihm einen Schubs. „Lass mich in Frieden, verstanden!“

„Verzeihung, ich möchte nicht stören.“

Ich schrie spitz auf und fuhr herum. Vor mir stand eine kleine Frau, die in einen Haufen Plaids gewickelt war und sich schwer auf einem Stock abstützte.

„Daingead, màthair, warum quälst du dich hier raus?", knurrte Finn. Er verließ endlich meine Fluchtroute und trat zu seiner Mutter. Er griff nach ihrem Arm und warf mir einen verärgerten Blick zu, den ich wohl so zu deuten hatte, dass ich zu bleiben hatte, wo ich war, solange er sich um dieses Problem kümmerte. Ein Grinsen verzog meine Lippen. Das war nicht die Zeit, sich von Warnungen beeindrucken zu lassen.

„Ist das deine Freundin?"

Das wischte mir mein Grinsen aus dem Gesicht.

„Das ist Katharina, Ma." Er räusperte sich. „Ich habe dir von ihr erzählt." Er wandte sich mir zu. „Katharina, dies ist meine Mutter."

„Mrs McInnes." Ich streckte die Hand aus, um ihre sacht zu schütteln. „Entschuldigen Sie mich nun bitte. Meine Schwester wartet auf mich." Ich machte einen Schritt rückwärts, kam aber nicht weit.

„Oh, dabei sehen Sie aus, als bräuchten Sie dringend eine starke Tasse Tee." Mrs McInnes lächelte verbindlich. „Und einige Minuten vor dem Kamin, um sich aufzuwärmen."

„Danke, Mrs McInnes, aber ...“

„Gladys, Lassie, und ich denke, Ihre Schwester wird die Verspätung gutheißen, wenn Ihnen dadurch eine Erkältung erspart bleibt." Sie winkte. „Kommen Sie."

Ich hatte nicht vor, auch nur eine Minute länger in Finns Gesellschaft zu bleiben und meinen Plan aufzuschieben. „So ist es, aber ...“

„Nun kommen Sie schon. Finn, sei ein Gentleman und geleite deine Lady ins Haus, anstatt dich mit mir altem Besen zu belasten." Sie zwinkerte mir zu, wobei mir auffiel, dass ihre Augen funkelnd blau waren und nicht braun wie die ihres Sohnes.

„Aye“, grummelte Finn und ließ den Ellenbogen der Mutter los, um zu mir zu treten. Aus der Nummer kam ich nicht raus, auch wenn ich verstohlen zur Felswand sah, wusste ich natürlich, dass ich der neuzeitlichen Kopie meines Ehemanns nicht entwischen konnte, solange er mich nicht gehen lassen wollte.

„Eine Tasse“, murrte ich. „Dann sollte ich mich auf den Rückweg machen, bevor Vanessa sich Sorgen macht.“ Trotzdem setzte ich nur widerwillig einen Fuß in die Hütte. Ein kleines Feuer flackerte im Ofen, auf dem bereits ein Kessel wild pfiff.

„Ah! Das Wasser ist heiß!“ Gladys schlurfte zum Ofen. Finn sah von mir zu seiner Mutter, wobei er leise Verwünschungen ausstieß.

„Darf ich Ihnen helfen?“, fragte ich. „Wo sind denn Ihre Tassen?“

„Wie freundlich, Lassie, aber setzen Sie sich lieber. Finn, fache den Kamin an.“ Sie tätschelte meine Wange. „Wärmen Sie sich auf.“

Finn folgte der Aufforderung augenblicklich. Er kniete vor dem Kamin und warf ein Streichholz in den Zunder unter den aufgestapelten Holzscheiten. Er flammte auf und ging auf das Holz über. Ein unangenehmer Geruch nach Spiritus lag in der Luft.

„Finn, hol deiner Lady doch ein Plaid!“

Er warf mir einen Blick zu. Finlay hätte mir so zu verstehen gegeben, dass all sein Ungemach auf mich zurückzuführen war. Finns Lippen kräuselten sich, dann brach er den Blickkontakt und stand auf, um auch diesem Befehl nachzukommen. Die Decke entfaltete er auf dem Weg zu mir zurück und legte sie mir um die Schultern. Er schob mich zum Feuer, angelte nach einem Hocker und platzierte mich vor dem Kamin. Während ich die Finger ausstreckte, um die ersten wärmenden Emissionen einzufangen. Meine Fingerspitzen prickelten. Ich zitterte noch immer, obwohl sowohl das Plaid, als auch das Feuer mich wärmen sollten. Ich schloss die Augen, machte mich so klein wie möglich und schloss die Arme fest um mich.

„Dein Tee." Porzellan klapperte neben mir, und obwohl ich es mir vornahm, konnte ich mich nicht aus meiner Selbstumarmung lösen. „Er wirkt Wunder", grummelte Finn.

Es kostete mich enorme Anstrengung, die Umklammerung zu lösen und die Tasse anzunehmen. Es klapperte, als die kleine Porzellantasse auf die Untertasse schlug. Schnell senkte ich die Hände in den Schoß, um mein Zittern zu verstecken.

„Du frierst immer noch." Bevor ich noch etwas sagen konnte, bauschte sich ein zweiter Plaid um mich. „Du wolltest ja nicht hören."

Ich kauerte mich zusammen, barg die Tasse in einer kleinen Höhle nahe an meinem Bauch. Der Wasserdampf legte sich auf meine Wangen und der Nase ab, als ich in die heiße Flüssigkeit blies.

Gladys ließ sich neben mir nieder und streckte die Füße dem Feuer entgegen. „Nun, die beste Methode, sich aufzuwärmen, ist immer noch die, sich an einen anderen warmen Körper zu schmiegen."

„Es geht schon wieder", stieß ich hervor. Ich richtete mich auf und hob die Tasse an die Lippen.

Finn stand auf meiner anderen Seite und behielt mich scharf im Auge. Er hatte sich auch ein Plaid umgelegt und hielt ebenfalls eine dampfende Tasse in den Händen.

„Was in Gottes Namen haben Sie denn in den Pools gemacht, Lassie?“, erkundigte Gladys sich fröhlich. „Nach Feen getaucht?“ Sie ließ den Zeigefinger wackeln. „So funktioniert das aber nicht.“

„Màthair“, grummelte Finn. „Lass den Unsinn.“

„Glauben Sie daran, dass die Feen Wünsche erfüllen?“ Ein kleines Feuer begann in mir zu lodern. Ein bekanntes, gemeines Feuerchen. Finn hielt es für ein Ammenmärchen und sein Kommentar machte deutlich, wie wenig er davon hielt.

„Aye, Lassie. Allerdings ist ein Opfer nötig ...“

„Ma!“ Finn trat vor und wechselte ins Gälische. Das allein hätte ihm sicher nicht geholfen, aber als er zu sprechen begann, stieg ein Ton in meinen Ohren rasant an und wurde zu einem unerträglichen Piepsen. Es ließ mich zusammenzucken, wodurch ich die Tasse umstieß und der Tee auf meine Knie schwappte. Meine Finger klammerten sich an die Untertasse, während ich zur Seite kippte. Ich verfolgte erschreckt, wie der Raum sich in Zeitlupe verkehrte.

„Dain ...“

Ich war weg, noch bevor ich auf dem Boden aufschlug.

13. Wenn ich einen Wunsch frei hätte

Ein feuchtes Tuch wurde auf meine Stirn gelegt. Ein Tropfen rollte über meine Schläfe in mein Ohr und holte mich kitzelnd aus tiefster Schwärze. Ich blinzelte. Eine Frau beugte sich über mich, ein dicker Plaid bedeckte ihre Schultern und ich erkannte die McDermitt-Farben an ihm.

„Mairead?", wisperte ich, wobei meine Lider wieder zu fielen. „Schon wieder?" Ich zwängte meine Mundwinkel in die Höhe. „Sag es Finlay nicht, er macht sich nur Sorgen."

„Uisge?" Sie stützte meinen Kopf, bevor sie mir das Glas ansetzte. Kühles Nass netzte meine Lippen.

„Tabadh leat." Ich öffnete die Augen und blinzelte. „Wow, ich habe das Gefühl, dass mir jeden Moment der Schädel platzt." Ich drehte den Kopf, denn selbst das wenige Licht in dem Raum stach durch meine geschlossenen Lider.

„Du hast dir den Kopf gestoßen."

Ich stöhnte entsetzt. „O mo chreach, hat sie dich gleich gerufen?"

Seine Finger strichen über die schmerzende Stelle an meiner Schläfe.

„Au. Finlay.“ Obwohl meine Hand wahnsinnig schwer war, hob ich sie, um seine abzufangen. „Gib mir einen Kuss, ja?“ Ich zog ihn zu mir. „Bin nur unvorsichtig gewesen.“ Ich schmiegte seine Hand an meine Wange und drückte meine Lippen an seinen Handballen. „Mein Kopf wird schon wieder.“

Mein Grinsen blieb haften. Seine Haut zu spüren, beruhigte mich, nahm die Spannung von mir und linderte meine Pein. „Etwas schlafen ...“, murmelte ich erschöpft.

„Nay!“ Ich zuckte zusammen. „Katharina, du wirst nicht einschlafen, verstanden!“ Er tätschelte meine Wangen. „Hörst du mich?“

„Ja, was ...“ Ich zwang mich, meine Augen zu öffnen. Finlay beugte sich über mich. Sein Anblick verschwamm. „... ist denn?“

„Mach die Augen auf“, befahl er und half direkt nach. Er zog mein linkes Augenlid hoch und blendete mich mit einer Taschenlampe. Ich riss mich frei und schlug seine Hand weg.

„Finlay, woher hast du ...“ Da erkannte ich meinen Fehler. Mein Mund klappte von selbst zu.

„Noch einmal.“ Er legte mir die Hand an die Wange. „Mach die Augen auf.“

Ich schob sie wieder weg. „Lass das, Finn!“, spie ich. „Willst du mich blenden?“

„Nay, nur sicherstellen, dass du dir keine Gehirnerschütterung zugezogen hast.“

„Mir geht es gut!“ Was ich beweisen wollte, indem ich von ihm fortrutschte.

„Wie sind die Kopfschmerzen?", erkundigte er sich gelassen. Er behielt mich scharf im Auge, was mir erschwerte, ihn anzulügen.

„Ähm." Ich wandte mich ab. „Wird besser. Ein oder zwei Aspirin und mir wird es wieder blendend gehen." Ich presste die Lider zusammen, weil ein scharfer Schmerz durch meinen Schädel schoss. Mein Stöhnen hätte ich mir besser verkniffen.

„Wie stark sind die Schmerzen auf einer Skala von 1 bis 10?" Finn drückte vorsichtig einen kühlen Lappen an meine Stirn.

„Fünfzehn."

„Leg dich hin, ruh dich aus", ordnete er an. Das Bett wackelte, als er aufstand, und verschlimmerte meine Schmerzen. Stöhnend drehte ich mich zur Seite und rollte mich zusammen. Maireads Trank wäre mir recht gewesen, hier bekam ich offenbar nicht einmal eine Paracetamol. Ein Kichern stieg in mir auf, rüttelte mich durch und ließ mich infolgedessen leidend aufstöhnen. Es war ein Witz, dass ich mich bei Finlay immer darüber beschwert hatte, dass ich keine medizinische Hilfe in Anspruch nehmen konnte. Immerhin hatte ich auf Maireads Kräuter zurückgreifen können. Jetzt war ich zwar theoretisch in der Lage, Medikamente einnehmen zu können, aber Gladys hatte keine.

„Ma, kannst du dich kurz um Katharina kümmern? Ich gehe zum Wagen und hole meine Tasche." Finn stapfte durch die kleine Hütte.

„Natürlich. Geh nur. Ich werde mich mit deiner Freundin schon vertragen."

„Ma!" Er zog die Tür auf. „Die Sache ist kompliziert. Mach es nicht noch schlimmer."

Gladys schlurfte durch den Raum und wedelte mit der Hand in Richtung ihres Sohnes.

„Und keine Geschichten. Das Letzte, was Katharina nun braucht, sind wilde Storys über Feen."

„Finn, ich weiß nicht, wovon du sprichst. Nun, geh. Ich kümmere mich um deine Katharina." Sie erreichte das Bett und setzte sich auf die Kante mit einem langen Ächzen. „Nun, Lassie, ich habe hier einen Sud, der wird Ihnen helfen."

„Keine Märchen, Ma", wiederholte Finn, dann schlug die Tür hinter ihm zu und es wurde dunkler in der Hütte.

„Kommen Sie, Lassie, trinken Sie." Sie tätschelte meine Schulter.

Wenn sie halb so standhaft war wie ihr Sohn, dann war es einfacher, nachzugeben, also stemmte ich mich auf und nahm ihr den Becher ab. Der Geruch nach Kamille stieg mir in die Nase, aber da war mehr. Der bittere Nachgeschmack war vertraut, schließlich hatte ich ihm soeben noch nachgetrauert.

„Maireads Sud", murmelte ich überrascht. Gladys tätschelte meine Schulter.

„Trinken Sie."

„Tabadh leat."

„Gern geschehen." Sie seufzte tief. „Ich habe mitbekommen, dass Sie meinen Sohn Finlay nannten. Ich hoffe, Sie halten mich nicht für neugierig, aber es wundert mich schon." Ihr Lächeln wurde zerknirscht. „Und einer alten Frau bleibt nichts, außer ihren Geschichten, wissen Sie."

„Oh." Ich rappelte mich vorsichtig auf und lehnte mich an das Kopfende. „Das war eine ..."

„Er hasst es, Finlay gerufen zu werden.“

Mein Mund schnappte zu. „Was?“

„Als er klein war, gab er sich jede Woche einen anderen Namen.“ Ein wehmütiges Lächeln schlich sich auf ihr faltiges Antlitz. „Schließlich hat er sich arrangiert.“

„Er heißt ...“

„Finlay.“ Der Stolz in ihrer Stimme war überdeutlich. „Genau wie mein Vater und sein Vater zuvor.“

Ich starrte sie an, nicht sicher, was ich mit der Information anfangen sollte. „Sie haben ihn nach ihrem Vater benannt“, stellte ich fest. Warum hatte er mich angelogen?

„Nay.“ Gladys tätschelte mein Knie. „Es ist Tradition, dass jeder Erstgeborene den Namen Finlay trägt, seit den alten Tagen des McInnes Clan.“

„Oh.“ Sie übertrieben es hier oben mit ihren Traditionen, wenn man mich fragte. „Das erklärt das Übermaß an Finlays im Stammbaum der McInnes.“ Aber nicht, warum Finn es mir nicht gesagt hatte.

„Oh, aye.“ Gladys seufzte. „Es ist eine beständige Mahnung an uns und eine Erinnerung daran, was verloren ging.“

Sie hatte nicht übertrieben, sie mochte ihre Geschichten! Und ich stieg voll drauf ein.

„Eine Mahnung?“

„Aye.“ Sie grinste verschmitzt. „Einst war der Clan McInnes angesehen bei den anderen Clans, die ebenfalls die Hebriden bewohnten. Sie waren tapfere Krieger und loyale Verbündete.“

Und hin und wieder verblendete Narren.

„Dann kam das schwarze Jahr und alles wurde anders.“ Gladys wickelte ihr Plaid neu um sich. „1746 – das endgültige Ende des Jakobiteraufstands, das Ende des Clanwesens und unserer Kultur."

„Ich weiß", wisperte ich. Ich hatte die Nachwirkung erlebt, gesehen, wie die Engländer mit den Schotten umgegangen waren. Es war völlig gleich gewesen, ob sie Schuld auf sich geladen hatten oder nicht, sie waren kollektiv bestraft worden. „Aber Laird McInnes war kein Jakobiter." Ich erinnerte mich, dass Finlay seinem Onkel Rede und Antwort hatte stehen müssen und es genau darum gegangen war. Dass Finlays Vater genauso wenig einverstanden gewesen war wie Sheamus McDermitt, dass ihre Sprösslinge sich der Sache der Jakobiter anschlossen und bei Culloden Fields gegen die Herrschaft der Engländer kämpften.

„Alistair McInnes nicht, aber sein ältester Sohn Finlay, der sein Erbe im Januar 1747 antrat. Seither trägt jeder Erstgeborene der Linie seinen Namen." Gladys nahm mir die Tasse ab und stand ächzend auf.

„Aber ..." Mein Herz flatterte und süße Freude schoss durch meinen Körper. „Er hatte Nachkommen?" Da war er, mein Beweis. Finlay war nie in meiner Zeit gewesen. Süße Aufregung belebte mich.

„Nay. Der letzte Laird McInnes starb kinderlos."

Eine Faust landete in meinem Magen und beförderte dessen Inhalt mit Schwung nach oben. Ich schaffte es gerade noch, die Hand vor den Mund zu schlagen.

„Er starb." Natürlich starb er. Meine Finger zitterten. Es waren über zweihundertfünfzig Jahre her und niemand lebte mehr. „Aber er war verheiratet?"

„Aye. Mit der Hexe." Gladys goss über ein Sieb mit Kräutern Wasser in meine Tasse. „Der Hexe von Dunvegan."

Mit mir.

„Es heißt, sie habe ihn verhext und er sei deswegen zum Verräter geworden." Sie seihte den Tee ab.

„So ein Unsinn", wisperte ich, aber meine Worte trugen problemlos durch den Raum.

„Sie war sein Verhängnis." Gladys seufzte. Mit der Tasse schlurfte sie wieder auf mich zu. „Das Verhängnis der McInnes."

„Oh, bitte!", murrte ich. War klar, dass ich die Breitseite abbekam. „Es ist einfach, die Schuld auf wehrlose Frauen zu schieben!"

„Oh, aber Catriona McInnes war eine Hexe."

Ich presste die Lippen zusammen. Aber ich weigerte mich, mich eine Hexe nennen zu lassen. „War sie nicht."

„Sie verriet unseren Laird, in der Hoffnung, somit ihr Leben zu retten." Gladys hockte sich wieder auf die Bettkante und drängte mir die Tasse mit dem frischen Tee auf. „Trinken Sie, Lassie."

„Das ist Unsinn!" Mein Magen machte einen Schlinger.

„So wird es gesagt. Finlay war ihr verfallen und traute ihr mit seinem Leben. Er soll als letzten Hauch ihren Namen auf den Lippen gehabt haben."

Das war so herzergreifend, dass mir der Hals zuschwoll.

„Er wurde gehängt, gevierteilt und sein Kopf zur Abschreckung ..."

Mein Magen machte einen neuen Loop und dieses Mal konnte ich den Inhalt nicht zurückhalten. Ich drehte mich, um Gladys nicht anzuspucken und erwischte noch meine Hand. Keuchend schloss ich die Augen. Dass es heller wurde, merkte ich dennoch.

„Oy, Lassie!" Gladys tätschelte meine Schulter. „Zu viel Tee?"

„Ma!", dröhnte Finn. „Herrje, kann man dich keine zwei Minuten aus den Augen lassen?" Eine große, heiße Hand nahm die Stelle ein, auf der zuvor Gladys beruhigend geklopft hatte. „Daingead. Dir ist übel. Ich rufe die Bergrettung."

Ich versuchte, ihn zurückzurufen, aber ein neuerlicher Schwall blockierte meinen Hals. Gladys humpelte zur Spüle. Mein Haar hing mir zwar vor den Augen, aber aus dem Augenwinkel konnte ich verfolgen, wie sie zum Ausgang schlurfte.

„Ma! Lass mich das machen!" Finn stapfte mit dem Eimer zurück in die Hütte, den Gladys mit hinausgenommen hatte. Wasser schwappte über den Rand und er schleppte ihn zum Ofen, um einen Teil im Kessel aufzuwärmen. Mit dem Rest kam er zum Bett.

Er kniete sich vor das Bett, tunkte den Lappen, der zuvor meine Stirn gekühlt hatte, in den Eimer und streckte dann die Hand nach mir aus, um mein Gesicht abzuwischen. „Es dauert etwas, bis sie hier sind, aber die Sanitäter sind auf dem Weg."

„Ich ..."

„Solange werde ich auf dich achten." Er wusch den Lappen aus, bevor er sich daran machte, meine Hand von meinem Erbrochenen zu befreien. Aber mir war viel zu elendig, als dass ich es registrierte, was um mich herum noch vor sich ging.

14. Wahrheiten

Ich lag in einem Krankenhausbett in einem Doppelzimmer. Der Arzt war bereits bei mir gewesen und hatte mit Finn gesprochen, weil ich nicht auf ihn reagierte. Es ging zu viel in mir vor, und halbgare Theorien über die Ursache meiner Kopfschmerzen waren da nicht sonderlich wichtig.

„Das war, bevor sie sich die Beule zuzog."

„Hm. Ein CT sollte Aufschluss geben."

„Es gibt bereits Aufnahmen, die keinen Monat alt sind."

Sie standen beide am Fußende meines Bettes.

„So? Dann haben wir Vergleichsmaterial."

„Sie erlitt eine Hyperthermie, weswegen sie vermutlich die Besinnung verlor und stürzte", erklärte Finn zum wiederholten Mal. „Mir machen die vorherigen Zwischenfälle eher Sorgen. Katharina ..."

„Mr McInnes, ich werde ein CT in Auftrag geben und dann schauen wir weiter."

„Moment." Finn klang aggressiv. „Vielleicht gehen wir die Sache von der falschen Seite an. Ihre Ohnmachtsanfälle könnten auch stressbedingt sein."

Oh ja, erzähl doch jedem, wie verrückt ich war.

„In ihrem Verhalten zeigt sich eine pathologische ..."

„Mr McInnes! Miss Hagedorn ist meine Patientin. Ich stelle die Diagnose." Der Arzt schnappte sich sein

Klappbrett und marschierte aus dem Zimmer. Finn folgte.

„Hören Sie …“

„McInnes.“ Das Schnarren war mir ebenfalls bekannt.

„Oh, Mr McInnes, vielen Dank für ihren Anruf.“ Vanessa klang gehetzt.

„Euer Gnaden!“, mischte der Arzt sich ein. „Ich habe bereits einige Tests durchführen lassen.“

Finn schnaubte verdrossen.

„Miss Hagedorn …“

„Doktor, der Gesundheitszustand meiner Schwägerin ist Privatsache.“

„Selbst … verständlich.“

Ich zog die Decke über den Kopf. Einen Moment einfach Ruhe haben, wäre grandios, allerdings erlaubten meine eigenen Gedanken es mir nicht.

„Katharina braucht …“

„Danke, McInnes, ich bin sicher, du hast noch eine Sightseeingtour, die du leiten musst“, schnitt Ian ihm das Wort ab. „Lass dich nicht aufhalten.“

„Katharina …“, hob Finn erneut an, wobei mein Name einem Knurren glich.

„Ist nicht dein Problem!“, bellte Ian. „Verschwinde.“

Einen Moment blieb es totenstill, dann entfernten sich harte Schritte.

„A ghràidh, ich werde sehen, wie es um Katharina steht, leiste ihr doch derweil Gesellschaft.“ Wie immer war Ian in seinen weichen, freundlichen Tonfall zurückgefallen, als er sich an Vanessa wandte. Mir rollte ein kalter Schauer über den Rücken, denn ich war noch lange nicht bereit, mich irgendwem zu stellen.

Ihre Schuhe klackerten über das Linoleum, als sie unsicher näherkam. „Kati, bist du wach?"

Ihre Hand legte sich sanft auf meine Schulter, wo sie einen langen Moment versichernd liegenblieb, bevor sie die Decke lüftete. „Hey? Seit wann verstecken wir uns denn wieder unter Bettdecken?"

Wenn sie wüsste, dass ich damit nie aufgehört hatte. Der sicherste Ort war für mich schon immer die Höhle in meinem Bett gewesen, aber als Erwachsene hatte man nicht mehr die Freiheit, diesen Hort der Sicherheit regelmäßig aufzusuchen.

„Siehst du nun, was du angestellt hast? Wir hätten es ruhig und moderat lösen können, anstatt ..."

Ich presste die Lider aufeinander, um einen Moment alles um mich herum auszublenden. Nur einen Augenblick in Frieden, dann musste ich mich der Realität stellen.

„Ich weiß, dass alles real war." Meine Stimme klang hohl und fremd. „Ich habe Beweise."

Vanessa seufzte schwer. „Scht, es ist Zeit, es ruhen zu lassen."

Tränen formten sich in meinen Augenwinkeln und rollten brennend heiß über meine Wangen. „Aber alles stimmt", wehrte ich ihren Vorschlag kraftlos ab. „Ich spreche Gälisch, der hintere Turm von Dunvegan ist von Geheimgängen durchzogen, ich kenne mich blendend in der Burg aus, weiß von der Höhle am Anleger unterhalb der Burg und jener bei den Fairy Pools ... Vanessa, es war keine Einbildung!" Nun erst drehte ich mich zu ihr um. Sie hatte diesen Ausdruck in ihrem blassen Gesicht, der zwischen Horror und Mitleid schwankte. „Frag Gladys."

Überrascht klappte sie den Mund auf und haspelte dann den Namen.

„Sie wird bestätigen, dass der Laird der McInnes im Jahr 1747 hingerichtet worden ist. Sein Name war Finlay, seine Gattin Catriona galt als Hexe ... So viele Details, Vanessa, wie kann so viel stimmen, wenn ich mir alles nur eingebildet habe?“

Eine Ewigkeit kaute sie lediglich auf ihrer Zunge herum, wobei sie gehetzt nach einer Ablenkung suchte. „Schau mal“, quiekte sie schließlich und lief wie ein aufgescheuchtes Huhn durch das Zimmer. „Die Sonne scheint herrlich, meinst du nicht?“

Ich wünschte mir aus tiefstem Herzen, ich könnte meine schwärenden Gedanken auch nur für eine Sekunde ablenken, um dem Wetter zu huldigen, aber die Strahlen der Abendsonne ließen lediglich meinen Kopf explodieren. Gleißende Blitze schossen durch mein Blickfeld und dies änderte sich auch nicht, als ich die Lider zufallen ließ.

Ich wünschte mir sehnlichst, sie nicht wieder heben zu müssen.

„Miss Hagedorn, wie ich sehe, befinden Sie sich auf dem Weg der Besserung.“ Der Mann, der mich angesprochen hatte, trug keinen Kittel, was mich auf der Hut sein ließ. Er war in seinen späten Jahren, ich tippte auf über sechzig, und trug diese alberne Tweedjacke mit aufgenähten Flicken auf Höhe der Ellenbogen. Die Krawatte und sein gelbliches Hemd komplettierten den Gelehrtenlook. Er trat ein und streckte mir die Hand entgegen, lang bevor er bei mir anlangte. Seine tiefblauen Augen funkelten hinter den dicken Brillengläsern und bestätigten das freundliche Lächeln auf seinen Lippen.

Gezwungenermaßen gab ich ihm die Hand.

„Doktor Kilbridge, zu Ihren Diensten." Er machte eine angedeutete Verbeugung. „Darf ich mich setzen?"

„Ändert es etwas, wenn ich Nein sage?"

Er hielt es für einen Scherz und lachte, während er sich den Stuhl heranzog. Das Klemmbrett, das zuvor unter seinem Arm gesteckt hatte, landete wacklig auf seinem Schoß. „Miss Hagedorn, mein Kollege Doktor Cameron hat mich auf Ihren Fall aufmerksam gemacht. Wenn es Ihnen nichts ausmacht, hätte ich einige Fragen an Sie."

„Warum?"

„Nun, ich hörte, dass Sie es kaum erwarten können, entlassen zu werden."

Ich verstand es als Drohung, auch wenn er mich immer noch freundlich anlächelte.

„Ich bin mir sicher, dieses Gebäude wimmelt von Menschen, die entlassen werden wollen."

„Sicherlich, allerdings gibt es keinen zweiten Fall wie Ihren."

„Und wie ist mein Fall?", knurrte ich, die Finger in die Bettdecke krallend, um meine Energie abzuleiten. Jemanden anzufallen, wie ich seit Tagen den Drang verspürte, wäre sicher eine Freikarte für die geschlossene Anstalt.

„Diverse Schädeltraumata, laut ihrer Krankenakte, darüber hinaus Schwindel- und Ohnmachtsanfälle ohne erkennbare Ursache, Übelkeit, Erbrechen, Halluzinationen und eine vermutete dissoziative Störung …"

Ich bewunderte ihn dafür, dass er all dies mit einem gleichbleibenden freundlichen Lächeln hervorbrachte, aber Sympathiepunkte bekam er deswegen keine.

„Dann müssen die Krankenakten vertauscht worden sein. Ich kann mich nicht erinnern, je über Halluzinationen geklagt zu haben."

„Sie sind nicht davon überzeugt, in die Vergangenheit gereist zu sein?"

Ich spürte, wie mir das Blut aus dem Gesicht wich. Mir schwindelte und eine leichte Übelkeit stieg in mir empor. Finn, dieser verfluchte Mistkerl!

„Das ist schwerlich möglich, nicht wahr?", krächzte ich. Mein Körper stand urplötzlich in kaltem Schweiß gebadet und ich bebte unkontrolliert. Ich sah keine Möglichkeit, als es rigoros abzustreiten. „Und albern ist es auch. Sehe ich aus wie ein hysterisches Mäuschen, das sich in Fantasiewelten flüchtet?"

Sein Lächeln blieb bestehen, was mich mehr und mehr aus der Bahn warf. Er durchschaute mich, da war ich mir sicher, und das bedeutete nichts Gutes für mich.

„Nein, Miss Hagedorn, in der Tat erscheinen Sie mir wie eine gebildete, junge Frau, die mit beiden Beinen fest im Leben steht."

Seine Komplimente konnte er sich sparen. Ich hob das Kinn und wartete.

„Für gewöhnlich."

Da war es, das *aber*, auf dass ich unbewusst gewartet hatte.

„Aber wir wollen nicht vergessen, dass Sie kürzlich ein sehr intensives Erlebnis hatten, dass durchaus zu einer Trübung ihrer gewöhnlich robusten Psyche geführt haben könnte."

„Das ist nicht der Fall", beharrte ich stur. Meine Knöchel schmerzten, weil ich sie fest in die Decke krallte, um den Rest meines Körpers starr zu halten.

„Ich möchte Ihnen helfen, Miss Hagedorn. Ich bin nicht ihr Feind."

Meine Lippen in ein Lächeln zu quetschen, überforderte mich fast, aber ich war gewillt, es zu halten, und sollte es mich umbringen. „Das hört sich gut an, Doktor Kilbridge. Mir wäre geholfen, wenn Sie mich endlich entlassen würden und ich nach Hause zurück könnte."

Wir maßen uns gegenseitig. Nach langen, ermüdenden Minuten gab er endlich nach. Doktor Kilbridge nickte, seufzte und stemmte sich auf. Er beugte sich leicht über mich.

„Bedauerlicherweise ist Ihr heimisches Umfeld nicht dazu geeignet, auf Ihre besonderen Bedürfnisse einzugehen."

Meine Wangenmuskeln wurden zu Stein.

„Das macht es vonnöten, Sie zu verlegen, aber seien Sie unbesorgt, wir werden uns vorzüglich um Sie kümmern." Er nickte mir zu, in seiner gespenstischen Freundlichkeit. „Im Laufe des Tages wird ein Pfleger Sie abholen und in Ihr neues Zimmer bringen. Ich freue mich, erneut mit Ihnen zu sprechen."

Als er sich abwandte, sprang ich aus dem Bett. „Moment!", polterte ich. „Sie können mich nicht ohne meine Einwilligung ..."

Seine sichere Haltung versetzte mir einen Schlag in die Magengrube.

„Miss Hagedorn, Sie gelten als eine Gefahr für sich selbst und damit kann ich Sie durchaus festhalten, wenn Sie es so nennen möchten."

Mein Magen machte eine Talfahrt. Hier eingesperrt zu sein, machte mich erneut handlungsunfähig.

Ich weigerte mich, mit Doktor Kilbridge zu sprechen. Am dritten Tag bekam ich Besuch von meiner Schwester, die händeringend auf mich zugeeilt kam und sich nach einer flüchtigen Umarmung mir gegenübersetzte. „Kati, warum bist du denn so uneinsichtig?"

„Ich werde gefangen gehalten, Vanessa."

„Zu deinem Schutz!", beharrte meine Schwester. Sie griff nach meiner Hand und drückte sie fest. Ihre Nägel bohrten sich in mein Fleisch. „Du verschwindest ständig! Niemand weiß, wo du bist, was du machst ... Herrgott, du bist ohne Sicherung klettern gegangen und springst in unbekanntes Gewässer, das auch noch viel zu kalt ist!"

„Das war unüberlegt, rechtfertigt aber nicht, mich wegzusperren."

Vanessa flüsterte eine Verwünschung. „Ich habe Angst um dich!"

„Ich bin nicht lebensmüde."

„Ach nein? Du hast dir eine Hyperthermie zugezogen, eine Gehirnerschütterung! Ian meint, du wanderst des Nachts durch die Burg und erkundigst Geheimgänge!" Ihre Entrüstung verfestigte sich und zum Ende hatte sich ihre Unsicherheit gelegt. „Es ist der einzige Weg, dich zu schützen."

Etwas flackerte in ihren Augen. Angst?

„Ich brauche keinen Schutz, sondern deine Unterstützung!", sprach ich eindringlich auf sie ein. „Ich brauche jemanden, der mir beisteht, egal wie merkwürdig ich mich benehme. Meinetwegen eine Barke, die mich leitet, wenn ich mich verirre, aber niemand, der mir in den Rücken fällt!" Ich entriss ihr meine Finger. „Warum bist du hier?"

„Kati …" Sie wollte mich wieder berühren, aber ich wich ihr aus.

„Komm nicht wieder her, solange du nicht bereit bist, mich zu unterstützen." Als ich aufstand, kickte ich meinen Stuhl um. Zwei Pfleger rasten auf mich zu und drückten mich binnen Sekunden auf den Metalltisch nieder.

„Ganz ruhig, gal", zischte der Bulligere. „Wir wollen doch nicht noch eine Nacht ruhiggestellt werden, nicht wahr?"

Vanessa glotzte mich an, schneeweiß im Gesicht und offenbar nicht in der Lage, sich zu fangen.

„Sie tun mir weh."

Vanessa schluckte. Ihre zittrigen Finger legten sich auf die Tischplatte vor ihr, als sie sich aufstemmte. „Bitte", flüsterte sie. „Das ist doch nicht nötig."

„Keine Sorge, Schwesterherz, ich habe schon in bedrohlicheren Kerkern gehaust!"

Eine Nadel stach in meine Seite. Das übliche Ende, wann immer jemand mit mir sprechen wollte, trotzdem begehrte ich ein letztes Mal auf. Schubste die Pfleger von mir und torkelte zur Seite weg. Meine Knie gaben nach und ich fiel in tosende Dunkelheit.

Die Nacht verbrachte ich damit, an die Decke zu starren. Meine Gliedmaßen waren fixiert und eigentlich sollten mich die Medikamente, die ich gezwungen war zu nehmen, ruhigstellen. Aber sie bewirkten nur eine Lähmung meiner Gedanken, keinen echten Schlaf.

Meine Situation war unterirdisch und doch verflucht bekannt. 1747 war es einfach gewesen, sich in Schwierigkeiten zu bringen, schließlich reichte eine Verleumdung und man endete ertränkt in einem See oder auf einem Scheiterhaufen. Offenbar hatte ich ein ähnlich schlimmes Äquivalent in der Gegenwart gefunden. Wieder einmal konnte ich meinen Namen nicht reinwaschen, weil es niemanden interessierte und mich alle Verbündeten im Stich ließen. Damals hatte ich wenigstens noch Finlay gehabt, aber der ...

Das Schluchzen brach aus mir heraus wie ein Orkan. Lange Zeit blieb mir nichts anderes übrig, als es über mich ergehen zu lassen und zu heulen, bis mir die Tränen ausgingen.

Eine tiefe Erschöpfung folgte und klärte meinen Kopf.

Es war ein völliges Durcheinander und machte einfach keinen Sinn. Ich konnte wohl getrost davon ausgehen, dass Finlay nicht mit in der Gegenwart gelandet war, sonst hätte irgendjemand ihn gesehen, oder ich hätte ihn gefunden. Gut, die Höhle hatte ich nicht eingehend erkunden können, aber letztlich sprach vieles für die These. Demnach war er nach unserem Sprung von den englischen Soldaten gefangen genommen worden, um hingerichtet zu werden? Gab es eine Möglichkeit, das genauer zu verifizieren? Denn wenn dem so war, sah ich keine Chance, ihn zu retten. Wenn ich zurückkehrte – in den Moment, in dem ich 1747 verließ, was ich nicht sicher wissen konnte – dann fiele ich auch nur dem Feind in die Hände und würde getötet werden. Immerhin stand es so bereits geschrieben.

Vor meinen Augen lief die Zeit ab, die ich in der Vergangenheit verbracht hatte.

Finlay hätte sich nie mit dem bösen Zwilling vom Weihnachtsmann schlagen müssen, der mich hatte lynchen wollen, als ihm klar wurde, dass ich eine Fremde war – eine Sassenach.

Er wäre den englischen Soldaten nicht in die Finger geraten, die ihn verprügelt hatten. Er hätte sich nicht gegenüber seinem missgünstigen Onkels Sheamus McDermitt behaupten müssen, und wäre letztendlich auch nicht gezwungen gewesen, den Konvoi zu überfallen, der mich an den Ort der Hexenprobe überstellen sollte. Er wäre niemals niedergeschossen worden, als er mich zurück zu den Fairy Pools brachte und dafür sorgte, dass ich über die Klippe ging, um nach Hause zu kommen, in Sicherheit.

Letztlich lag Gladys gar nicht so falsch, denn auch wenn ich keine Hexe war, war ich definitiv nicht gut für Finlay. Wenn ich nicht gewesen wäre ...

Ich war sein Verhängnis. Die Erkenntnis war nicht schön und half auch nicht dabei, das unsichtbare Gewicht von meiner Brust zu nehmen.

Betrachtete man die Fakten, war ich das Schlimmste, was ihm je widerfahren war. Ihm und seinem Clan, denn sicherlich hätte es einen Weg gegeben, den Verdacht seiner Beteiligung bei Culloden ebenso zu zerstreuen, wie den über Padraig, der schließlich nie wegen Verrat angeklagt worden war, obwohl er ebenfalls ein bekennender Jakobiter gewesen war.

Die Sonne ging auf und schickte seine ersten Boten durch mein schmales Fenster. Ich drehte den Kopf, um nicht geblendet zu werden, und richtete meinen starren Blick auf die kahle Wand neben der verriegelten Tür.

Hatte ich die Vergangenheit geändert, als ich aus Versehen durch die Zeit gefallen war? Mir waren Zeitparadoxien ein Begriff, auch wenn Science-Fiction nicht zu meinen Lieblingsbereichen gehörte. Wenn ich also die Vergangenheit durcheinandergebracht hatte ... konnte ich sie dann nicht wieder korrigieren?

Es war kein glücklicher Gedanke, denn Was-wäre-wenn-Szenarien trieben einen nur in den Wahnsinn. Mal abgesehen davon, dass ich gar nicht wusste, wie ich in der Vergangenheit gelandet war und ob sich der Zeitpunkt der Ankunft ändern ließe. Mein Kopf platzte, aber ich konnte einfach nicht aufhören, darüber nachzugrübeln.

Meine Flucht war nicht geplant. Ich reagierte nur auf einen glücklichen Zufall. Auf dem Weg zu meiner täglichen Sitzung mit Doktor Kilbridge kam es zu einem Zwischenfall. Einer der anderen Patienten griff einen der Pfleger an, die mich eskortierten, und der Zweite eilte dem Kollegen zu Hilfe. Es gab eine wilde Rauferei, in dessen Verlauf eine der Chipkarten für die Sicherheitstüren direkt vor meinen Füßen landete. Ohne einen Gedanken zu verschwenden, klaubte ich sie auf und rannte los. Es waren elf Türen, wobei ich wohl einen Umweg genommen hatte, bis ich endlich auf einer Station ankam, die nicht mehr einer erhöhten Sicherheitsstufe unterlag. Schwer atmend steckte ich die Hände in meine Hosentaschen. Noch trug ich die Krankenhauskleidung, die mich als Patient der psychiatrischen Abteilung outete. Damit kam ich sicherlich nicht durch den Haupteingang, also brauchte ich Klamotten. Irgendetwas weniger Auffallendes, ich war nicht wählerisch. Zuerst schnappte ich mir einen Kittel aus dem

Schwesternzimmer, dann tauchte ich in eines der Krankenzimmer ab. Drei der Betten waren belegt, aber nur einer der Patienten war anwesend und schnarchte laut vor sich hin. Ich stahl eine Jeans und ein Hemd und warf meine Patientenkleidung in den Mülleimer. Als ich das Zimmer wieder verließ, bemerkte ich einen Pfleger aus meiner Station und drehte ihm hastig den Rücken zu. Ich zwang mich, langsam zu gehen und auch nicht in Panik zu verfallen, als schnelle Schritte sich mir von hinten näherten. Innerlich hielt ich mir vor, was ich alles hätte besser machen können und dass ich alles täte, um frei zu sein. Ich erreichte die Tür zum Treppenhaus zur gleichen Zeit wie der Pfleger und bog schnell rechts ab. In die Patientenküche, wo ich nach einer Tasse griff und mir einen Tee eingoss. Die Schwingtür fiel zu und ich wagte einen vorsichtigen Blick zum Gang. Mit der Tasse schlurfte ich weiter, erst die Stufen hinunter und dann in die Empfangshalle, in der es geschäftig zuging. Auf der mir gegenüberliegenden Seite befand sich der Ausgang. Mein Herz pochte schmerzhaft in meiner Brust, als ich die Tasse absetzte und weiterstrebte. Ich machte mich darauf gefasst, jeden Moment los zu sprinten, fokussierte mich einzig darauf, zu entkommen und schreckte zusammen, als ich angesprochen wurde. Mein erster Reflex war, loszulaufen, aber bevor ich auch nur ansetzen konnte, verstellte eine breite Brust mein Sichtfeld.

„Katharina."

Ich hob langsam den Blick, bis ich Finns auffing. Er lächelte unsicher.

„Wie geht es dir?"

Meine Faust schloss sich fest und lediglich das letzte bisschen Vernunft in mir, hielt mich zurück. Nur noch wenige Schritte und ich war frei. Ich ließ mich nicht aufhalten. Nicht von Finn. Auf keinen Fall.

„Und selbst?“ Mir fiel auf, dass er einen Anzug trug. Seine breiten Schultern machten sich gut darin.

„Gut danke.“

Ich konnte nicht fortsehen. Er war das Letzte, was zwischen mir und meiner Freiheit stand und ich ließ ihn mich aufhalten. Ich war selbst schuld.

„Du wurdest entlassen?“

Mühsam würgte ich den Kloß hinunter. „Ja.“

Er war es, der unseren Blickkontakt brach und sich zum Ausgang umwandte. „Dann wirst du vermutlich jeden Moment abgeholt.“

„Ja.“

Er fuhr sich durch das gegelte Haar. „Hör zu, ich denke, wir sollten reden.“ Seine unsicheren Augen legten sich wieder auf mich und seine Zunge fuhr blitzschnell über seine Lippen. Es bannte meinen Blick. Hitze stieg in mir auf, begleitet von der nur zu bekannten Sehnsucht. Erschrocken machte ich einen hastigen Schritt zurück.

„Katharina.“ Finn hob die Hand und folgte mir. „Bitte.“

Ich versuchte es, aber ich bekam keinen Ton heraus.

Finn fischte nach meiner Hand. Blitze schossen sogleich durch meine Fingerspitzen, meinen Arm hinauf und dann wieder runter in meine Körpermitte. Ich schüttelte sie frei.

„Muss …“ Mit einem Wink deutete ich hinaus und stolperte los. „Gehen.“

Mein Name folgte mir, als ich durch die Schwingtür stürzte, über den Bürgersteig torkelte und vor einem Auto landete. Die Hitze der Motorhaube rüttelte mich wach.

„Katharina." Finn lief auf mich zu.

„Nein." Ich machte kehrt und nahm die Beine in die Hand. Den Berg hinauf, dann querfeldein durch die Wohnsiedlung. Nichts sollte mich aufhalten. Kein Zaun, und mochte er noch so stachlig sein, kein Loch, selbst wenn ich hindurchwaten musste und ganz sicher kein angriffslustiges Schaf, das mich selbst dann nicht in Ruhe ließ, als ich ausgestreckt am Boden lag.

Die Nacht senkte sich über die wilden Hügel von Skye. In der Ferne glitten Scheinwerfer von Autos durch die Dunkelheit, aber ich hielt mich abseits der Straßen, wo es nur ging. Ich wusste nicht, wo ich hin sollte, was mir allerdings erst klar geworden war, als ich von dem Schaf malträtiert worden war. Meine Hüfte brannte lichterloh, wo mich die Hörner erwischt hatten. Ich wusste nicht, wo ich war, was auch ziemlich egal war, solange ich nicht wusste, wie es weitergehen sollte.

Der abfällige Hügel endete auf einem Feldweg, den ich schnell überquerte.

Vanessa wollte mir nicht helfen, also brauchte ich Dunvegan nicht anzusteuern. Finn brächte mich postwendend zurück nach Portree und in das Krankenhaus. Ich traute ihm zu, mich eigenhändig anzuschnallen und mir die verfluchte Spritze mit dem Beruhigungsmittel in den Leib zu jagen. Aber sonst kannte ich hier niemanden.

Die feuchte Kälte kroch über meinen Körper und ich schlang die Arme um mich. Eine Jacke zu stehlen, wäre klug gewesen. Mein Magen knurrte und erinnerte mich an das andere Problem. Wasser fand sich hier oben überraschend häufig. Mindestens einmal die Stunde kam ich an einer Quelle oder einem Rinnsal vorbei. Man schmeckte die Erde heraus, aber ich war bereit, Abzüge an meinem Lebensstandard zu machen, solange ich frei sein konnte. Allerdings war es verdammt frostig. Ich rutschte aus und fing mich kurz vor dem Boden ab. Meine Arme gaben nach und ich legte mich hin, um einen Moment auszuruhen. Es begann zu nieseln.

Ich blieb liegen, bis es wieder aufhörte, dann rappelte ich mich auf und schleppte mich die Anhöhe hinauf. Vor mir lag eine Bucht. Unzählige Lichter wiesen auf ein Dorf hin, das sich an das Ufer zu meiner Seite schmiegte. Eine Möglichkeit, etwas zu essen zu stehlen?

Mein Magen meldete sich und schickte meine letzten Vorbehalte zum Teufel. Ich konnte mir nicht leisten, ehrlich zu sein.

Als ich endlich das Dorf erreichte, waren die meisten Lichter bereits erloschen und selbst die Tankstelle geschlossen. Immerhin wusste ich nun, wo ich war. Sehr genau sogar. Die Straße führte nach Dunvegan Castle hoch, also nahm ich die andere Richtung. Es war dämlich, hier herumzuwandern, trotzdem setzte ich mechanisch einen Fuß vor den anderen.

Ich hatte keine Papiere. Um das Land zu verlassen, bräuchte ich welche, nur war ich mir nicht sicher, ob ich das auch wollte. Dieser Zweifel nagte an mir. Ich konnte nicht ewig hier herumwandern. Die Nacht war bereits schrecklich kalt und wir befanden uns immer noch im kalendarischen Sommer. Mal abgesehen davon, dass ich mich irgendwie ernähren musste. Würde man mich suchen? War es ein Verbrechen, aus einer psychiatrischen Anstalt auszubrechen? In Deutschland konnte man nicht gegen seinen Willen festgehalten werden und es wäre schon eine Entmündigung nötig, um mich weiterhin einzusperren, aber wie sah das Gesetz hier aus?

Der Regen setzte wieder ein und ich rutschte einen Abhang hinunter. Ein paar Felsen waren im Weg, weshalb ich unten erst einmal liegen blieb, um den Schmerz weg zu atmen. Das hier war schon suizidal. Ich lachte auf, bitter und harsch.

Ein Blöken war die einzige Reaktion darauf. Da ich nicht wieder von einem Schaf misshandelt werden wollte, schleppte ich mich weiter. Musste aber einsehen, dass meine Flucht ein Ende hatte, zumindest für diese Nacht. Ich drehte mich im Kreis. Einige Häuser lagen vor mir, ein Feldweg schlängelte sich durch die Landschaft und weiter rechts funkelte Wasser im Mondlicht. Zwei Richtungen schieden aus, aber weiter links hob sich ein dunkles Gebäude ab, das vielversprechend aussah. Es hatte nur ein halbes Dach. Ein Versteck, immerhin. Dort konnte ich schlafen, und wenn ich erwachte, konnte ich mir immer noch Gedanken machen, wie es weiter gehen sollte.

Leider versteckte sich in der Talsenke hinter dem baufälligen Schuppen ein Haus. An die morsche Wand gelehnt starrte ich auf das dreistöckige Gebäude mit dem verwilderten Garten und dem rauchenden Schornstein. Es war definitiv bewohnt.

Es regnete noch immer und nach stundenlangem Marsch fühlte ich kaum mehr meine Beine. Eigentlich spürte ich nur meine Hüfte und die erinnerte mich beständig daran, wie wenig mich die Bewohner von Skye leiden konnten. Ich konnte nicht weiter. Langsam zog ich mich zurück. Durch einen großen Spalt in der Wand zwängte ich mich hindurch. Mein Hemd blieb hängen und riss ein. Im Inneren war es noch dunkler als draußen, wo mir zumindest die Sterne den Weg gewiesen hatten. Ich tastete mich an der Wand entlang und stieß gegen die rückwärtige Wand. Dort ließ ich mich nieder, zog die Beine an und schlang die Arme um sie. Was gäbe ich nun für meine Deckenhöhle?

Ich nickte ein, allerdings nicht für lang. Sobald sich meine Umklammerung löste, schreckte ich auf. Das passierte einige Male und jedes Mal hatte mein Rundumblick mir versichert, dass alles in Ordnung war.

Dieses Mal starrte ich in ein paar gelbliche Augen, die über einer riesigen Schnauze thronten. Sabber fiel von den Lefzen, als der Hund ein abgehacktes Bellen ausstieß.

Die Ohren waren spitz aufgestellt und sonst sah ich nur noch einen mächtigen Brustkorb mit zwei langen, schmalen Beinen, die in bärengroßen Tatzen endeten.

„Laird! Wo zum Teufel versteckst du dich?"

Mein Herzschlag setzte aus. Finn. Auf dem zweiten Blick erkannte ich die Dogge von seinem Handyhintergrund, auch wenn die Perspektive auf dem Foto weniger furchteinflößend war.

„Laird!" Seine Stimme kam näher.

„Verschwinde", wisperte ich. „Hau ab."

Die Dogge stieß ein langgezogenes Heulen aus, was mich zusammenzucken ließ. Seine Schnauze war phänomenal und ich wollte keines meiner Körperteile dazwischen sehen. Dann wiederum musste ich unbedingt vermeiden, ausgerechnet Finn in die Arme zu fallen. Ich rutschte also behutsam zur Seite, was meinem Wächter nicht gefiel. Er bellte und schnitt mir den Weg ab. Zur anderen Seite endete ich in der Ecke, in der ich erwacht war, aber zumindest bekam ich Abstand zu dem Maul und der Zunge, die beim Ausstoß des Kläffens herumschlackerte.

„Laird, was hast du da? Ein Häschen? Junge, du bereitest dem armen Ding …“ Seine Stimme verklang. Er war hinter dem Monster in Hundegestalt aufgetaucht und blinzelte. „Katharina?“

„Ich wäre jetzt bereit, einen Wunsch an die Feen zu richten, nur leider habe ich keine Münzen.“ Langsam hob ich den Kopf. „Ich nehme nicht an, dass du mir da aushelfen wirst.“

„Wir suchen dich überall.“

Jetzt war es offiziell, ich konnte Laird nicht leiden. Dementsprechend starrte ich ihn an. „Herzlichen Glückwunsch sieht aus, als hättest du mich gefunden.“

War es schlimm, einem Hund an die Gurgel zu wollen?

„Laird, mach Platz.“ Finn schob das Ungetüm zur Seite, als wäre es ein Schoßhündchen, und kniete sich zu mir. „Ich will gar nicht wissen, was du angestellt hast.“ Er schüttelte nach einer schnellen Musterung den Kopf. „Komm.“

Die ausgestreckte Hand ignorierte ich. „Ich gehe nicht zurück.“

„Du bist verletzt. Deine Jeans ist völlig zerrissen. Deine Schuhe, daingead, haben die überhaupt noch eine Sohle?“

Er war ein verflucht aufmerksamer Beobachter.

„Du siehst aus, als hätte man dich durch den Fleischwolf gedreht!“

„Das ist nichts“, flüsterte ich. Mein Blick glitt an ihm vorbei und durch das baufällige Gebäude, aber ich rechnete mir keine Chance aus, ihn zu übertölpeln.

„Katharina, manchmal frage ich mich ernsthaft, ob du noch bei Verstand bist“, brummelte er. Finn ließ mir keine Zeit zu einer Erwiderung, sondern klaubte mich auf.

„Nein!“ Ich wollte nach ihm schlagen, es ihm irgendwie erschweren, mich einfach durch die Gegend zu tragen, aber ich bekam die Hand nicht hoch, geschweige denn meine Beine in Bewegung gesetzt. Stattdessen keuchte ich vor Schmerz, als er meinen Körper an sich drückte – mit der wehen Hüfte zuerst.

„Du brauchst Hilfe!“, knurrte Finn, seinen Griff verstärkend. „Du bist verletzt.“

„Auf deine Hilfe …“

„Vielleicht, aber du wirst sie über dich ergehen lassen müssen.“ Finn stapfte mit mir über der Schulter durch das Tor am anderen Ende der Scheune und dann um sie herum.

„Nein!“ Ich wusste, dass ich geschlagen war und es nicht verhindern konnte, dass er mich zurück ins Krankenhaus brachte. Es ließ den Damm brechen und wie in jenen Nächten, die ich angeschnallt in meinem Krankenbett ausgeharrt hatte, schluchzte ich drauflos.

Finn drückte mich enger an sich. „Alles wird gut, vertrau mir.“

So wenig, wie ich ihm vertrauen konnte, so wenig konnte ich mich zusammennehmen. Meine Tränen flossen noch immer, als er mich durch einen schmalen Gang in das Haus trug, das ich am frühen Morgen in der Talsenke ausgemacht hatte. Er machte eine Kehrtwende und stieg die ebenso schmalen Stufen empor in den ersten Stock und dort in ein Zimmer mit einem Futonbett. Die Tür zum Badezimmer stand offen und ein Handtuch lag auf dem Rand der Badewanne. Finn legte mich ab. Die Wände waren in Grüntönen gehalten. Das Bettzeug nahm das Thema auf und bauschte sich zerknautscht am Fußende.

„Ich hole das Verbandszeug. Laird!“ Die Dogge setzte sich neben das Bett. Er war so groß, dass er mühelos das ganze Zimmer überblicken konnte, inklusive mir.

„Laird ist ein Wachhund, Katharina.“ Mit dieser Warnung ließ er mich allein. Obwohl ich den Hund anstarrte, um zumindest gewarnt zu sein, sollte er mich attackieren, bemerkte ich eine Taschenuhr und ein gerahmtes Bild auf dem Nachtisch. Drei Personen grinsten in die Linse: Vater, Mutter und Sohn, nebst einem Abbild meines derzeitigen Bewachers. Gladys war eine Überraschung, sie strahlte regelrecht jugendlich in die Kamera, Finns Vater, ein stattlicher Mann mit einem markanten Kinn und blauen Augen, kam mir bekannt vor, auch wenn ich ihn nicht einordnen konnte. Aber irgendwie glaubte ich, ein Portrait dieses Mannes schon einmal gesehen zu haben, nur wo? Auf Dunvegan? Der Knabe, der neben ihm stand, war keine zehn Jahre alt, hatte aber deutliche Ähnlichkeit mit Finn, demnach war der Wachhund entweder ein altersschwacher Greis oder ein Nachkomme des Tieres auf dem Foto. Seine Augen verfolgten jeden meiner Blinzler und er machte dieses halbe Bellen, als ich den Fuß zurückzog. Zur Sicherheit blieb ich im Folgenden bewegungslos. Finn brachte ein Tablett mit einer Schüssel mit Wasser, diversen Tüchern, Alkohol, Antiseptikum in Literflaschen und einen Verbandskasten, der jeden Erstversorger vor Freude Tränen in die Augen schießen ließe.

Er stellte das Tablett auf den Nachttisch, wobei er Uhr und Bild zur Seite schob.

Laird bellte, fiepte und hechelte freudig.

„Guter Junge. Mach Platz." Finn stellte schnell die Schüsseln auseinander und schüttete dann Unmengen an Antiseptikum über die Hände, bevor er sich Handschuhe überzog. Als Finn nach der Schere griff, wurde mir erst bewusst, dass er mich nur verarzten konnte, wenn ich meine Kleidung ablegte. Hitze schoss mir in die Wangen und ich rutschte von ihm fort.

„Eigentlich ..."

„Ich schaue nicht hin."

Ich klappte den Mund zu.

„Klar ..."

„Du musst versorgt werden." Er fluchte unterdrückt und hob die Hände. „Ich schwöre, dass ich dich rein aus ärztlicher Sicht ansehen werde!" Sich zu weigern wäre dumm. Er lag richtig: Ich brauchte eine medizinische Versorgung meiner Verletzungen. Außerdem sollte ich ihn bei der Stange halten, damit er nicht die Ambulanz rief, oder wer auch immer für die Rückholung von entlaufenden Verrückten zuständig war. Ich sollte meine

Kräfte sammeln, um Finn austricksen zu können. Ich musste fort und momentan kam mir nur ein Ort in den Sinn, an dem ich vor der Klapse sicher wäre: Die Vergangenheit – so gefährlich die auch sein konnte. „Ich mach es selbst." Mit bebenden Fingern versuchte ich den Knopf der Jeans zu öffnen, nachdem ich mich zurückgelegt hatte.

„Du wirst mir nicht ohnmächtig, oder?"

„Nein."

„Würdest du es zugeben, wenn es doch so wäre?"

Ich gab auf, den Knopf durch das viel zu kleine Loch quetschen zu wollen.

„Die Hose ist hinüber, lass sie mich aufschneiden, bevor du dich durch unvorsichtige Bewegungen weiter verletzt."

Ich hasste seine Stimme der Vernunft.

„Das macht dir Spaß", hielt ich ihm vor. „Mich in der Hand zu haben."

„Zugegeben, der Gedanke hat seinen Reiz." Es folgte ein Zipp, als die Schere durch den feuchten Stoff meiner gestohlenen Jeans schnitt und mein Bein freilegte.

„Was hast du angestellt?", murmelte er, nachdem er sich die Baustelle angesehen hatte. „Du bist ein großer, blauer Fleck mit mehr Schnitten, als ich überschlagen kann."

„Ist das wichtig?"

Er stellte Blickkontakt her, auch wenn ich bemüht war, dem auszuweichen. Er beugte sich über mich und hielt mein Kinn fest. „Bist du irgendwo runtergesprungen? Màthair sagte, es sei gestern niemand bei Fairy Pools gewesen, aber es gibt weiß Gott genügend andere Felsformationen, von denen man sich stürzen kann."

„Ob du es glaubst oder nicht, ich bin nicht lebensmüde.“

Er glaubte es nicht. Seine Lippen pressten sich aufeinander, seine Augen verdunkelten sich und er schüttelte den Kopf. „Daingead.“

Seine Stimmung wurde immer düsterer, je länger er sich mit meinem Bein beschäftigte. Erst wusch er es vorsichtig, dann desinfizierte er eine Wunde, um sie zu pflastern.

15. Geschlagen

Ein Duft weckte mich. Er schlug mir direkt auf den Magen und ich krümmte mich. Hühnersuppe, das Allerwelts-Rezept zum Aufpäppeln von Verletzten.

Ich ertrug es kaum, obwohl ich nicht zum ersten Mal nagenden Hunger verspürte.

„Du bist wach", stellte Finn fest. Der Dielenboden knatschte, dann legte er mir die Hand auf die Schulter und drehte mich um. „Ich habe dir einen Teller Suppe gebracht, sie sollte noch warm sein, falls du etwas essen möchtest."

Mein Magen knurrte überlaut.

„Gut, ich helfe dir, dich hinzusetzen. Vorsicht, deine Hüfte ist geprellt."

Er drückte mir die Kissen in den Rücken. „Iss. Man sucht noch nach dir, ich bin also verpflichtet, zu melden, dass du bei mir bist." Finn nahm den Teller und wollte ihn mir reichen, aber ich machte keine Anstalten ihn ihm abzunehmen. „Das hätte ich sofort machen müssen ..."

Hatte er aber nicht. Ich befeuchtete meine Lippen. „Ruf sie nicht an."

„Ich muss. Hier."

Langsam hob ich die Hände. Meine Gedanken rasten. Wie viel Zeit blieb mir?

„Du hättest nicht weglaufen sollen."

Das Gewicht des vollen Tellers drückte meine Arme nach unten.

„Ich gehe nicht dorthin zurück." Koste es, was es wolle. Die Suppe, die so herrlich roch, schmeckte nach Galle, trotzdem schaufelte ich so viel in mich hinein, wie möglich. Finn nahm mir den Teller schließlich wieder ab.

„Besser?"

„Ich lasse mich nicht wieder einsperren." Etwas in seiner Haltung änderte sich, wurde vorsichtiger, prüfender.

„Ist das eine Drohung?" Seine Brauen stießen über der Nasenwurzel zusammen. Ein Muskel in seiner Wange zuckte und er schüttelte den Kopf, nachdem er mich lange Zeit gemustert hatte. „Ich hatte gehofft, dass es dir schnell wieder besser geht." Finn verließ meine Seite, erst an der Tür sah er bedauernd zu mir zurück. „Es tut mir leid, aber es ist am Besten so." Er zog die Tür nicht nur hinter sich zu, er verriegelte sie auch noch.

Das Gute: Sein Hund war nicht hier und es gab noch ein Nachbarzimmer. Vorsichtig rutschte ich aus dem Bett. Der erste Schritt ließ mich um ein Haar zusammenbrechen. Keuchend ballte ich die Hände und kämpfte mit meiner Pein. Jeder Muskel in meinen Beinen brannte, trotzdem rang ich mich dazu durch, einen weiteren zu machen. Und noch einen. Da mir nur meine Unterwäsche geblieben war, bediente ich mich an seinem Schrank. Die Tür zum Badezimmer war ebenfalls versperrt, was mich einen Moment in Panik versetzte. Ich konnte unmöglich aus dem Fenster klettern!

Die wenigen Meter bis zum Boden kamen mir wie ein Höllenschlund vor, trotzdem kletterte ich hinaus, ließ mich langsam abgleiten und baumelte dann einen Moment am Fensterbrett, bevor ich mich fallenließ. Der Aufprall war hart und warf mich von den Füßen. Ich hatte die Schuhe vergessen und dutzende kleine Steinchen stießen sich in meine baren Sohlen, aber ich hatte keine Zeit, mich darum zu kümmern. Ich humpelte los, immer weiter, ganz gleich wohin, Hauptsache weg.

Trotzdem hörte ich die Sirenen. Zwar ließ sich die Richtung nicht festmachen, denn der Klang hallte an den Felswänden wieder, aber die Gefahr war nichtsdestotrotz da. Meine Füße waren mittlerweile taub und mein Kampfgeist so erschöpft, dass ich nicht einmal mehr wütend war. Ich hatte einen Plan. Er war zugegeben etwas fragwürdig, weil er auf einigen Annahmen beruhte, für die es keine Beweise gab, aber er hielt mich immerhin aufrecht. Ich wollte zu den Fairy Pools und meinen Wunsch äußern, sie anflehen, denn noch immer hatte ich nichts, was ich im Gegenzug eintauschen könnte.

„Wuuuff."

Der Schwung, als ich mich zu dem Laut umdrehte, riss mich von den Füßen, wodurch die Bestie Zeit hatte, zu mir aufzuschließen. Ich rappelte mich auf, rannte, meine letzten Kraftreserven anzapfend, so schnell ich nur konnte, wohl wissend, dass ich Laird nicht entkäme. Sein Bellen begleitete mich, als er mich vor sich herhetzte.

„Katharina, daingead, bleib stehen!"

Ich rutschte aus, schlug der Länge nach hin. Aufheulend stolperte ich weiter, kam aber nicht mehr in die

Senkrechte. Tränen trübten meinen Blick. Ich zwang mich weiter und weiter, bis der Hund nach mir schnappte. Er zog mich am Hosenbein rückwärts.

„Halt!", brüllte Finn. Ich trat nach dem Tier und öffnete zugleich den Verschluss der Hose. Sie war so locker, dass der nächste Ruck sie mir vom Leib riss.

„Nicht! Katharina bleib stehen!" Er kam immer näher und ich schaffte es kaum, auf die Füße zu kommen. „Bitte spring nicht."

Das war der Moment, in dem mir die abfallende Grasnarbe auffiel und der Abhang dahinter. Ein kalter Schauer rutschte mir über den klatschnassen Rücken. Wenn Laird mich nicht zu Fall gebracht hätte, wäre ich längst über die Klippe gestürzt.

„Bitte." Finn keuchte. „Lass dir helfen."

Noch immer starrte ich gebannt in die Tiefe. Unter mir knallten die Wellen gegen Felsen und warfen wahre Gischtstürme auf. Eine Möwe krähte über unseren Köpfen.

„Egal, wie deine Diagnose lautet, es ist nur eine Frage der Zeit, bis du entlassen wirst und dein Leben wieder aufnehmen kannst." Langsam drehte ich mich um. Laird war noch mit meiner Hose beschäftigt, bis Finn zu ihm aufschloss und seinen Kopf tätschelte.

„Aus! Alter Knabe." Finn ließ mich nicht aus den Augen. „Deine CET-Aufnahmen deines Gehirns waren unauffällig, also bist du aufgrund deiner Psyche in Behandlung. Es ist nicht letal."

„Das Leben ist letal, Finn!", korrigierte ich, wobei ich einen Blick zurückwarf.

„Bitte." Er streckte die Hand aus. „Komm zu mir."

„Damit du mich ins Krankenhaus bringen kannst, wo man mich wieder einsperrt?" Ich schüttelte den Kopf. „Auf keinen Fall!" Allerdings wusste er sicher genauso gut wie ich, dass meine Optionen limitiert waren.

„Du willst nicht zurück ins Krankenhaus. Gut ..." Wieder huschte seine Zunge über seine Lippen und er verlagerte unruhig sein Gewicht von einem auf das andere Bein. „Wir ... sprechen mit Ian. Er kann sicher ... irgendetwas für dich tun."

Hielt er mich für so dämlich?

„Und bis es so weit ist, soll ich nur zurück ins Krankenhaus, richtig?"

Er schluckte und seine Hände senkten sich etwas.

„Katharina ..."

„Kommt jetzt die Stelle, an der du mich dreist anlügst?", schnitt ich ihm das Wort ab. „Also, welches Wunder lässt du wahr werden, wenn ich auf dich höre? Bringst du mich zu Finlay?"

„Katharina ..." Er machte einen Schritt auf mich zu.

„Zwinge mich nicht dazu."

Er stockte sofort und maß den Abstand zwischen uns und meinem zur Klippe.

„Er ist tot. Vielleicht ..." Dieses Mal war er es, der mich unterbrach.

„Selbstmörder kommen nicht in den Himmel, vertraue also besser nicht darauf!"

Ich lachte auf, schließlich war ich nicht vom Leben nach dem Tod überzeugt. Mein Fehler wurde mir augenblicklich zum Verhängnis. Finn riss mich nach vorn. Ich torkelte gegen ihn, wo mein Schrei an seiner Brust erstickt wurde. Zumindest der Erste. Der Zweite war voller Rage. Ich war am Ende, konnte kaum mehr gradestehen, noch wollte ich es, aber die Angst vor der Zukunft hinderte mich daran, aufzugeben. Panisch schlug ich um mich. Ich trat nach allem, was ich treffen konnte, kratzte und boxte, als hinge mein Leben davon ab und missachtete dabei mein Selbstverteidigungstraining. Es rächte sich. Obwohl ich für kurze Zeit meine Freiheit wiedererlangte, war ich nun zu weit von der Klippe entfernt, als dass sie noch eine Alternative gewesen wäre. Mir blieb nur, zu akzeptieren, dass ich diese Chance verbockt hatte.

„Daingead!" Ich drehte mich, ich wollte loslaufen, aber stattdessen ging ich zu Boden wie ein nasser Sack.

Finn war direkt über mir und strich mir die Strähnen aus dem Gesicht. „Ich verspreche dir, dass alles gut wird."

„Sperr mich nicht ein. Bitte!" Eine bittere, heiße Träne formte sich und rollte über meine kalte Wange. „Ich ertrag es nicht."

Ein feuchtes Tuch strich über meinen Arm. Wasser plätscherte, dann wiederholte sich die Bewegung. Meine Handfläche lag auf einer größeren, ein Daumen drückte sich quer über meine Finger. Mein Blinzeln blieb ohne Erkenntnis. Ich konnte lediglich sagen, dass es hell war.

Mein Arm wurde abgelegt und unter die Decke geschoben, die dann um mich herum festgedrückt wurde.

Meine Augen brannten und kündigten Tränen an. Ich ließ sie laufen. Es war egal. Ich hätte den Schritt wagen sollen. Lieber in Freiheit sterben, als in Gefangenschaft leben.

„Du hast es versprochen", wisperte ich, obwohl ich
durchaus wusste, dass nicht Finlay meine Worte hörte.
Wie auch, er war nicht da. Er beschützte mich nicht.

Meine Tränen wurden fortgewischt.

„Hier trink das."

Ein Becher wurde an meine Lippen gehalten und
mein Kopf gestützt, aber ich hatte nicht vor, etwas zu
trinken. Oder zu essen. Zwar war es kein bewusster Gedanke, aber nachdem er sich erst einmal festsetzte,
hielt ich mich daran.

„Du darfst nicht dehydrieren." Aber genau das war
mein Plan.

„Katharina, bitte! Wenn du die Nahrung verweigerst,
ist die letzte Konsequenz eine Magensonde. Ich kann
dir nicht helfen, wenn du mich dabei nicht unterstützt!" Er fluchte, versuchte aber nicht weiter, mir
Wasser einzuflößen.

Ich drehte mich von ihm weg und rollte mich zusammen.

„Katharina." Seine große Hand strich über meinen
verdeckten Kopf und über meine Schulter. „Was soll
ich nur mit dir machen?"

Ich blinzelte in meiner Höhle.

„Ich weiß, dass du mich hörst. Und, dass du mich verstehst. Also hör genau zu: Wenn du dich morgen immer
noch weigerst, Wasser zu dir zu nehmen, bist du innerhalb einer Stunde in Portree und wirst künstlich er-
nährt." Er räusperte sich. „Ich lasse dich nicht sterben,
weil du unbedingt mit deinem Finlay vereint sein
willst." Seine Stimme kratzte und überschlug sich vor
Zorn.

„Wenn ich trinke?", krächzte ich. „Was dann?"

„Dann kümmere ich mich um dich“, murrte er. Seine Hand ruhte in meiner Taille. „Auch wenn es nicht leicht wird.“ Er zog die Hand zurück und stand auf. Seine Schritte verfolgte ich mit angehaltenem Atem.

„Zunächst musst du mit deinem Arzt sprechen. Du musst offiziell entlassen werden, sonst …“ Er warf mir einen grimmigen Blick zu. „Ich darf dich nicht hier verstecken.“

„Man wird mich nicht entlassen, dafür hast du gesorgt, als du meine Geschichte breitgetreten hast.“ In meinen Ohren klang ein schmerzlicher Unterton mit, aber ich versagte mir rigoros, durch seinen Betrug verletzt zu sein. Er stoppte auf einmal.

„Ich habe kein Wort verloren.“

Mein Schnauben wurde halb von der Decke verschluckt.

„Warum auch.“ Er kam näher. „Hör zu, die Fairy Pools haben merkwürdige Auswirkungen auf Menschen. Daher rührt die ganze Feenanbetung doch.“ Die Matratze sackte ein. „Ich halte dich nicht für verrückt, aber die Pools sind kein Tor durch die Zeit.“ Er seufzte. „Lass uns alles in Ruhe betrachten. Bitte.“

Langsam drehte ich mich zu ihm um. Seine Augen lagen mit einer Mischung aus Hoffnung und Resignation auf mir.

„Du glaubst doch nicht an Feen.“ Damit musste er davon ausgehen, dass alles was ich erlebt hatte, meiner Fantasie entsprang, und dies wiederum bedeutete, dass ich verrückt war.

„Aber ich glaube an dich." Er brach den Blickkontakt und biss sich auf die Lippe. „Und es gibt tatsächlich Geschichten über die Fairy Pools, die noch durchgeknallter sind als eine Zeitreise."

Ich wusste nicht genau, wie ich das aufnehmen sollte. Zögerlich setzte ich mich auf. „Was schlägst du vor?"

„Du musst den verantwortlichen Arzt von deiner gesunden Psyche überzeugen."

„Das habe ich versucht." Aber mir hörte niemand zu.

„Nay, sicher hast du einfach alles abgestritten und dich geweigert, von deinen Gefühlen zu berichten."

Oh, wie richtig er lag.

„Uns steht nur dieser Weg offen, Katharina. Rechtlich darf ich dich nicht verstecken, wenn du labil bist. Deine Aktion heute war nicht der beste Weg, das Gegenteil zu beweisen, und deine Flucht war auch nicht klug." Er fuhr sich durch das Haar, bevor er nach meiner Hand griff. „Du schwörst mir, dass du nicht vorhast, dir das Leben zu nehmen, und wir werden zusammenarbeiten, um eine überzeugende Erklärung für die Ursache deiner Einweisung zu kreieren."

„Ich schwöre es dir."

„Bei deinen Gefühlen für Finlay?"

„Ja."

„Gut. Versprich mir offen zu sein und dich nicht zu sehr auf deine Sichtweise zu versteifen."

„Wie bitte?" Ich war absolut ratlos, was er mir damit sagen wollte.

„Lassen wir das für heute. Ruh dich aus. Ich sollte mich sehen lassen, sonst schöpft Ian noch Verdacht." Er seufzte, wobei er schief grinste.

„Du triffst dich mit Ian?“ Panik knabberte an meiner Fassung. Konnte ich ihm vertrauen?

„Mit der Suchmannschaft. Ich kenne mich in der Gegend gut aus und da war es selbstverständlich, mich freiwillig zu melden.“ Er zuckte die Achseln. „Ich habe mir Sorgen gemacht, als ich mitbekam, dass du ausgerissen bist. Da konnte ich nicht einfach nach Hause fahren und mich schlafen legen.“ Finn drückte meine Finger.

„Du nimmst deinen Job als Lebensretter zu ernst“, murrte ich, wobei ich ihm nicht in die Augen sehen konnte. Plötzlich fühlte ich mich wie ein Teenager, der seinem Schwarm gegenüberstand.

„Aye.“

„Du solltest gehen“, krächzte ich, die Finger zurückziehend. „Ich bin ohnehin todmüde.“

„Ich werde nicht lange fort sein und lasse dir Laird hier.“

Ich zuckte die Achseln. „Ich habe nicht vor, das Bett zu verlassen.“

„Das klingt fast zu verführerisch.“ Er zwinkerte mir zu, als er aufstand. „Ich bringe dir das Schnurlose nach oben, wenn etwas ist, kannst du mich jederzeit anrufen.“

Ich schloss mit einem Seufzen die Augen. „Danke Finn.“

„Wir haben einiges an Arbeit vor uns und früher oder später wirst du im Krankenhaus vorstellig werden müssen, damit du dich nicht weiter verstecken musst“, warnte er mich. „Aber damit beschäftigen wir uns ein andermal.“

Irgendwie wurde mein Leben von Tag zu Tag ver-
trackter.

16. Versteckspiel

Finn saß mir gegenüber und beäugte kritisch jeden Bissen, den ich tat.

„Woran genau erinnerst du dich?" Es war eine recht direkte Herangehensweise, die ich von ihm so nicht gewohnt war. Also schluckte ich zunächst und suchte angestrengt nach den richtigen Worten.

„Er hat mich genauso angesehen wie du", flüsterte ich schließlich. „Als läge die Schlinge um meinen Hals und ich wäre zu ignorant, um sie zu sehen." Ich verdrehte die Augen, bevor ich sie schloss. Mein Kopf schmerzte und ich rieb mir fest über die Stirn. „Und das ständig. Bei meiner Flucht aus der Höhle, als ich darauf bestand, in ein Krankenhaus gebracht zu werden, und bei jeder Konfrontation mit seinem Cousin. Aber es fiel mir so verdammt schwer zu akzeptieren, was mir zugestoßen war." Meine Hand wollte sich nicht heben lassen, um einen weiteren Löffel Suppe in mich hineinzuschütten. „Selbst auf Dunvegan hielt ich alle anderen für Irre, anstatt in Betracht zu ziehen, ich könnte falsch liegen und tatsächlich in die Vergangenheit gefallen sein." Ich ließ die Hand unter den Tisch rutschen und verschränkte die Finger, um mich an mir selbst festzuhalten. „Ich erwähnte, dass ich verflucht selbstzentriert bin?" Mit einem schnellen Blick versicherte ich mich, dass Finn mich noch immer intensiv betrachtete. Es machte es nicht besser. Es kostete mich einiges an Kraft, nicht auf dem Stuhl herumzurutschen.

„Selbstschutz", murmelte er und löste endlich seine Augen von mir. „Magst du noch essen?"

Mein Kopfschütteln nahm er zum Anlass, den Teller wegzunehmen. Er stand auf und brachte ihn zur Spüle.

„Was hat dich überzeugt?"

„Ich weiß es nicht."

Finn lehnte sich an die Spüle, die Hände neben sich abgestützt, um mich erneut unter seinem Mikroskop zu zerlegen.

„Vielleicht war ich nie überzeugt." Ich zuckte die Achseln und begann nun doch, herumzurutschen. „Dunvegan." Ich musste meine Lippen befeuchten. „Alles war gleich, aber anders. Ich weiß es nicht." Ich konnte nicht sitzen bleiben. „Finn, ich spreche Gälisch, ich kenne mich auf dem Schloss aus wie in meiner Westentasche, alle geschichtlichen Details stimmen." Flehentlich hob ich die Hände. „Wie soll das möglich sein, wenn ich mir alles nur eingebildet hab?"

Finn stieß sich ab, um zu mir zu kommen. Er hob mein Kinn. „Du brauchst mich nicht zu überzeugen."

Sein Blick driftete ab und mir wurde ungewohnt heiß.

„Außerdem war Finlays Antrag der unromantischste, den man sich vorstellen konnte." Trotzdem schlich sich ein Grinsen auf meine Lippen, als ich nun daran zurückdachte. „Der Duke wollte mich der Hexenprobe unterziehen und Finlay kam auf diese wirklich wahnsinnige Idee, dass mich nur eine Eheschließung retten könnte. Ich schwöre, ich war überzeugt, mich verhört zu haben." Er hatte mich blitzschnell losgelassen und räusperte sich vernehmlich.

„Also gut." Er zog den Stuhl vor und deutete darauf. „Bitte nimm Platz." Er schob ihn mir gentlemanlike ran und setzte sich mir gegenüber. „Du wurdest gebeten, zu heiraten. Ist das schon lange ein Wunsch von dir? Ehefrau zu sein? Kinder zu haben?"

Ich konnte nicht anders, ich musste lachen. „Spinnst du?" Ich schüttelte mich vor Lachen. „Es ist schon beängstigend, in unserer Zeit ein Kind gebären zu müssen, aber 1747? Das war der sichere Weg in den Tod inklusive Höllenqualen." Sein Gesichtsausdruck war zu köstlich und ich brach wieder in Gelächter aus.

„Das ist dann doch übertrieben", grummelte er. „Also besteht kein Wunsch nach einer eigenen Familie?"

Es ließ mich verstummen und die Freude, die ich soeben noch verspürt hatte, tropfte aus mir heraus. Da war etwas an dieser Frage, das mich schwermütig machte und ich verstand nicht wieso. „Vanessa ..." Mein Mund klappte wieder zu. Ich vermied es, an sie zu denken, weil mir ihr Verrat immer noch wehtat. „Es war ihr großer Traum. Aber sie konnte kein Kind bekommen und ihr damaliger Mann Jörg hat sie deswegen verlassen." Tränen brannten in meinen Augen. „Ich bin nicht wie Vanessa. Ich bin kein Strahlemann, ich gebe mich nicht für andere auf. Wenn sie schon nicht glücklich wird, welche Chance habe da ich?"

Das Porzellan fiel mir auf. Bisher hatte ich lediglich registriert, dass es weiß war, nun bemerkte ich die Prägung am Rand, die eine Girlande an Blumen bildete. Ich fuhr sie mit der Gabel nach, um mich abzulenken.

Finn griff nach meiner kalten Hand und schloss sie sacht in seine. „Ich weiß, was du meinst. Meine Eltern …“ Er suchte nach den richtigen Worten. „Waren glücklich, wenn sie zusammen waren, aber wenn nicht … Es war eine Zerreißprobe, und zwar nicht nur für die beiden.“

Ich drückte seine Finger mit einem schwachen, bedauernden Lächeln. „Hört sich auch schlimm an.“

„Aye, zumindest dachte ich das bisher immer.“ Einen Moment versanken wir beide in unsere Gedanken, einander die Hände haltend und auf den Tisch starrend. Ein Klingeln an der Haustür unterbrach unsere Eintracht.

„Daingead“, zischte er, als er aus dem Küchenfenster sah. „Nach hinten, schnell und keinen Mucks!“ Wieder klingelte es. Finn räumte das restliche Geschirr in die Spüle und warf einen prüfenden Blick durch den Raum, der an mir hängenblieb. Ich nickte und tauchte ab.

Ich hörte, wie er die Küche verließ und die Tür öffnete.

„Was willst du?“ Sein aggressiver Tonfall irritierte mich.

„Sie war hier.“

Ich zuckte zusammen, weil ich meinte, Ians Stimme zu erkennen. „Warum?“ Ein Gerangel, dann kamen Schritte näher.

„Ich habe dich nicht hereingebeten!“, schnarrte Finn. „Also habe die Güte, unverzüglich zu verschwinden.

„Du hast sie im Foyer getroffen, aber sie ist nicht weggelaufen, nicht wahr?“

Ich drückte mich tiefer in die Dunkelheit der Vorratskammer.

„Du hast sie mitgenommen.“

„Nein. Ich hatte einen Termin, den ich wahrnahm. Ich
war eine gute Stunde in einem Gespräch und habe
dann von dir erfahren, dass Katharina abgehauen ist“,
korrigierte Finn scharf.

„Sie war hier!“, spie Ian. Einer von ihnen wanderte
durch den Raum. „Was soll ich davon halten?“

„Laird hat sie entdeckt, als wir auf unserer morgend-
lichen Runde waren. Ich habe sie hergebracht, um sie
zu verarzten und damit habe ich genug Freundlichkeit
gezeigt. Raus.“ Ich wagte mich näher an die Tür und
versuchte, etwas durch den Spalt mitzubekommen.

„Sie ist krank, McInnes. Wenn du ihren Zustand aus-
nutzt, ramme ich dich unangespitzt in den Boden, verstanden!“ Ian gab Finn einen Schubs. „Wenn du der
Schwester meiner Frau wehtust, wirst du es dein Leb-
tag lang bereuen.“

„Weitere Drohungen?“ Finn ließ sich nicht beeindrucken und behauptete auch bei dem zweiten Schubs seinen Stand. Ich hatte oft genug gesehen, wie Finlay sich
im Kampf erprobt hatte, und hatte absolut kein Verlangen danach, zuzusehen, wie Finn sich schlug, also
streckte ich die Hand aus und stockte. Die Konsequenz!
Mit Tränen in den Augen ließ ich sie wieder sinken.

„Komm meiner Familie nie wieder zu nahe, verstanden!“

Finn sparte sich den Widerspruch, grinste aber spöttisch. „Du findest den Weg selbst raus, nehme ich an.“

Ian preschte an ihm vorbei, wobei er Finn absichtlich anstieß, und warf die Tür mit einem lauten Knall hinter sich zu. Wir blieben beide, wo wir waren, bis der Motor aufheulte und ein Quietschen mutmaßen ließ, er sei angefahren. Dann drückte ich den Schlag zur Vorratskammer auf.

„Wow."

Finn machte einen Wink, der alles beiseite wischen sollte. „Adlige denken noch immer, ihnen gehöre die Welt."

„Tja, ihm gehört Skye."

„Das hätte er wohl gern." Finn wandte mir den Rücken zu und machte sich an der Spüle zu schaffen. Es zog mich zu ihm, wo ich ihm die Hand auf den Rücken legte. Die Hitze seines Körpers weckte meine Sehnsucht.

Finn sah über die Schulter zu mir zurück.

„Tabadh leat."

Er nickte.

„Kann er dir Ärger machen?" Meine Hoffnung war, dass es haltlose Drohungen waren, dann brauchte ich mich nicht weiter damit beschäftigen, was für ein egoistisches Miststück ich war.

Er grinste, aber ich wusste, dass es nur die Wahrheit verstecken sollte. „Mach dir darüber keine Gedanken, Katharina."

„Ich ..."

„Hey." Er drehte sich um und wischte die nassen Finger an seiner Jeans ab, bevor er meine Finger ergriff, um sie zu drücken. „Ich sagte, ich werde dir helfen."

„Aber ..."

„Du willst nicht im Krankenhaus eingesperrt sein,
aber bestimmte Maßnahmen sind nötig. Ich kann dir
nur helfen, wenn du mir vertraust und ich dir vertrauen kann."

Ich biss mir auf die Lippe, nickte aber. „In Ordnung."

„Gut. Ich mache schnell den Abwasch, dann können
wir mit Laird spazieren gehen." Er ließ mich los und
drehte sich zur Spüle, wo er begann, die Teller abzuwischen.

„Finn?"

„Aye?"

„Da gibt es etwas, was ich hin und wieder brauche."
Es machte mich nervös, es anzusprechen, aber jede Faser meines Körpers sehnte sich danach.

„Okay."

„Eine Umarmung?"

Der Lappen platschte ins Wasser.

„Ich würde nicht fragen, aber derzeit fühle ich mich
wie ein Häschen. Immer aufmerksam, immer auf der
Flucht. Ich ..." Wieder biss ich mir auf die Lippe. „Ich
hasse es, es zuzugeben, aber ich könnte etwas Schutz
gebrauchen." Und nie hatte ich mich sicherer gefühlt,
als in Finlays Umarmung. Ich tänzelte unruhig von einem Fuß auf den anderen, weil es mir zu peinlich war,
zuzugeben, wie bedürftig ich war.

Finn räusperte sich, drehte sich um und wischte sich
wieder die Finger trocken. „Das kriegen wir hin." Er öffnete die Arme. Ich atmete tief durch, bevor ich mich in
seine Nähe wagte. Meine Finger zitterten, als ich sie auf
seine Brust legte. Finn schloss die Arme locker um
mich.

„Gut so?"

„Amadain", wisperte ich, Tränen in den Augen und
die Schluchzer nur mühsam zurückhaltend.

„Hast du mich gerade beleidigt?", grummelte er mit einem zärtlichen Unterton. Seine Umarmung wurde fester und ich drängte mich noch ein Quäntchen enger an
ihn.

„Nur ein Spitzname."

Obwohl ich die Lider fest geschlossen hielt, drangen
Tränen unter ihnen hervor und netzten meine Wangen. Zunächst versuchte ich noch, sie unauffällig weg-
zuwischen, gab aber auf, als es nur immer mehr wurden.

„Schon gut", wisperte Finn. „Ich bin für dich da." Er
gab der Umarmung mehr Innigkeit, indem er meinen
Rücken rieb und mir immer mal wieder etwas zu murmelte.

Nach einer Ewigkeit, meine Tränen waren versiegt
und ich war so müde, wie schon lange nicht mehr,
schob ich mich von seiner Brust. Mit einem Räuspern
ließ ich meinen Blick blitzschnell über ihn springen,
um nicht rüde zu wirken, ihn aber auch nicht ansehen
zu müssen, und grinste schief.

„Tabadh leat."

„Gern." Auch Finn räusperte sich. „Also, den Abwasch
und dann ..."

„Ich bin hundemüde, wenn es dir nichts ausmacht ..."
Ich deutete fahrig zur Küchentür. „Eine Stunde?"

„Schön. Leg dich hin und ruh dich aus."

Ich tänzelte zur Tür und huschte dann durch den engen Flur und die Stufen hinauf in das grüne Schlafzimmer. Ich hatte nach dem Aufstehen das Bett gemacht

und kuschelte mich nun in die Schutzdecke. Kaum berührte mein Kopf das Kissen, war ich auch schon eingenickt.

Die Monsterdogge flog in gestreckten Sprüngen über die Wiese. Seine Lefzen wackelten und schleuderten Sabberfäden von sich.

„Na, der hat Spaß", kommentierte ich den Sprint, wobei ich die Hand an die Stirn hielt, um etwas gegen die Sonne ausmachen zu können, die im Begriff stand, im Meer zu versinken.

„Aye, Laird liebt seine Spaziergänge." Finn brauchte keinen Sichtschutz, er verfolgte seinen Hund ununterbrochen mit den Augen.

„Warum hattest du ihn bisher nie dabei?" So oft wir uns bereits begegnet waren, war er immer solo gewesen und ein so großer Hund brauchte Fürsorge.

„Laird ist kein guter Klettergenosse." Finn grinste und zwinkerte mir zu. „Außerdem erinnert Laird màthair an fàthair."

„Ein Grund mehr, ihn mitzunehmen, wenn du deine Mutter besuchst."

Er nahm seinen Blick von dem herumspringenden Freund und legte ihn auf mich. „Glaubst du?"

„Ja. Mama, also meine Mutter, hat den Kleiderschrank voll mit den Sachen meines Vaters und der ist schon zwanzig Jahre tot." Ich zuckte die Achseln, in der Hoffnung, er spare sich seine Beileidsbekundung.

„Das wusste ich nicht, Katharina, ich ..."

„Nicht." Meine Finger rangen vor meinem Bauch miteinander. „Ich habe ihn nicht gekannt. Er spielt in meinem Leben keine Rolle."

„Es ist ein einsames Leben, wenn die Familie fehlt“, stellte Finn leise fest. „Meinst du nicht?“

Nun war ich es, die Laird im Auge behielt, weil ich es nicht wagte, zu Finn zu sehen. Ich schluckte, als sich der Moment unangenehm dehnte. „Ich war nie der Familienmensch.“

„Weil Familie für dich kein Hort bedeutet.“ Finn griff nach meinem Arm. „Vorsicht.“ Und zog mich an einem Loch vorbei, in dem Wasser sprudelte. „Dir fehlt das Gefühl von Geborgenheit.“

Ertappt löste ich mich von ihm und wandte ihm den Rücken zu, um scheinbar das Loch zu betrachten.

„Ein unterirdischer Bach.“

„Hm“, machte ich.

„Du sagtest, dass du hin und wieder eine Umarmung brauchst.“ Laird blaffte aufgeregt, was Finn einen Moment ablenkte. Er rief den Hund zu uns und wartete, bis er bei uns ankam, um ihn zu tätscheln. „Guter Junge, was hast du gefunden, hm?“ Laird sprang los, sah dabei aber zu uns zurück, als wollte er uns auffordern, ihm zu folgen.

„Findet er häufig Sachen?“, griff ich mit zittriger Stimme auf. „Was meinst du, was es ist?“ Ich folgte Laird.

„Wen bittest du sonst um eine Umarmung?“

Die Frage hatte ich befürchtet. Die Arme um mich legend, hob ich die Achseln. Ich trug Finns Jacke zu seinen Jeans und einem Shirt, trotzdem war mir kalt.

„Kommt auf die Umstände an. Seit ich erwachsen bin, brauche ich eigentlich ...“ Ich ließ die Schultern wieder abfallen. „Im Moment ist alles etwas schwierig.“

„Eine Untertreibung.“

Meine Augen begannen zu brennen. „Aye." Ich wollte nicht mehr sagen, wollte nicht offenbaren, wie bedürftig ich derzeit war. „Dieser Arzt, Doktor Kilbridge, er erinnerte mich an Leutnant Carstairs." Ein Schauder lief über meinen Rücken und ließ mich zittern. „Carstairs war eine miese Schlange und wollte, dass ich Finlay verrate." Mein Hals zog sich zu und ich bekam die Worte kaum über die Lippen. „Ich sollte bezeugen, dass er bei Culloden Fields auf Seiten der Jakobiter gekämpft hatte."

„Culloden." Finn schüttelte den Kopf. „Wann war das?"

„Die Schlacht? Oh, die fand vor meiner Ankunft statt. Im April, ich tauchte erst im Oktober auf – im wahrsten Sinne des Wortes." Ich schnaubte belustigt über meinen eigenen Wortwitz. „Finlay und Padraig hatten gegen den ausdrücklichen Befehl des Dukes und Laird McInnes gekämpft und Padraig war verletzt worden. Sie entkamen vom Schlachtfeld, hatten aber die Engländer auf den Fersen. Sie trafen Mairead, die gehofft hatte, ihre Brüder vor einer Dummheit zu bewahren, aber nur einen ihrer Brüder lebend antraf. Sie schlossen sich zusammen ..."

„Woher weißt du das, wenn es vor deiner Ankunft passiert ist?", fragte Finn vorsichtig. „Kennst du Catrionas Roman?"

„Enchanted Dùn?" Ich schüttelte den Kopf. „Sie hat mir ihre Recherche für den Roman gezeigt und mir einige Details nennen können." Einzelheiten, die sich nachträglich gut in mein Bild einfügten. „Mairead hat nie über ihre Brüder gesprochen oder wie sie Padraig und Finlay kennenlernte."

„Und dieser Leutnant? Warum wollte er etwas über eine Begebenheit von dir wissen, bei der du nicht zugegen warst?", brachte Finn das Gespräch auf seinen Ursprung zurück.

„Es war ihm egal, was ich bezeugen *konnte*, solange es ihm in den Kram passte. Und der Duke of Cumberland war da noch schlimmer." Wut brannte in meinem Magen, als ich an den arroganten Schnösel zurückdachte und an die Zeit während der endlosen Befragungen.

„Der Duke of Cumberland?"

„Er war der Befehlshaber der englischen Armee und persönlich nach Skye gereist, um Finlay und Padraig an den Galgen zu bekommen. Und zwar mit allen Mitteln." Ich ballte die Hände und drückte sie mir in den Bauch. „Es hat ihm gefallen, mir zu drohen und noch mehr ..." Meine Erinnerung kam lebendig zurück und übermannte mich. Es war, als steckte ich wieder mitten in der Befragung. Ich schloss die Augen und drehte mich weg, wobei ich die Arme um mich schlang.

„Ich möchte nicht darüber sprechen."

„Lass mich dich einen Moment halten." Er schmiegte sich an meinen Rücken und legte das Kinn auf meiner Schulter ab. „Weißt du, dass ich mir immer gewünscht habe, jemand anderes zu sein?"

„Warum?" Mein Zittern wurde von seinem festen Halt verschluckt und auch die Kälte in meinen Knochen wich langsam.

„Weil ich dachte, dass er alles hatte und ich nichts."

Ich biss mir auf die Innenseite meiner Lippe, es sollte mich nicht interessieren, aber meine Neugierde war viel zu groß. „Wer?"

Finn seufzte leise in mein Ohr. Ich spürte, wie er in meinem Rücken starr wurde. Es übertrug sich auf mich, als wäre die Eröffnung auch für mich unangenehm.

„Mein Bruder."

Damit hatte ich nicht gerechnet, allerdings war es doch eine positive Entwicklung. „Du hast einen Bruder?"

Er räusperte sich. „Zwei. Und zwei Schwestern."

„Du hast keinen Kontakt zu ihnen?" Es fühlte sich richtig an, und meine andere Vermutung auch. „Weil sie eine andere Mutter haben."

Er lachte leise, bitter. „Aye." Ich spürte seine Last, als wäre es meine. Ich musste etwas tun, damit er sich wohler fühlte. Aber mir fielen keine aufmunternden Worte ein. „Deine Eltern waren nicht verheiratet, aber ..." Wie sollte ich es in Worte fassen.

„Mein Vater war es. Mit einer anderen. Wir waren ihm nicht gut genug." Jeder Muskel in ihm war steinhart.

„Das glaube ich nicht."

„Solltest du", knurrte er. Er wollte mich aus der Umarmung entlassen, aber ich drehte mich schnell zu ihm um und legte die Arme um seine Mitte, um ihn zu halten.

„Du sagtest, deine Eltern haben sich geliebt. Vielleicht gab es einen Grund, warum dein Vater ..." Ich brach ab, weil es hohl klang. Es war ein doppelter Betrug. Sein Vater hatte beiden Familien Unrecht getan. „Ich bin mir sicher, dass dein Vater stolz auf dich war." Das Foto im Schlafzimmer kam mir in den Sinn. „Und dass er euch auf seine Art geliebt hatte."

Finn murrte etwas in mein Haar. Er drückte mich sanft an sich. „Tabadh leat, Katharina.“

„Du bist ein toller Kerl“, fuhr ich fort, weil sich seine Haltung nicht gelockert hatte und ich das Bedürfnis hatte, ihm all seine Freundlichkeit und Hilfe zurückzuzahlen. „Ein richtiger Held. Du bist mutig und mitfühlend, immer Herr der Lage, aber nicht arrogant und überheblich, sondern einfühlsam. Du bist sexy und …“ Verflixt, was redete ich da?

„So siehst du mich?“ Mein Erfolg war offenkundig. Finn schmiegte sich warm und weich an mich, seine Lippen berührten mein Ohr. „Dann bin ich froh, ich zu sein.“

„Die Frage ist noch, wer du eigentlich bist. Finn. Finlay.“ Vorsichtig löste ich mich von ihm. Ich wollte weder, dass er meine Aufrichtigkeit in Zweifel zog, noch dass der intime Moment abdriftete. Er war sexy und süß und verdammt verführerisch, aber eben nicht Finlay und so anziehend ich ihn fand, wollte ich die Sache nicht eskalieren lassen. Ich wollte mein Begehren unter Kontrolle halten, mich, die Situation.

„Mein Vater und meine Mutter nannten mich Finlay, aber ich bevorzuge Finn. Ich bin wohl irgendjemand dazwischen.“

Sein Atem kitzelte auf meiner Haut.

„Es hat mich überrascht, dass du meinen Namen kanntest, aber du hast von ihm gesprochen, nicht wahr?“ Seine Nase rieb über meine. „Sieht er mir so ähnlich?“

Sein Blick hielt meinen, ließ mich Blut und Wasser schwitzen, weil mir immer heißer wurde. Innerlich und auf erotische Weise. Ich spürte ein Kribbeln, das sich über meinen gesamten Körper ausbreitete.

„Ja." Ich schluckte, bemüht meine Schmetterlinge einzufangen. „Eins zu eins."

„Gibt dir das zu denken?", flüsterte er nahe an meinem Mund. „Gesetz dem Fall, die Fairy Pools wären ein Tor durch die Zeit, dann lägen Generationen zwischen dem letzten Laird Finlay McInnes und mir. Genetisch haben wir kaum mehr etwas gemeinsam." Seine Lippen rieben über meine. Erschauernd schloss ich die Lider und schob mich von ihm fort.

„Du siehst ihm aber sehr ähnlich." Ich legte meine Stirn an sein Kinn. „Finn, ich …"

„Selbst in direkter Linie …"

„Finn."

Er drückte einen Kuss auf meinen Schopf. „Was hat Catriona dir über die Legende der Feen erzählt?"

„Nichts, aber in ihrer Cloud waren einige Dokumente über die Fairy Pools und Geschichten über Begegnungen mit dem Feenvolk." Ich hatte mir nicht alles durchgelesen, weil es nur oberflächliche Sagen waren. Da war nichts Nützliches gewesen, was mir weitergeholfen hätte.

„Die Legende besagt, dass die Feen den Menschen einen Wunsch erfüllen, aber eine Gegenleistung muss freien Herzens gegeben werden."

Mein Atem stockte auf halbem Weg zwischen Mund und Lunge. Ich hustete und schüttelte mich von ihm frei.

„Worauf willst du hinaus?" Seine Nähe brannte sich in mich, also wich ich zurück. Finn folgte mir.

„Das ist eine längere Geschichte. Wir sollten uns Laird schnappen und ich erzähle dir von den hiesigen Legenden“, schlug Finn vor.

Ich war mehr als einverstanden, schon weil ich dadurch Zeit hatte, mich von seinen Berührungen abzukühlen, die mir durch und durch gingen, und mich zu fassen. Laird sprang vor Finns Füßen herum, als ich aus der Tür trat.

„Schau, da ist unser Prinz.“

Der Hund gab sein abgehacktes Bellen von sich und sprang in riesigen Sätzen auf mich zu.

„Woa!“

Finn pfiff ihn zurück, aber er stupste mich trotzdem an.

„Benimm dich, alter Junge!“ Finn zog ihn am Halsband von mir fort. „Du hast es ihm angetan.“

„Offensichtlich.“ Ich streckte Laird die Finger entgegen, die er enthusiastisch ableckte.

„Wollen wir?“ Er gab Laird frei. „Los Junge, zeig uns den Weg.“ Der Hund stob los und Finn feixte. „Also.“

„Du wirst mir jetzt eine sagenhafte Geschichte erzählen.“

„Und du wirst mir kein Wort glauben?“ Er lachte auf. „Hey, ich wünschte, ich könnte meinen Skeptizismus beibehalten.“

Wir folgten dem Hund, der querfeldein herumtobte.

„Was hindert dich daran?“

„Du.“ Er fing meine Finger und schloss sie sanft in seiner Hand ein.

Mein Schnauben diente zur Ablenkung, damit es nicht rüde wirkte, als ich meine Hand zurückzog. „Ich bin kein Geschenk der Feen.“

„Bist du dir da sicher?“ Sein Ton war locker, was mich beruhigte, und amüsiert, deshalb nahm ich ihn nicht ernst.

„Aye!“ Ich spielte ihm Entrüstung vor, obwohl ich es süß fand, auf absolut kitschige Weise.

„Vielleicht habe ich mir eine starrköpfige Versuchung gewünscht, die mich zu Heldentaten animiert“, verulkte er mich, sein Grinsen war verflucht erotisch.

„Das erklärt deine Verzweiflung, so eine Frau findet man nicht auf gut Glück. Was hast du als Gegenleistung hergeben müssen?“

Er lachte wieder. „Hey, wie du festgestellt hast, bin ich süß und sexy.“

„Ha!“ Ich gab ihm einen Schubs und lief los. Finn folgte mir.

„Ein Traumkerl, sag nicht, dass du nicht an mich gedacht hast, als du deinen Wunsch den Feen zuflüstertest.“ Er blieb auf Abstand.

„Pah! Ich habe dich das erste Mal bemerkt, als du mich aus dem Wasser zogst – auf der anderen Seite!“

„Und hast dich direkt verliebt“, machte er weiter.

„Nein! Eigentlich hielt ich ihn für einen ganz schönen Idioten.“

„Ah, stimmt ja, du hast ihn nur geheiratet, um aus dem Kerker zu kommen.“ Der Jux war verschwunden, als ich mich im Laufen zu ihm umdrehte. „Behalte den Boden im Auge, hier gibt es überall Mulden und Steine.“

„Ja.“ Gehorsam blieb ich stehen. Laird kam kläffend zurück und umrundete uns einige Male. „Wie funktioniert das überhaupt?“ Laird sprang mich an und warf mich um. Finn rief ihn streng zur Ordnung und scheuchte ihn davon.

„Hast du dich verletzt?“ Er half mir hoch, seine Hand legte sich an meine Wange und er streichelte sie sanft.

„Bin weich gefallen“, krächzte ich, wobei ich mich an ihm festhielt.

„Du sagtest, du liebst ihn.“ Sein Daumen fuhr über meine Unterlippe. „Was war es? Warum hast du dich in ihn verliebt?“

Mein Blick schoss erschrocken zu ihm auf. Was war das denn für eine Frage?

„Männliche Dominanz? Raubeiniger Charme? Was kann ein Mann aus dem 18. Jahrhundert dir schon geben, was du hier nicht findest?“

Die Spannung zwischen uns stieg. Ein Teil von mir wollte einen Schritt nach vorn machen und ihn küssen, aber ich fürchtete mich vor den Konsequenzen.

„Worum hast du gebeten? Liebe?“

„Ich glaube nicht“, hauchte ich nervös. „An die Liebe.“ Erneut schoss meine Zunge über meine spröden Lippen. „Ich …“

„So?“ Finn hauchte einen zarten Kuss auf meinen Mundwinkel. „Und ich dachte, ich wäre der Zyniker.“

Ich musste es stoppen. „Finn …“

„Die Legenden sagen jede für sich, dass ein Wunsch geäußert wird und Erfüllung findet.“

Sein Themenumschwung ließ mich zusammenzucken. Mein Mund öffnete sich und ich stieß gegen ihn. Finn nutzte den Kontakt zu einem festeren Kuss. Er schlang die Arme leicht um mich und legte seine Stirn an meine.

„Denk darüber nach.“ Damit löste er sich von mir, griff meine Hand und zog mich mit sich.

17. Vertrauen will verdient sein

„Stell den Herd niedriger", wies Finn mich an. Seine Hände zauberten Kleingehacktes aus Zwiebeln innerhalb eines Zwinkerns. „Gut, jetzt geben wir die Zwiebeln hinzu und lassen sie andünsten."

Er gab mir die Schüssel und bedeutete mir fortzufahren.

„Weißt du, ich interessiere mich eigentlich gar nicht fürs Kochen."

„Es geht auch nicht ums Kochen. Rühren. Sie müssen raus, wenn sie glasig werden."

„Sondern?" Ich beschrieb Kreise mit meinem Holzlöffel.

„Zeit miteinander zu verbringen."

Ich stöhnte entsetzt. „Waren wir deswegen auch fischen?"

„Keine Sorge, ich werde unseren Fang ausnehmen." Er ließ mich stehen und werkelte in meinem Rücken herum.

„Okay, was jetzt?"

„Die Bohnen blanchieren."

Sollte ich wissen, was mit Blanchieren gemeint war?

„Mein Vater liebte Mutters Hausmannskost. Ich bin in der Küche großgeworden."

„Ich vorm Fernseher", schnarrte ich, obwohl es nicht ganz stimmte.

„Nun, sollte ich je eine Frage zu TV-Shows haben, weiß ich, an wen ich mich wenden kann."

Das war zwar nicht schmeichelhaft, aber ich grinste trotzdem. „Jeder hat seine Talente, nicht wahr."

„Aye." Er tauchte neben mir auf, den Fisch in der Hand und stutzte. „Du hast die Bohnen ... nun gut. Sie werden länger brauchen, bis sie weich werden."

„Merke: Blanchieren bedeutet nicht anbraten."

„Katharina bring mich nicht zum Lachen. Das hier ist ernst." Aber er schmunzelte. „Leider brauche ich die Pfanne jetzt für den Fisch."

„Wo soll ich mit den Bohnen hin?" Die Pfanne zog ich schon mal von der heißen Platte und drehte mich dann, um Anweisungen entgegenzunehmen. Finn hielt mir ein Sieb ins Gesicht.

„Rausfischen und abwaschen. Dann setzt du Wasser auf. Wenn es kocht, kommen die Bohnen für maximal fünf Minuten hinein. Im Anschluss werden sie unter kaltem Wasser abgeschreckt. Blanchieren."

„Aye, aye." Dass er die ganze Zeit neben mir stand, machte es mir nicht leichter, die gefetteten Bohnen aus der Pfanne zu fischen. „Daingead! Du blöde Saubohne!"

Finn lachte leise. „Genau genommen ..."

„Ach, geh mir weg!" Ich spießte die letzten widerwilligen Bohnen auf und schob Finn die Pfanne zu. „Warum quälst du mich eigentlich? Was habe ich dir je getan?"

Der Fisch brutzelte im heißen Fett, während ich darauf wartete, dass mein Wasser zu kochen begann. „Was kommt als Nächstes? Stricken?"

„Sag nicht, du kannst nicht stricken."

Das verdiente nur eine Antwort: Die rausgestreckte Zunge.

„Jetzt wirst du frech", zog Finn mich auf. Die Art, wie er mich ansah, bewirkte ein eigentümliches Flattern in meinem Magen. Schnell sah ich weg.

„Ich bin frech!"

„Ach!"

Ich stieß ihn an. „Kümmer dich um den Fisch!"

„Also, keine leidenschaftlichen Köche in deiner Familie?"

„Nope." Okay, das war gelogen. „Vanessa kocht ganz gut. Ich muss gestehen, dass ich immer getrickst habe, wenn es hieß, wir teilen uns für das Festessen auf." Ich verdrehte die Augen. „Da soll ich mich schon stundenlang mit meiner Besserwisser-Schwester und meiner sich in alles einmischenden Mutter an den Tisch setzen und soll davor auch noch kochen?"

„Klingt nicht nett." Zwar brauchte ich die Bestätigung nicht, aber ich nahm sie trotzdem dankend an.

„Meistens musste ich Rede und Antwort stehen. *Katharina, wie läuft das Studium? Katharina, du hast deinen Job schon wieder geschmissen? Katharina ...*" Ich äffte sie absichtlich übertrieben nach, nicht, weil mir die Fragen tatsächlich so übertrieben nervig gestellt worden wären, sondern weil sie mir bereits Tage vor den Treffen quer im Magen gelegen hatten. Mit einem Seufzen brach ich ab. „Das Schlimme ist wohl, dass sie im Grunde recht hatten."

„So?" Finn stellte den Herd aus, als ich den Topf von der Platte nahm und das heiße Wasser abgoss.

„Wenn es schwierig wird ..." Mein Achselzucken sprach für sich. „Das Lustige ist, dass Finlay mich für stark hielt." Die Bohnen schüttete ich in eine Tupper-Schüssel, die Finn mir bereitgestellt hatte. Er selbst packte den Fisch ein, während in der Pfanne Wasser erhitzt wurde.

„Er nannte mich immer Bärin." Die Erinnerung, und die Ironie in ihr, ließ mich lachen. „Gewitzt und angriffslustig vielleicht, aber stark?"

„Alles drei, wenn du mich fragst." Finn gab die Zwiebeln zu dem Sud.

Überrascht beobachtete ich, wie er die Soße anrührte und sie in eine weitere Schale goss.

„So, da wären wir so weit."

„Erzählst du mir jetzt, warum wir alles eintuppern?"

Meine Antwort bekam ich erst, als Finn das Essen in seinem Rucksack verstaut hatte. „Wir besuchen meine Mutter."

Wir gingen zu den Fairy Pools?

Mir klappte der Mund auf. „Oh?"

„Ich muss mal wieder nach ihr sehen." Er deutete zur Tür.

„Gehen wir zu Fuß?" Zwar konnte ich mich nicht wirklich orientieren, aber sicherlich waren wir näher an Dunvegan als an den Fairy Pools.

„Nay. Wir wären mehrere Stunden unterwegs."

„Und?" Es war nicht so, als hätten wir wahnsinnig viel vor.

Er stoppte im Flur. Seine Augen lagen auf mir, was mich nervös machte.

„Wir könnten Laird mitnehmen, er liebt doch lange Spaziergänge."

Noch immer sah er mich an, ohne eine Regung zu zeigen.

„War nur ein Vorschlag. Ich bin nicht so wahnsinnig scharf aufs Klettern. Meine Hüfte ...“ Zwar waren meine Blessuren in den letzten Tagen erheblich besser geworden, aber die Hüfte schillerte in allen möglichen Farben und war nicht nur druckempfindlich, sondern steif. Ich kam ohne Probleme nicht auf einen Hocker, und die Vorstellung über all die Felsen zu rutschen, war nicht sonderlich berauschend.

„Wenn du Schmerzen hast, sollten wir keine langen Wanderungen unternehmen.“ Er fuhr sich durchs Haar. „Daingead, was habe ich mir nur dabei gedacht?“ Er wandte sich ab und schleuderte die Tasche von der Schulter, um sie vorsichtiger abzusetzen.

„Wir gehen jeden Tag spazieren.“ Gewöhnlich für mehrere Stunden, auch wenn wir dabei in der Nähe zu seinem Haus blieben. „Ich bin nicht aus Porzellan.“

„Aber fast“, murrte er. Er fuhr sich durchs Haar und wanderte mit in die Hüfte gestemmten Händen umher. „Ich kann nicht verantworten ...“

„Musst du nicht. Es liegt in meiner Verantwortung, Finn. Ich bin kein Kind, ich bin in der Lage, Verantwortung für mich selbst zu übernehmen.“ Er schüttelte den Kopf.

„Ich bin verantwortlich, daingead, Katharina, ich versage dir die medizinische Hilfe, die du benötigst!“

Ich konnte nicht anders, ich musste lachen, und zwar so herzhaft, dass ich mich dabei krümmte. „Du?“, keuchte ich. „Echt?“ Das war zu köstlich. Schließlich sackte ich auf den Stufen der Treppe zusammen und lehnte mich zurück. „Finn, du machst mich fertig.“

„Deine Hüfte müsste geröntgt werden, ein MRT wäre mir noch lieber. Wir wissen nicht, ob du dir nur eine

Prellung zugezogen hast, oder es Haarrisse in der Knochenstruktur gibt. Du könntest ..."

„Sterben?", unterbrach ich ihn trocken. Er stand vor mir. Durch die Haustür in seinem Rücken fiel helles Sonnenlicht und bildete einen Kranz um ihn. Es ließ sein Haar aufleuchten wie bei einem strahlenden Ritter. Schön, diese Assoziation war mit Sicherheit übertrieben, Finn hatte seine Fehler, war aber so verflucht süß, dass ich ihm den Titel nicht absprechen wollte.

„Wohl nicht", grummelte er, weil ich ihn nicht ernst nahm. „Es sei denn, du fällst und brichst dir das Genick."

„Hey, momentan mache ich mir mehr Sorgen um meinen Bauch, als um meine Hüfte." Seine Frage leuchtete in seinem besorgten Gesicht, also fuhr ich fort. „Ich werde einen schrecklichen Muskelkater haben, von dem Lachflash gerade."

Finn verkniff die Lippen. „Also, gut. Bleib hier!" Er verschwand nach hinten. Laird schoss durch den Flur, demnach war Finn hintenherum rausgegangen. Die Dogge blaffte mich an, bevor sie sich zu meinen Füßen setzte, wodurch er mich tatsächlich überragte.

„Na, heute schon ein Abenteuer erlebt?" Da er uns nicht zum Angeln begleitet hatte, war er den ganzen Morgen im Haus geblieben. „Irgendwelche Geister gefangen?"

„Wo-au." Sabber spritzte mir entgegen und ich ging in Deckung.

„Bäh! Junge, das ist ekelig!"

„Hab alles." Finn tauchte neben der Treppe auf und versuchte, diverse Sachen an seinen Rucksack zu schnüren.

„Finn?“ Für mein ungeschultes Auge sah es wie Teile einer Campingausrüstung aus. „Was genau hast du vor?“

„Gewappnet sein.“ Mit Schwung warf er sich den Rucksack auf den Rücken und band ihn fest. Er sah aus wie ein Bergsteiger mit all den zusätzlich angebrachten Utensilien.

„Auf eine Zombieapokalypse?“ Okay, vielleicht war es nicht nett, sich über seine Besorgnis zu mokieren, aber er übertrieb es.

„Nay, darauf, dass du nicht weiterkommst.“

„Oh, danke.“ Ich richtete mich auf. „Weißt du, Finlay hatte recht, ich bin eine Bärin!“ Laird ließ sich zur Seite drängen, was sonst nie der Fall war. Noch einmal betrachtete ich Finns Aufmachung, dann schüttelte ich den Kopf, schnappte mir meine Jacke und riss die Tür auf.

„Komm, Sabbersack.“ Laird blaffte, folgte mir aber. Finn trottete hinter uns her, nachdem er das Haus verriegelt hatte.

„Er heißt nicht Sabbersack, er heißt Laird“, rief er mir zu, als wir den ersten Hügel erklommen.

Ich ignorierte ihn.

„Also, mir ist aufgefallen, dass du ständig zu Hause bist. Was ist mit deinem Job?“

„Es ist September.“ Es klang, als hielte er es für eine ausreichende Erklärung.

„Und?“

„Es kommen weniger Touristen, es werden weniger Touren gebucht und die Agentur braucht auch weniger Führer.“ Er schüttelte es mit einem Schulterzucken ab.

„Du wurdest entlassen?“ Erschrocken blieb ich stehen. Finn bemerkte es und drehte sich um.

„Aye, aber es war sowieso nur eine Übergangslösung.“

Zu beschreiben, was in mir vorging, war schrecklich kompliziert. Aber das Brennen in den Augen sprach für sich. „Das tut mir leid.“

Er streckte mir die Hand entgegen. „Komm.“ Und zog mich zu sich.

„Wie … kommst du zurecht?“ Die eigentliche Frage war, wie sehr ich seinen Geldbeutel zusätzlich belastete. Waren wir etwa angeln gewesen, weil er den Speiseplan kostengünstiger gestalten musste?

„Hey, dein Garten ist ganz schön verwildert, aber es lassen sich sicherlich noch Kartoffeln finden. Tomaten!“ Ich verstärkte meinen Halt an seiner Hand. „Ich habe Tomaten gesehen.“

„Aye, der Gemüsegarten …“

„Und wir können deine Mutter fragen. Sie kennt sich doch mit Gerichten aus der Natur aus.“ Als Selbstversorger lebte es sich wesentlich günstiger, auch wenn man auf einige Dinge verzichten musste. „Ich habe auch überlegt, Vegetarier zu werden.“

„Katharina, Stopp. So sehr ich deinen Enthusiasmus schätze, frage ich mich, wo er so plötzlich herkommt.“ Wir blieben stehen und er hob mein Kinn an. „Du bist keine begeisterte Hobbygärtnerin.“

Ertappt. „Nay.“

Finn seufzte. „Ich hatte ein Vorstellungsgespräch, noch habe ich zwar keine Rückmeldung erhalten, aber wenn alles klappt …“

Der Atem entwich mir unkontrolliert. „Oh! Ich drücke dir die Daumen!“

„Danke."

Sein Blick fiel auf meinen Mund. Ein Kribbeln breitete sich in meiner Mitte aus und verpuffte, als er mich losließ.

„Na komm, vor uns liegt noch eine weite Strecke."

Die Hütte lag in schimmerndes Sonnenlicht getaucht, reflektiert von fließendem Wasser. Laird sprintete los, bellte laut, dass es an den Felswänden der Fairy Pools wiederhallte und verkündete unser Eintreffen. Gladys, die kaum größer war als Finns Monsterdogge, trat aus der Dunkelheit und ließ sich die feuchte Begrüßung gefallen, während sie uns zuwinkte.

„Na, alter Junge." Sie lachte.

„Und ich war besorgt, wie sie ihn aufnehmen könnte", meinte Finn, wobei er mich angrinste.

„Sie scheint was für ihn übrig zu haben." Schließlich hatte ich sie bisher nie so agil erlebt. Gladys ging auf die Knie, um Laird zu umarmen und drückte das faltige Gesicht an seinen Hals.

„Oh, aye. Manchmal frage ich mich, ob mein Vater ihn für mich oder für màthair mitgebracht hatte." Hörte ich da eine Spur Bitterkeit? Anzusehen war sie ihm jedoch nicht.

„Er ist nicht eure erste Dogge." Schließlich war das Foto auf seinem Nachtisch älteren Datums.

„Nay. Vor Laird hatten wir Puppet. Sie war ein wahres Herzblatt." Seine Lippen bogen sich zu einem melancholischen Lächeln. „Ich habe hunderte Nächte bei ihr im Körbchen verbracht."

Natürlich tauchte vor meinem inneren Auge der heutige Finn auf, der sich zu Laird in das Hundekörbchen legte, was mich prusten ließ.

„Das war urbequem.“

„Das glaube ich gern.“ Ich streckte die Finger nach ihm aus, berührte kurz seinen Arm, einfach weil ich das Bedürfnis hatte, ihm wortlos mein Mitgefühl zu versichern.

„Wir haben Laird bekommen, da war er bereits ein Jahr alt und *erzogen*. Màthair hatte ihre liebe Not damit, ihn an uns zu gewöhnen.“

„Es hat funktioniert.“ Schließlich war Laird losgestürmt, um sein Frauchen zu begrüßen, und gehorchte Finn aufs Wort.

„Aye, aber zu Beginn ...“ Er pfiff bedeutend. „Er kannte kein Körbchen, war zuvor im Zwinger gehalten worden mit wenig Kontakt zu Menschen.“ Wir näherten uns dem schmusenden Paar.

„Ma.“ Finn half ihr auf die Füße und zog sie dann in eine Umarmung. „Schön, dass du da bist.“

„Ich habe gespürt, dass du kommen würdest.“ Sie tätschelte seine Wange, wobei sie zu ihm aufstrahlte. „Schön, dass du mit so viel Freude im Gepäck kommst.“

„Sag nicht, du hast den Fisch bereits gerochen.“ Finn zwinkerte, löste sich dann aus der Umarmung und wandte sich zu mir. „An Katharina erinnerst du dich noch?“

„Aye.“ Gladys streckte mir die Hand entgegen, die ich annahm, nur um mich dann in einer warmen Umarmung wiederzufinden. „Catriona, wie schön, Sie begrüßen zu dürfen.“

„Katharina, Ma“, korrigierte Finn für mich, aber Gladys winkte ab.

„Einerlei.“ Ihre trüben Augen nahmen jedes Detail von mir auf, zumindest fühlte ihr Blick sich intensiv und durchdringend an. „Wissen Sie, dass es seit zweihunderteinundsiebzig Jahren keine Catriona McInnes mehr gegeben hat?"

Wusste ich nicht, aber ich konnte mit der Information auch nichts anfangen. Finn wohl schon, denn er unterbrach seine Mutter unangenehm berührt.

„Ma, Katharina Hagedorn, und damit du es weißt, eine heiratsunfreudige Lassie." Seine Wangen glühten und er wich meinem fragenden Blick aus. Zusammengenommen schloss ich daraus, dass Gladys mich für Finns Freundin hielt. Ein böses Teufelchen piekte mich und ja, dem konnte ich schlicht nicht widerstehen. Besonders da er sich bereits der peinlichen Situation entziehen wollte, indem er den Rucksack abnahm und ihn in die Hütte bringen wollte.

„Oh, der richtige Mann mit dem passenden ultraromantischen Antrag könnte mich schon verlocken." Ich grinste breit, weil Gladys mir den Arm tätschelte und Finn erschrocken zu mir zurücksah.

„Ultraromantisch?", griff er mit ungewöhnlich hoher Stimme auf. „Ganz sicher heiratet sie keinen Schotten."

Gladys lachte und zog mich mit sich. „Aye, die schottischen Männer sind eher rau als romantisch."

Die Hütte lag wie stets im Halbdunkeln. Ein kleines Feuer prasselte im Kamin und davor lag ein Korb mit Näharbeiten.

„Katharina plant, deinen Garten zu plündern", wechselte Finn das Thema. „Ich glaube fast, sie denkt, ich sei pleite."

„Und, bist du es?", hinterfragte Gladys, während sie ächzend auf den Hocker neben dem Kamin sank. Schnell bot ich ihr meine Hilfe an.

„Ma.“

„Die Frage wird noch erlaubt sein.“ Gladys bedankte sich bei mir.

„Tee?“, bot ich an. „Wir haben ein wundervolles Abendbrot dabei.“

„Tabadh leat, Lassie, aber es ist Zeit für etwas Wärmenderes.“ Sie zwinkerte mir zu. „Wenn Sie mir meinen Becher bringen würden ...“

„Ma“, rügte Finn. „Du solltest die Finger vom Hochprozentigen lassen.“ Er nahm mir den Becher wieder aus der Hand. „Tee.“

„Herr im Himmel, und ich dachte, er spielt nur bei mir den Krankenpfleger.“

Finn durchbohrte mich mit seinen glühenden Augen, also hob ich schnell die Hände.

„Frieden?“

„Wenn du keinen Unsinn machst, während ich Wasser hole“, grummelte er, kein wenig begütigt.

„Ich kann auch ...“, bot ich also an, wobei ich mich bereits abwandte und mich nach dem Eimer bückte. Seine Hand schloss sich um meine, und als ich hochkam, stieß ich gegen seinen Körper.

„Nay.“ Sein Atem kitzelte in meinem Nacken, was der einzige Grund für meine schnelle Kapitulation war. Ich sprang förmlich zur Seite und suchte nach einer anderen Aufgabe.

„Fein, dann packe ich die Tasche aus.“

Meine Flucht war nach zwei Schritten bereits beendet, viel mehr Platz bot die Hütte nun mal nicht. Finn kam an mir vorbei, als ich am Rucksack herumfummelte, und ließ die Tür offen. Ich sah ihm nach.

„Er ist ein guter Junge.“

Ertappt zuckte ich zusammen. „Finn oder das Doggenmonster?"

„Nun, beide." Sie lachte weich.

Da ich nicht über Finn und seine sicherlich vorhandenen Qualitäten sprechen wollte, wechselte ich schnell das Thema, dummerweise fiel mir nur ein Thema ein: Ich selbst.

„Also, zweihunderteinundsiebzig Jahre, die letzte Catriona McInnes war demnach die Hexe, von der Sie mir erzählten."

„Aye."

Der Rucksack war bis obenhin bepackt und unsere Speisen lagen ganz unten, weshalb ich ein Meer aus Sachen um mich herum ausbreitete.

„Merkwürdig, oder?"

„Nay."

Das wurde ein sehr anstrengendes Gespräch, wenn sie so einsilbig blieb. „Die McDermitts haben hin und wieder eine Catriona in ihrem Stammbaum."

„Oh, aye." Sie kicherte. „Aus demselben Grund, warum wir keine haben."

„Okay, jetzt bin ich offiziell neugierig." Ich drehte mich hockend zu ihr um. „Warum gibt es in der ganzen Zeit keine Catriona McInnes."

„Was denken Sie?" Gladys beugte sich vor. Ihre gekrümmten Schultern waren von einem dicken Plaid ummantelt, den sie mit einer Nadel zusammenhielt. Ihre Hände lagen ineinander und ihr Blick war das Einzige, das nicht krank und welk wirkte, sondern klar und weise.

„Der Name bringt Unglück." Ich brauchte keine verbale Bestätigung, das Funkeln in ihren Augen genügte.

„Und Glück bei den McDermitts." Ein Schatten fiel von hinten über mich.

„Ma!", knurrte Finn. „Du sollst ihr doch keine Geschichten erzählen."

„Vielleicht erzähle ich hier die Geschichte", sprang ich ein. Die Tupperdosen brachte ich zum Tisch, bevor ich mich dem Einräumen der Klamotten widmete, die Finn noch mit sich herumgetragen hatte. „Was ist das hier alles?"

„Vorräte." Finn stellte Wasser auf, bevor er mir den Großteil der Päckchen abnahm und sie in die Regale über der Spüle stellte. Offenbar versorgte er seine Mutter.

„Kannst du den Tisch decken? Die Pasta ist in wenigen Minuten fertig."

Gladys erhob sich ächzend.

„Ich mache das", bot ich schnell an und flitzte zum Regal, um Teller und Gabeln herauszuholen.

„Tabadh leat, Lassie", seufzte sie, als sie wieder niedersank. „In der Tat habe ich kein Wort verloren, so wie du es wünschtest."

„Warum darf ich mir die Geschichten deiner Mutter nicht anhören?" Konnte er sich nicht denken, dass es mich erstrecht neugierig machte?

„Können wir uns darauf einigen, in Frieden zu Abend zu essen?", bat Finn. Er stellte den Topf mit den in der Soße liegenden Nudeln auf den Tisch.

„Herrje, jetzt fehlt nur noch, dass du meine Hand ergreifst und mich schmachtend mit a ghràidh ansprichst." Ich rollte mit den Augen. „Und wir befinden uns mitten in einem mcdermittschen Dinner."

Finn räusperte sich. Der Fisch kam ähnlich heftig auf den Tisch auf wie der Becher zuvor.

„Wie geht es der Familie?“, erkundigte sich Gladys. „Ich habe Ihre Gnaden bereits seit einer Weile nicht mehr gesehen.“

„Vermutlich ist Vanessa besorgt.“ Wann war sie es nicht und nun, da ich seit Tagen verschwunden war, ohne mich zu melden, war sie bestimmt außer sich.

„Davon können wir ausgehen“, bestätigte Finn dunkel. „Komm, Ma, ich helf dir an den Tisch.“

„Doch nicht wegen dir?“, erkundigte sie sich. „Missbilligt sie dein Interesse?“ Sie schnalzte. „Das hätte ich nicht vermutet.“

Finn bekam rote Ohren. „Ma, das ist nun wirklich nicht so.“

„Du bringst nicht häufig Frauen mit, habe ich das Gefühl. Jetzt erwarte ich fast …“ Ich hatte mir den Hocker geholt, der vor dem Kamin gestanden hatte, und platzierte ihn gegenüber der Bank, zu der Finn seine Mutter eskortierte. Dort ließ ich mich fallen.

„Katharina, du bist keine Hilfe.“

„Nay, mit Absicht.“ Seinen Blick ignorierte ich geflissentlich. Die Tafel mochte einfach sein, aber ihr mangelte es nicht an Charme. Es duftete himmlisch. Wir hatten zwar gut gefrühstückt, aber das Mittagessen ausfallen lassen und somit zog mein Magen sich laut knurrend zusammen.

„Da ist der Bär.“

Mir klappte der Mund auf. „Amadain!“

Er grinste und tat die Beleidigung mit einem Schulterzucken ab.

Gladys sah zwischen uns hin und her und verkniff sich ihr eigenes Grinsen.

„Vorsicht, sonst nenne ich dich Hexe.“

„Ha!“ Das wäre nicht das erste Mal und in der Gegenwart konnte ich damit durchaus leben. „Warte, bis mein Zauber wirkt, dann nennst du mich nur noch Herrin!“

„Aye“, machte Finn gedehnt. „Das glaube ich dir sogar.“ Er bedeutete mir, mich zu bedienen. „Wäre Mylady ein Kompromiss?“

Ich streckte ihm die Zunge raus. Mylady war ich ebenso gewohnt, was er wissen müsste, was also sollte die Anspielung?

„Nun, Kinder, danke für dieses Festmahl, es riecht fantastisch“, mischte Gladys sich in die Stichelei ein. „Guten Appetit euch Zwei.“

Ich murmelte etwas Ähnliches und vertiefte mich in meine Portion. Eine Weile vernahm man nur das Kratzen des Bestecks auf den einfachen Tellern. Anschließend beäugte ich den Rest, nicht sicher, ob ich noch einmal zuschlagen sollte. Einerseits schmeckte es himmlisch, dann wiederum hatte ich eigentlich keinen Hunger mehr.

„Ich setze Tee auf.“ Finn stand vorsichtig von der Bank auf, um sie nicht umzuwerfen und nahm mir und Gladys den Teller weg. Damit hatte sich mein Problem erledigt, es gäbe keine zweite Portion.

„Kann ich dir helfen?“

„Nay. Ruh dich aus.“ Finn hantierte mit dem Kessel herum.

„Meine Komplimente an den Koch, ich habe lang nicht mehr so gut gespeist.“ Gladys sah mich an, als ginge sie davon aus, dass ihr Kompliment mir galt, also schüttelte ich den Kopf.

„Finn ist hier der Magier, ich habe nur im Weg gestanden."

„Sie übertreibt. Wir haben gemeinsam am Herd gestanden und uns gegenseitig unterstützt."

Ich behielt mein Kopfschütteln bei und formte den Widerspruch lautlos mit den Lippen. „Stimmt nicht."

„Hm, wie dem auch sein, ich bin euch dankbar."

Finn stellte die Kanne mit Tee auf den Tisch. „Ich schaue schnell nach Laird und geb ihm sein Fressen."

Die Warnung, die er seiner Mutter ebenfalls wortlos übermittelte, bekam ich mit. Was also konnte Gladys mir erzählen, dass Finn mir so dringlich vorenthalten wollte?

18. Die Nacht am Fluss

Zwar lag die Hütte ein gutes Stück vom Wasserfall entfernt, aber sein Getöse war hier immer noch auszumachen. Ich saß auf einem der Steine am Ufer und beobachtete, wie der Mond sich in den sanften Fluten spiegelte. Er schien zu tanzen.

„Hey." Finn legte ein Plaid um mich, obwohl ich eine Jacke trug.

„Hey." Er hatte mich schon eine Weile beobachtet, weshalb es mich nicht wunderte, von ihm angesprochen zu werden.

„Du bist in Gedanken vertieft, hm?" Was nicht schwer zu erraten war. Finn hockte sich zu mir und ließ seinen Blick ebenfalls über den Fluss schweifen. „Schöne Gedanken?"

„Du wirst es nicht hören wollen." Mühsam sog ich die kühle Abendluft in die Lungen und entließ sie wieder. „Es sind nur *Geschichten*."

„Die Nacht schreit geradezu nach einer Geschichte", widersprach er leise. „Also?"

„Du hast mich gefragt, ob ich mir eine eigene Familie wünsche."

Die Stille zwischen uns war absolut, als hielten nicht nur wir beide den Atem an, sondern die Natur gleich mit.

„Und?"

„Als ich fiel, beim ersten Mal, ich glaube, ich hatte einen Moment ganz merkwürdige Ideen." Oder auch absolut Natürliche, schließlich war ich überzeugt gewesen, in den Tod zu stürzen. „Ich war wütend." Aber das war längst nicht alles. „Traurig und eifersüchtig auf Vanessa."

„Du wirst Angst gehabt haben." Er berührte kurz mein Knie.

„Ja." Es fiel mir nicht schwer, es zuzugeben. „Vermutlich habe ich mir deswegen gewünscht, an Vanessas Stelle zu sein. Einen Mann zu haben, der mich liebt, und Kinder mit ihm zu haben."

„Wie Finlay."

Ein Windstoß ließ mich schaudern und ich zog das Plaid enger um mich. „Ja." Mein Blick wurde von dem Wasserfall angezogen und trübte sich. „Du wirst jetzt sagen, dass ich dich oben auf der Plattform bemerkt habe und ich mir dann diese Geschichte ausgedacht habe, als ich unterging." Ich schluckte den Frosch runter, der meinen Hals blockierte. „Irgendwas von Imaginationskraft und letzter Versuch, mich mit dem Tod anzufreunden."

„Aus medizinischer Sicht klingt das plausibel." Er stieß mich mit seiner Schulter an. „Und bedenkt man, dass wir hier zu den Feen sprechen können, denke ich, haben wir den Nagel auf den Kopf getroffen. Du hast bekommen, was du dir gewünscht hast."

Ich drehte den Kopf, um ihn anzusehen. In seinen wunderschönen braunen Augen lag eine eigentümliche Resignation, eine, die ich tief in mir selbst verspürte. Ich schloss die Lider, um Abstand zu schaffen. Der Moment war gefährlich. Ich spürte es. Finn war so nahe dran, meinen Schutzwall zu durchbrechen, und ich wusste nicht einmal mehr, ob ich dagegen ankämpfen wollte.

Er fing die Träne auf, die über meine Wange kullerte. „Komm her“, wisperte er nahe an meinem Ohr und zog mich zu sich. Er bettete meinen Kopf an seine Schulter und legte sein Kinn auf meinem Schopf ab. „Erzähl mir eine schöne Geschichte aus deiner Kindheit, etwas, woran du immer gerne zurückdenkst.“

„Sollten wir uns nicht auf den Rückweg machen?“, lenkte ich ab, weil es zu beruhigend war, hier mit ihm zu sitzen und ihm all meine kleinen Geheimnisse anzuvertrauen.

„Nay, wir bleiben über Nacht.“

Mein Körper reagierte mit einem süßen Ziehen.

„Wir schlafen vor dem Feuer.“

Meine Brustwarzen verhärteten sich. „Wir?“

„Es wird recht kalt werden, da dachte ich … wenn du lieber allein schläfst, ist das in Ordnung.“ War es das? Für ihn oder für mich?

„Finn?“

„Hm“, brummte er.

„Es tut mir leid.“

Es dauerte einen Moment, bis er reagierte, dann stieß er einen gedehnten Seufzer aus. Er verstand und das machte es nicht einfacher, ihm zu widerstehen.

Einzuschlafen war in dieser Nacht eine Herausforderung. Das Feuer flackerte vor meinen Augen, der Boden war trotz der Unterlage hart und ich hatte es nicht übers Herz gebracht, von Finn zu verlangen, woanders zu schlafen. Ich spürte ihn in meinem Rücken, auch wenn er mich nicht berührte. Gladys schnarchte vor sich her, aber Finn war genauso wach wie ich.

Er drehte sich mit einem leisen Seufzen, wobei er mein Haar unter seinen Arm begrub.

„Entschuldige." Er schob es zu mir, wobei er meine Schulter berührte.

„Ich kann nicht schlafen", wisperte ich, wobei ich meine Decke enger an die Brust zog. Mir war nicht etwa kalt, sondern war nur aufgeregt bis in die Zehenspitzen.

„Ich auch nicht."

„Diese Legenden ..." Sie beschäftigten mich.

„Meine Ma kann dir morgen mehr von ihnen erzählen. Ich weiß, du bist neugierig, aber ich wollte den Abend einfach für mich haben." Es zupfte an meinem Haar, was mich annehmen ließ, dass er mit meinen Strähnen spielte.

„Für dich? Finn, manchmal weiß ich nicht, was du mir sagen willst." Aber dafür wusste ich, dass ich es auch nicht so genau wissen wollte.

„Ich verbringe gerne Zeit mit dir."

Ich hatte ja gewusst, dass ich es nicht hören wollte. Neben der süßen Wärme, die in mir aufstieg, empfand ich Panik. Er durfte es mir nicht schwerer machen, als es ohnehin schon war, und seine Worte deuteten zu sehr darauf hin, dass er mich mochte. Sehr mochte, wenn man bedachte, welchen Mist er wegen mir durchmachte.

„Ich habe mich selten so wohl mit jemanden gefühlt, wie heute mit dir." Seine Finger streiften meinen Nacken. „Ich wollte nur, dass du es vorher weißt."

„Vor was?“, fragte ich nervös und hielt es nicht mehr aus, nur ins Feuer zu starren. Ich drehte mich um. Finn lag auf der Seite, aufgestemmt und den Kopf in der Handfläche abgestützt.

„Dem Geheimnis der Fairy Pools natürlich.“ Er nahm eine meiner Haarsträhnen auf.

„Verrat es mir.“ Ich war bereit, hielt sogar den Atem an.

„Meine Mutter wird es dir erklären.“ Er lächelte schief. „Ihr wirst du eher glauben.“

„Warum denkst du das?“ Ich fing seine Hand ab. „Ich vertraue dir vollkommen.“ Finn verschränkte unsere Finger miteinander.

„Tatsächlich?“

„Aye.“

Finn beugte sich vor. Sein Atem netzte meine Lippen, bevor er sie mit einem zärtlichen Kuss verschloss. „Es klänge aber sehr eigennützig.“

Mit zittrigen Fingern schob ich ihn von mir. „So?“ Ich traute meiner Stimme nicht und räusperte mich, wobei ich die Lider niederschlug. Hitze stieg mir in die Wangen.

„Ich würde es trotzdem gerne gleich hören.“

„Du hast einen Wunsch geäußert, deine Gabe wurde akzeptiert und das Ergebnis hat für Verwirrung gesorgt.“ Er legte die Hand an meine Wange. „Das ist typisch. Diese Biester erlauben sich gerne einen Scherz mit uns. Meine màthair wünschte sich ebenfalls mit der Liebe ihres Lebens zusammen sein zu können und was hat sie bekommen? Ein halbes Glück.“ Finn presste die Lippen aufeinander, Wut schimmerte in seinen Augen, obwohl es auch das Flackern des Feuers sein konnte, das sich in seinen Augen spiegelte.

„Und ich bekomme einen toten Ehemann und das Vermächtnis, einen ganzen Clan ins Unglück gestoßen zu haben?" In dem Fall waren Feen wahre Miststücke.

„Sähe ihnen ähnlich."

„Was hast du dir gewünscht?" Sein Daumen glitt über meine Unterlippe. Sein Lächeln gewann einen Hauch Melancholie und er schüttelte den Kopf. „Bewusst nichts. Aber ich denke mal, dass ich gehofft hatte, dass ich dich retten kann."

„Na, das hat funktioniert. Anscheinend bist du ihr Liebling, oder hast du einfach einen höheren Preis bezahlt?" Mein Versuch, es ins Lächerliche zu ziehen, gelang nicht besonders gut, ich war viel zu nervös.

„Was ist denn nun der Preis?" Ich dachte an seine Worte zurück: Warum sollten sich magische Wesen für menschliches Geld interessieren?

„Wir sollten schlafen. Wir müssen morgen wieder zurücklaufen und sollten uns langsam Gedanken machen, wie wir dich schnell aus der medizinischen Betreuung bekommen." Wieder wischte sein Daumen über meine Unterlippe. „Wir sollten nicht zu viel Zeit verstreichen lassen."

„Warum nicht? Sie werden doch irgendwann aufhören, nach mir zu suchen." Der Gedanke, dass ich es mir wünschen könnte, lag nicht fern und stand mir offenbar ins Gesicht geschrieben. Finn drückte seinen Daumen auf meinen Mund.

„Das ist kein Spiel."

„Was wäre dabei?" Ich verstand nicht, warum er so heftig auf die Idee reagierte.

„Bitte, Katharina, hast du nicht genügend Beispiele für Wünsche, die nicht wirklich gut endeten? Meine màthair, deine Geschichte ... keine der alten Sagen hat tatsächlich ein Happy End."

Das war Ansichtssache, aber ich wollte mich auch nicht streiten. Zunächst wollte ich mich genauer über die Legenden informieren, um festzulegen, welche Lösung sie für mich hatten.

„Also gut."

Seine Erleichterung war spürbar. Er grinste und küsste mich zart. „Komm näher."

„Was hast du vor?", fragte ich durchaus nervös, schließlich blieb der Fakt, dass ich mit einem anderen verheiratet war.

„Schlafen", raunte Finn und zog mich zu sich. „Wir haben es nötig, meinst du nicht?" Er gähnte verdeckt, was mich auch dazu anregte. Schnell kuschelte ich mich an ihn und schloss die Augen.

„Ist dir warm genug?", flüsterte ich abdriftend. „Oder möchtest du ans Feuer?"

„Nay, mo a ghoil, alles ist gut."

Ich saß auf heißen Kohlen. Finn dominierte das Gespräch, erzählte Anekdoten aus seiner Kindheit und band seine Mutter immer wieder ein. Ich erkannte die Absicht dahinter: Zeit schinden. Er war so nervös wie ich neugierig und das machte den Morgen für uns beide unangenehm.

Schließlich räusperte er sich mit einem unsicheren Blick in meine Richtung. „Ich mache den Abwasch, ihr habt noch ein paar Fragen zu klären."

Gladys umklammerte mit einem zufriedenen Lächeln ihre Tasse. „Aye."

Meine Brauen schossen in die Höhe. Das klang, als hätte sie Fragen und nicht ich.

Gladys nippte an ihrem Tee. „Ich habe nie verstanden, warum ich kein Wort verlieren durfte."

Finn schüttelte den Kopf, wobei er unsere Teller einsammelte. „Weil sie schreiend davonlaufen wird, wenn du fertig bist."

Gladys kicherte. „Nay, Finlay, du bist so ein Pessimist!" Sie sah ihm voller Liebe nach. „So schüchtern und voller Selbstzweifel."

Sie sprach offenbar nicht von dem Finn, den ich kannte.

Gladys seufzte tief. „Er hat nie verstanden, dass sein Vater Verpflichtungen hatte." Sie behielt die Tür im Auge, durch die Finn mit dem Eimer verschwunden war. „Er konnte nicht zufrieden mit dem sein, was wir geschenkt bekamen. Er wollte immer mehr."

„Das liegt in der Natur des Menschen, nehme ich an." Ich biss mir auf die Lippe. „Er wollte wohl einfach das Wichtigste im Leben seiner Eltern sein."

„Das war er." Gladys senkte ihren Blick. „Ist es immer noch."

„Nicht für seinen Vater, zumindest sieht er es so. Ihm war seine andere Familie wichtiger. Das knabbert an ihm." Unruhig rutschte ich auf meinem Stuhl herum. „Vermutlich, weil er sich nicht mehr mit seinem Vater aussprechen kann."

Gladys seufzte. „Aye. Ich wünschte, er wäre heimgekommen, bei Sheamus letztem Besuch. Sie hätten sich so viel zu sagen gehabt, aber Finlay war zu stur."

Der Name lies mich aufhorchen. Sheamus?

„Manchmal ist es schwer, seinen Groll zu überwinden." Da sprach ich aus Erfahrung. Wie viel Zeit hatte ich vergeudet, indem ich wütend auf Vanessa und meine Mutter war, die mir scheinbar jede Freude verwehren wollten? Auch jetzt versteckte ich mich vor Vanessa, schmollte und haderte, anstelle die Sache aufzuklären und zu einem gemeinsamen Konsens zu kommen. Allerdings war das auch gar nicht so einfach.

„Aye, das ist wohl der Preis, den ich für mein Glück zahlen muss." Gladys stellte die Tasse ab. „Die unser Sohn zahlen muss."

„Weil Sie sich gewünscht hatten, mit dem Mann, den Sie lieben, zusammenzukommen? Ich dachte, man zahlt den Preis selbst." Es war wesentlich verführerischer, andere zahlen zu lassen, so falsch es auch war.

„Ich zahle mit meinem Schmerz, sehen zu müssen, wie mein Sohn leidet, und das zusätzlich zu dem, was ich ihnen aus freien Stücken gab." Gladys rutschte auf der Bank nach vorn. „Es zieht immer etwas mit sich, manchmal ist es schlimm, manchmal nur lästig. Es ist immer eine Lektion."

„Sich besser nichts von den Feen zu wünschen?" Belustigt grinste ich. „Ziemlich hinterhältig."

„Nay. Sie führen uns nur unsere Selbstsucht vor Augen."

Ich stieß einen Pfiff aus. „Das erklärt einiges." Meine Selbstsucht war grenzenlos, da hatten die Feen sich wohl etwas Besonderes einfallen lassen müssen. Eine

Zeitreise. Ich warf Gladys einen vorsichtigen Blick zu. „Ich war in der Vergangenheit.“

„Wir alle waren in der Vergangenheit, Lassie, dort werden wir geboren.“ Sie streckte die Schultern. „Wir sollten das Feuer entfachen, meinen Sie nicht?“

„Lassen Sie mich das machen.“ Schnell stand ich auf und stellte Holzscheite in den Kamin. „Ich meine es aber wörtlich. Als ich in den Pool fiel, landete ich in der Vergangenheit und verliebte mich dort in Finlay McInnes. Ich bin die Hexe von Dunvegan.“

Eigentlich erwartete ich einen Widerspruch und war überrascht, als er ausblieb. Ich sah über die Schulter zurück. Gladys lächelte milde.

„Ich weiß, das klingt verrückt.“

„Alles Magische klingt verrückt.“ Finn kam zurück, sah von seiner Mutter zu mir und seufzte.

„Noch nicht fertig?“

„Nay, Junge, sei so gut und schenke uns noch Tee nach.“

Finn beeilte sich, der Bitte zu entsprechen, und lungerte dann bei der Tür herum. „Ich beschäftige Laird. Wir sollten aber bald aufbrechen.“

Gladys und ich sahen ihm nach, bis die Tür hinter ihm zufiel.

„Allerdings ... Die Hexe von Dunvegan starb während ihrer Hexenprobe.“

„Und ich lebe noch.“ Wenn die Geschichte in dem Punkt ungenau war, dann hatte Finlay womöglich dem Schicksal ebenfalls ein Schnippchen geschlagen?

„Eine Frau, die die Hexenprobe überstand, wurde verbrannt, denn sie war nachweislich mit dem Teufel verbunden." Sie blies in ihren Tee. „Ich fürchte, da haben die Feen ein Meisterstück geleistet."

„Finlay befreite mich auf dem Weg zur Hexenprobe und wir schafften es bis zu den Fairy Pools. Wir wollten gemeinsam springen, aber die Soldaten erwischten uns. Finlay schubste mich über den Rand des Wasserfalls und folgte wenig später, nachdem er angeschossen worden war." Ein Schmunzeln wuchs stetig auf den Lippen meines Gegenübers.

„Natürlich. Finlay wird sich gewünscht haben, dass sein Weib in Sicherheit ist." Sie lachte auf. „Oh, diese Kreaturen!"

Ich konnte ihr nicht folgen. „Ich habe mir auch gewünscht, in Sicherheit zu sein. Es war eine gefährliche Zeit."

„Oh, aye!" Gladys beugte sich vor und legte mir die Hand auf den Arm. „Zwei Menschen, ein Wunsch."

„Warum bin ich allein hier?" Die Frage zu stellen, fiel mir schwerer, als es sollte. Fast fühlte es sich wie ein Verrat an, was aber keinen Sinn machte. Was zwischen Finn und mir war, durfte nicht sein.

„Er gehört nicht hierher, Lassie, und ich glaube auch, dass es eine Täuschung war. Ein Spiel." Sie zog die Hand zurück und seufzte. „Wissen Sie, ich war fünfzehn, als ich Sheamus kennenlernte. Es war Liebe auf den ersten Blick." Gladys lächelte milde. „Wir waren unzertrennlich, sprachen davon, fortzulaufen und eine Familie zu gründen."

„Aber er war ja schon verheiratet", fuhr ich fort.

„O nay. Damals war er noch frei und hätte mein Vater nicht Wind bekommen, was wir planten, wäre alles anders gekommen." Sie seufzte schwer. „Er wollte sicher nur das Beste für mich."

„Es war anmaßend, schließlich konnte er nicht wissen, was das Beste für Sie war." Genauso wenig, wie Vanessa es wissen konnte.

„Ich wurde fortgeschickt und als ich zurückkam, war es zu spät. Unsere Gefühle füreinander waren stark und auch die Jahre konnten sie nicht ändern, also bat ich die Feen um Hilfe. Ich bekam, was ich mir wünschte." Ihr Lächeln wurde melancholisch. „Nur nicht so, wie ich es wünschte."

„Das sagte Finn auch."

„Aber ich war zufrieden. Wir waren glücklich. Finn machte unser Leben perfekt." Sie nippte an ihrem Tee.

„Wie funktioniert es? Ich bin noch einmal von der Plattform gesprungen und nichts ist passiert, obwohl ich mir wünschte, wieder bei Finlay zu sein." Etwas war schiefgegangen und das durfte bei meinem nächsten Versuch nicht passieren.

„Oh, man gibt etwas und bekommt etwas."

Das war keine Hilfe. „Was muss man geben?"

„Etwas Persönliches." Gladys trank und schüttelte den Kopf. „Lebenskraft."

„Wie mach ich das denn? Wie gibt man Lebenskraft?"

„Was wollen Sie sich wünschen, Lassie?", fragte sie vorsichtig. „Erneut zu ihm zurückzukehren?"

Ich hielt den Atem an.

„Vielleicht sind Sie das bereits."

Jetzt verstand ich gar nichts mehr. „Nein, ich bin hier."

„Aye.“

Ein wilder Gedanke durchzuckte mich. „Ist Finlay auch hier?“ Elektrisiert setzte ich mich gerade auf. „Haben Sie ihn gesehen?“

Gladys schüttelte den Kopf. „Sie sehen die Hinweise nicht, Lassie. Er war hier. Er ist hier. Er wird da sein, wo Sie ihn brauchen.“

„Ich verstehe kein Wort“, gestand ich verzweifelt. „Wie komme ich zurück!“

„Gar nicht, Lassie. Sie sind, wo *Finlay* ist.“

„Aber ...“

„Das Damals ist vergangen. Es war ein Spiegel dessen, was Sie erleben. Nur eine verzerrte Reflektion vom Jetzt.“

„Gladys, ich habe keinen Schimmer, was Sie mir sagen wollen.“ Und das frustrierte mich.

„Sie haben die Chance, alles besser zu machen. Im Jetzt.“

Das half mir einfach nicht. Mein Kopf platzte vor Fragen, aber ich befürchtete, dass ich keinen Sinn hineinbrächte, ganz gleich, wie lang wir uns hier unterhielten.

„Danke, Gladys“, murmelte ich. Meine Lippen bildeten ein starres Lächeln. „Sie haben mir sehr geholfen.“ Ich seufzte übertrieben. „Dann lasse ich Finn besser nicht länger warten, der Arme ist so schon zum Zerreißen angespannt.“

„Gern, Lassie. Finn braucht Sie.“ Sie ächzte, als sie auf die Beine kam. „Und ich weiß, dass Sie die Richtige sind.“

Sie kam um den Tisch herum, um mich zu umarmen. „Hören Sie auf ihr Herz, Lassie, Sie wissen, was der richtige Weg ist.“

„Ja, danke", murmelte ich.

Finn warf Laird Stöckchen, als ich aus der Tür kam. Der Hund bellte fröhlich, entdeckte mich und raste auf mich zu.

„Stopp!", gellte ich, aber Laird blieb unbeeindruckt und rannte mich um. Seine große, raue Zunge fuhr über mein Gesicht, bis Finn seine Monsterdogge endlich von mir runterzog.

„Böser Junge, lass das! Katharina wird nicht angesprungen, verstanden!" Laird fiepte. Seine Rute wedelte wild und er stieß kleine Belllaute aus.

„Es tut mir leid, er ist sonst nie so ungehorsam."

„Nichts passiert", wisperte ich, zu ihm aufsehend. Sein Anblick verschwamm, überlagerte sich und wurde wieder schärfer. „Finn."

Spiegelbilder. Sie mochten wie eigenständige Personen aussehen, aber waren doch nur eins. Original und Reflektion.

War das gemeint?

Viele Dinge hatten sich wiederholt und Finn lief mir dermaßen oft über den Weg, dass es jede Wahrscheinlichkeit sprengte. War es tatsächlich purer Zufall, dass ich für Finn ähnlich stark empfand wie für Finlay?

Finn streckte mir die Hand entgegen, die ich zittrig annahm. Ein Blitz schoss durch meinen Körper, setzte mich in Flammen. Keine Frage, ich wusste genau, was ich wollte. Ihn.

Er zog mich auf die Füße. „Hast du dich verletzt?", flüsterte er, mir eine Strähne hinter das Ohr steckend.

„Mir geht es gut", hauchte ich. „Durcheinander, sonst nichts."

Sein Daumen rieb über meine Wange und er beugte sich vor. Sein Mund presste sich auf meine Stirn und blieb dort für einen Augenblick zärtlich ruhen. „Können wir?“

„Aye. Es wird Zeit.“

19. Aufgeflogen

Obwohl ich nach unserer Übernachtung bei Gladys eine unruhige Nacht in Finns Haus hinter mir hatte, war ich plötzlich hellwach. Ich regte mich nicht, lauschte bloß angespannt. Etwas stimmte nicht, der Platz im Bett neben mir war leer und von unten hörte ich wütende Stimmen. Eine Ahnung von Unheil kroch in kalten Wellen über meinen Rücken.

„Du bist wach. Gut."

Ich fuhr herum. Ian stand dort. Er warf mir Kleidung zu, ohne in meine Richtung zu sehen.

„Zieh dich an, wir gehen." Er machte Anstalten sich umzudrehen, als sein Blick auf die Nachtkonsole fiel. Er stockte und nahm das Bild auf. Seine Lippen verkniffen sich zu einem schmalen Strich. „Oh mo chreach, fàthair!", knurrte er, dann wurde ihm bewusst, dass ich ihn ansah und seine Miene klärte sich.

„Beeil dich", murrte er, während er das Foto zurückstellte. Er wandte sich um, so dass ich Löcher in seine Rückansicht starren konnte. Sie hatten mich gefunden. Kaltes Grauen übermannte mich, schließlich wusste ich genau, was nun auf mich wartete und ich war noch nicht bereit dazu.

„Hau ab!", krächzte ich, wobei ich die Decke hochzog. „Ich komme nicht mit dir, Ian. Sag Vanessa einfach ..."

Ja was? Dass er mich nicht gefunden hätte? Das war nicht die Lösung, nur ein Aufschub.

„Ich brauche noch Zeit, bevor ich …" Laute Stimmen ließen mich abbrechen. Ian hatte die Tür zum Flur nicht geschlossen und von dort polterten wütende Schritte die Stufen hinauf.

„Verschwinde hier, das ist mein Anwesen!", schnarrte Finn.

„Ich hole lediglich zurück, was dir nicht gehört!", donnerte Ian, was mich irritiert zu dem Mann in Finns Schlafzimmer schauen ließ.

„Na toll", murmelte der. Ian drehte sich um, erfasste, dass ich noch immer im Nachthemd im Bett saß und seufzte. „Katharina, wir werden dich mitnehmen, zur Not auch so." Seine Hand beschrieb einen Kreis in meine Richtung. „Es wäre uns allen gedient, wenn du dich ankleiden würdest."

Wäre es wohl und ich griff auch nach dem Hemd, als der Streit im Flur neue Dimensionen annahm.

„Nimm die Finger von mir!", brüllte Finn, ein Klatschen folgte, das ein weiterer Mann, der Ian zum Verwechseln ähnlich sah, mit einem *Na toll* kommentierte, dann ein Rumpeln. „Ich warne dich …"

Ich sprang aus dem Bett und flog in der nächsten Sekunde aus dem Zimmer, um meine Befürchtung bestätigt zu sehen. Finn und der Unbekannte, der nur Ians Zwilling Lachlan sein konnte, rangen im Flur miteinander.

Ich kreischte, schubste Ian bei meinem Weg an ihm vorbei zur Seite, und wollte die Stufen hinunter zu Finn, der sich auf halben Weg gefangen hatte und sich aufrappelte. Ein Ruck riss mich zurück. Mein Instinkt setzte ein und übernahm die Abfolge des Schulterwurfs, bevor ich darüber nachgedacht hatte. Ian knallte auf dem Parkett und zog mich mit. Er war deutlich schwerer, als er aussah. Meine Hüfte knirschte unschön und ich biss mir auf die Lippe, um den Schmerzenslaut zu unterdrücken.

„Lass ihn in Frieden!", zischte ich stattdessen. „Und verschwinde!"

Lachlan, Ians Zwillingsbruder, blieb neben uns stehen und sah beeindruckt auf uns herab, während Ian stöhnte. „Daingead, dafür bin ich zu alt!"

„Aye, bràthair, und du unterließt zu erwähnen, dass es zu einer körperlichen Auseinandersetzung kommen würde." Er streckte den Arm aus, um seinem Bruder auf die Füße zu ziehen, während ich zu den Stufen zurückwich, um Finn abzuschirmen.

„Katharina, bleibt hier."

Ian funkelte an mir vorbei, sein Mund verzog sich verächtlich und ich fürchtete mich vor seinen nächsten Worten. „Ich habe dich gewarnt, McInnes, ich mache dich fertig!"

Ich spürte Finn in meinem Rücken, der nicht gewillt war, sich bedrohen zu lassen. Ich versuchte, mir einen Reim aus dem Ganzen zu machen, und sah von einem zum anderen. Dass die McDermitt-Brüder absolut gleich aussahen, war bei Zwillingen nicht verwunderlich, aber da war etwas, was sie mit Finn verbanden. Ich schloss die Augen, um mich an das Foto auf dem Nachttisch zu erinnern, das sich Lachlan zuvor angesehen hatte. Und an seine Reaktion. Hatte er nicht geflucht und etwas gemurmelt, dass wie *Vater* klang. Der Boden schwankte, als sich die Puzzlestücke vor meinem inneren Auge von selbst zusammensetzten. Gladys Jugendliebe war Sheamus McDermitt, der verstorbene Duke of Skye?

Wusste Finn es?

Davon war wohl auszugehen, wenn ich seine Bitterkeit in Betracht zog, als er mir von seinen Brüdern erzählt hatte, die so viel mehr von ihrem Vater bekommen hatten als er.

„Du glaubst, du unterständest nicht meinem Willen?“, knurrte Ian. „Du wirst schon sehen, wie ungastlich es hier für dich wird. Ach, du erinnerst dich an das kleine Problem mit der Übertragungsurkunde?“ Sein Lächeln war nicht dazu angedacht, mich zu beruhigen. „Ich fürchte, du befindest dich hier auf meinem Land, und als dein Landlord kündige ich dir die Pacht.“

„Hör auf!“, kreischte ich, wahnsinnig vor Verzweiflung. Das alles passierte nur wegen mir. „Lass ihn in Frieden!“

Ians Blick glitt über mich, und seine Lippen pressten sich aufeinander. „Es tut mir leid, dass du da hineingezogen wurdest, Katharina, aber ich verspreche dir, es geschieht alles nur zu deinem Schutz.“

„Lügner!“ Mein Leib krümmte sich, zerrissen von dem Bedürfnis, wegzulaufen und mich in Sicherheit zu bringen, und gleichzeitig zu bleiben und zu retten, was zu retten war. „Du bist wie alle McDermitts!“, spie ich, und bezog mich auf meine Erfahrung aus dem 18. Jahrhundert. „Du bist genau wie deine Mutter!“

„Bist du dir sicher, dass sie Vanessas Schwester ist?“ Lachlan betrachtete mich verwundert.

„Du kommst jetzt mit uns“, beschied Ian, als er nach mir Griff.

„Sie ist hier gut aufgehoben“, versuchte Finn es ruhiger. „Ich achte auf Katharinas Wohlergehen. Sie hat bereits Fortschritte gemacht und ...“

„Ihr Wohlergehen wird nicht in deinem Bett sichergestellt!“, unterbrach Ian ihn und deutete zum grünen Schlafzimmer. „Gott, was bist du für ein mieses Schwein, ein unschuldiges Mädchen zu benutzen, um dich an mir zu rächen!“

„Warte“, fiepte ich. „Ich ...“

Ian zog mich von Finn fort. „Mach den Weg frei! Ach, und schnapp dir deine Habseligkeiten und verschwinde. Du hast bis heute Abend Zeit, dann lasse ich dich wegen unerlaubten Betretens meines Eigentums in Haft nehmen.“

Mir wurde übel.

Finn versperrte uns den Weg. „Du nimmst sie nicht mit.“

„Wartet“, versuchte ich es noch einmal und schob mich zwischen die Streithähne. „Ian, es ist meine Schuld. Ich habe ihn angefleht, mich zu verstecken, weil ich nicht ...“

Ian verdrehte die Augen. „Er hat dich ausgenutzt, sonst nichts!“

„Bitte. Lass ihm seinen Besitz.“ Das war doch alles, was er hatte. „Seine Mutter ist krank. Sie braucht seine Unterstützung, sie braucht ihn hier.“ Tränen waberten in meinen Augen, als er endlich zu mir herabsah. „Ohne Gladys hätte Vanessa doch nie zurück nach Dunvegan gefunden.“

Zumindest, wenn ich der Erzählung meiner Schwester Glauben schenkte, dass Ians Mutter sie am Fuß der Fairy Pools ausgesetzt hatte, damit sie sich verlief und nie wieder auftauchte.

Ian starrte auf mich nieder, was ähnlich einschüchternd war, wie damals bei Sheamus, seinem cholerischen Urahn. Ein Muskel zuckte an seiner Wange, seine Lippen bewegten sich, als murmele er etwas bei geschlossenem Mund, und seine mächtigen Fäuste ballten sich. Eine leider um mein Handgelenk.

„Ian!" Finn stieß ihn an. „Du brichst ihr das Gelenk!"

Ich keuchte, als es freigelassen wurde, und zog es schützend an den Körper. Ian maß Finn. „Um Vanessas willen, aber wage es nicht, mir noch einmal unter die Augen zu kommen."

Lachlan übernahm es, mich die Stufen hinunter zu geleiten. Ian folgte mit Finn im Schlepptau, der unablässig auf ihn einredete. „Du kannst sie nicht mitnehmen. Katharina braucht das Gefühl von Sicherheit und Freiheit. Daingead, sie gehört nicht in eine psychiatrische Klinik. Hör zu ..."

Aber Ian machte nicht den Anschein, auch nur ein Wort aufzunehmen. Im Hof wurden wir von Laird begrüßt. Er sprang um uns herum und blaffte.

„Hey, mein Großer!" Lachlan beugte sich vor, um der Monsterdogge die Ohren zu kraulen. „Hier bist du also abgeblieben." Laird blaffte, schleuderte dabei wie gewohnt Sabber in alle Himmelsrichtungen und setzte sich auf die Hinterbacken. Steif und mit starr aufgerichteten Ohren sah er zwischen Lachlan und Finn hin und her.

„Ganz der Alte!" Lachlan tätschelte ihn.

„Lachlan, jetzt reiß dich los!", schnarrte Ian, die Tür seines Landrovers aufreißend. Lachlan ließ sich nicht hetzen.

„War schön dich zu sehen."

„Katharina." Finn griff nach meiner Hand und unsere Blicke vereinten sich. „Ich versuche, Doktor Kilbridge von deiner Genesung zu überzeugen. Hör zu ..."

Lachlan verstellte uns den Weg und ich musste in den Wagen steigen. Die Tür schlug zu und Finns Stimme erreichte mich nur noch gedämpft.

„... erkläre, dass alles nicht passiert ist, sondern ..." Einbildung. Ian fuhr an, Schotter flog in die Luft und der Wagen machte einen Satz vorwärts.

„Sachte, bràthair." Lachlan hatte vorn Platz genommen und drehte sich nun zu mir. „Alles in Ordnung? Ist dir kalt?"

Ich zog die Schultern höher und legte die Arme schützend um mich.

„Warte, du kannst meine Jacke haben."

Die Fahrt endete überraschend schnell und nicht, wo ich es erwartet hatte. Der Duke of Skye wollte seine Schwägerin vermutlich nicht halbnackt vor dem Krankenhaus absetzen. Könnte ein Skandal werden, oder so.

„Katharina!" Vanessa eilte mir entgegen und legte schluchzend die Arme um mich. „O Gott, es geht dir gut!"

„Da liegst du falsch." Nie tat es besser, die Wahrheit zu sagen. „Ich wurde aus tiefstem Schlaf gerissen, musste verfolgen, wie man den Mann, der mir mehrfach das Leben gerettet hatte, umzubringen versuchte, und wie er schäbig bedroht wurde, ihm sein Hab und

Gut wegzunehmen. Mal abgesehen davon, dass ich genaugenommen gegen meinen Willen hier bin und erneut weggesperrt werden soll.“ Vanessa löste entgeistert die Umarmung und starrte mich an.

„Nein, ich glaube, mir geht es absolut nicht gut.“

„Katharina, bitte öffne die Augen“, knirschte Ian, der an die Seite meiner Schwester trat, um den Arm um sie zu legen. „McInnes …“

„Finn“, unterbrach ich ihn. „Nicht McInnes und vielleicht ist es an der Zeit, dass du die Augen öffnest!“

„Du verstehst nicht …“

„Ich verstehe sehr gut.“ Ich schüttelte die Jacke ab und reichte sie Lachlan. „Er hat nicht darum gebeten, als dein Bruder geboren worden zu sein! Sei wütend auf deinen Vater oder schieb Gladys die Schuld zu, aber Finn das Leben schwer zu machen, ist verabscheuungswert.“

Vanessa gaffte mich an.

„Ups“, murmelte Lachlan. „Ich lass dich das mal regeln, bràthair, bisher hattest du meinen Rat in der Angelegenheit offenbar auch nicht nötig.“

„Ich ziehe mich an“, verkündigte ich fast gleichzeitig. Wütend stapfte ich an den Zwillingen und meiner Schwester vorbei. „Zwei Minuten, dann kann es weiter gehen.“

„Lachlan, warte, ich wusste nicht …“

Ich ließ das Gespräch der Brüder hinter mir.

„Katharina!“ Vanessa hastete mir nach. „Wenn du noch müde bist, ruh dich doch aus.“

„Ich werde genug Zeit haben, mich im Krankenhaus auszuruhen“, beschied ich knapp. Mein Zimmer sah aus, als hätte ich es vor Kurzem erst verlassen. Die Decke war beiseite geschlagen und der Morgenmantel bereitgelegt worden.

„Aber, du bleibst doch bei uns."

Aus dem Bad kam eine Frau in Pflegeruniform und knickste vor Vanessa.

„Das ist Mrs Cole, sie wird sich um dich kümmern."

„Miss Hagedorn, ich habe schon so viel von Ihnen gehört, dass es mir eine besondere Freude ist, Sie endlich kennenzulernen." Sie streckte mir die Hand entgegen.

„Was soll der Zirkus?", wandte ich mich an meine Schwester.

„Ian hat durchgesetzt, dass du Vorort betreut wirst." Sie strahlte mich an, als wäre dies die beste Neuigkeit seit Jahren. „Keine weißen Wände mehr, kein Einheitsfraß und ganz viel Kontakt zu normalen Menschen." Ihre Miene fiel und verzog sich vor Ärger. „Und keine Misshandlungen mehr!"

„Warum jetzt?" Schließlich hatte ich schlimme Wochen in der psychiatrischen Abteilung hinter mich gebracht, bevor ich hatte fliehen können.

„Ich weiß, wie du gelitten hast", versicherte sie. Sie streckte die Hand nach mir aus. „Aber ich wusste einfach nicht, wie ich dir helfen konnte."

„Zuhören, Vanessa, mich ernstnehmen! Du hast gesagt, du würdest dich überzeugen lassen, wenn ich dir Beweise vorlege, stattdessen hast du mich wegsperren lassen!" Meine Wut schwand und ich schüttelte den Kopf. „Schön, ich bleibe also hier. Wenn du erlaubst, werde ich mich schlafen legen. Ich bin fertig." Und passend gekleidet war ich ebenfalls, auch wenn das

Nachthemd, das eigentlich Gladys gehörte, mir kaum
bis zu den Knien reichte.

„Na- Natürlich. Schlaf gut. Mrs Cole wird bei dir bleiben.“

„Selbst wenn ich schlafe?“ Das war einfach pathe-
tisch.

20. Der Eiertanz geht auf die Nüsse

Vanessa lächelte strahlend. „Das ist meine Schwester."

Neben uns befanden sich noch die Geschwister des Hausherrn und deren Partner im Salon: Lachlan und seine deutsche Frau Liny, die Schriftstellerin Catriona und ihr bürgerlicher Ehemann Richard. Die Duchess hatte sich entschuldigen lassen.

Die Resonanz war dennoch durchwachsen. Catriona eilte zwar auf mich zu, um mich zu umarmen und mir ihren Mann Richard vorzustellen, aber Liny blieb verhalten.

„Katharina, du hast Lachlan schon kennengelernt, er ist Ians Zwilling. Das ist seine Frau Liny, oh, du musst ihre süßen Zwillinge kennenlernen!" Die allerdings nicht anwesend waren.

„Hallo." Liny streckte die Hand aus. „Wir haben schon einiges über dich gehört."

„Sicherlich wenig Gutes." Was auch? Schließlich war ich doch die durchgeknallte, kleine Schwester, die mit dem unerwünschten Halbbruder unter einer Decke steckte.

„Ich fürchte, das war abhängig vom Gegenüber", griff
Lachlan ein. „Ich möchte mich für meinen Überfall entschuldigen, auch wenn unser frühes Erscheinen durchaus gewollt gewesen war."

„Ich habe ihm bereits gesagt, wie daneben eine solche
Aktion ist." Linys Lächeln wurde wärmer. „Allerdings
habe ich mich belehren lassen müssen, dass die Befreiung edler Ladys einiges an Unverfrorenheit erfordert.
Wir können uns wohl glücklich schätzen, dass du nur
aus dem *Schlaf* gerissen worden bist. Ian platzt auch
schon unerwünscht in Tête-à-Têtes."

„Erinnere mich nicht daran", murmelte Catriona.
„Rick hätte beinahe der Schlag getroffen."

Richard nahm Farbe an und versicherte sich, dass der
Hausherr nicht zugegen war. „Ich schwankte zwischen
panischer Flucht und heldenhaftem Angriff."

Lachlan und Liny lachten und sahen sich an. „Ich
hätte ihn verdroschen." Da waren sich die beiden einig.
„Genau wie Katharina." Lachlan feixte. „Wusch, und
Ian streckte alle viere von sich."

„Das ist nicht lustig", beschied Vanessa und dirigierte
die Gruppe zur Bar. „Kati, was möchtest du trinken?"

„Doch war es." Lachlan griff nach der Karaffe, die in
warmen, braungoldenen Tönen schimmerte, und goss
sich zwei Finger breit ein. „Richard? Die Ladys?"

„Ich bin nicht durstig."

„Er kann sich kaum bewegen", wisperte Vanessa, wobei sie sich nach Ian umsah. „Er muss ziemlich
schmerzlich aufgekommen sein."

„Er hat Finn geschlagen und dabei die Treppe hinun-
tergestoßen." Es war nicht als Verteidigung gedacht,

sondern als Korrektur des Betrachtungswinkels. „Entschuldige bitte, dass da die Pferde mit mir durchgingen.“

Lachlan pfiff. Vanessa glotzte mich an, als wären mir Hörner gewachsen und Catriona legte den Kopf schräg. „Was ist mit Finlay?“ Eine gute Frage, die ich nicht beantworten konnte.

„Catriona!“, zischte Vanessa und machte eine Handbewegung, die mir wohl verborgen bleiben sollte, und ihr die Kehle abschnitt. Sehr subtil.

„Meinen letzten Informationen nach verlief Finlays Leben nach unserer Begegnung katastrophal. Die Geschichte scheint sich zu wiederholen.“ Was mich an Gladys Worte erinnerte. „Offenbar der Fluch der Catriona McInnes.“

„Oh, die Hexe!“, ereiferte sich Catriona und erklärte den drei Unwissenden, was wir über die besagte Person – also mich – herausgefunden hatten.

„Und es gibt einen Fluch?“, fragte Lachlan, mich beäugend.

„Keine Sorge, sie bringt nur dem McInnes-Clan Unglück.“

„Wow, wer hätte gedacht, dass durch uralte, staubige Schriften zu wühlen derart aufregend sein kann?“ Liny schüttelte belustigt den Kopf.

„Apropos Schriftstücke“, griff Vanessa schrill auf. „Wie laufen denn eure Umbauarbeiten auf eurem Schloß Farquhar?“ Damit hatte sie Linys volle Aufmerksamkeit. Unauffällig näherte ich mich Catriona, die den Anschein erweckte, der Schwägerin gebannt zuzuhören.

„Hast du Daten? Wann wurde Finlay gefangen genommen und wann gehängt?"

„Ach herrje. Sicher weiß ich es nicht."

„Könntest du nachschauen?", bat ich, ohne den Blick von Vanessa zu nehmen, die immer wieder panisch in meine Richtung sah.

„Aye."

„Tabadh leat."

Bis dahin musste ich lediglich versuchen, mich zu beruhigen und mich nicht aufregen lassen. Aber das war gar nicht so einfach. Ian kam zu uns rüber, ließ sich von Lachlan einen Whisky reichen und stieß mit ihm an.

„Streitigkeiten geklärt?", griff ich die Unstimmigkeit vom Morgen auf. „Alles verziehen?"

Catriona senkte überrascht ihr Glas. Ihr Blick huschte zwischen uns hin und her.

„Können wir das ruhenlassen", presste Ian vor. „Das ist nicht der richtige Ort ..."

„Um über euren verstoßenen Bruder zu sprechen?" Der Moment käme nie.

„Katharina!", zischte Vanessa. „Lass das bitte!" Mit einem einzigen Schritt war sie bei mir, griff nach meinem Gelenk und wollte mich aus der Runde ziehen.

„Finlay McInnes."

Catriona lachte auf. „Màthair hätte fàthair unangespitzt in den Boden gerammt, hätte sie auch nur den Hauch eines Verdachts gehegt!" Sie suchte Bestätigung bei ihren Brüdern, die gleichermaßen betreten zur Seite schauten.

„Es ist besser, wenn wir das einfach vergessen", beschied Ian fest. „Er ist nicht unser Bruder."

„Ach nein?“, schnaubte ich wütend. „Er ist der Sohn eures Vaters. Er hat ihn geliebt, ebenso wie seine Mutter, und rotiert sicher in seinem Grab.“

„Du verstehst nicht …“, murrte Ian, wobei er jedes Wort hervorpresste.

„Finn ist ein toller Kerl. Aber keinen von euch kommt in den Sinn, ihn zu tolerieren, geschweige denn, ihm seinen Platz zuzustehen. Er ist eures Vaters Sohn. In seinen Adern fließt dasselbe Blut, die gleichen Gene stecken in euch.“ Mein Kopfschütteln sollte meine Fassungslosigkeit ausdrücken. „Hast du je versucht, freundlich mit ihm umzugehen?“

Ian presste den Kiefer aufeinander.

„Seit wann weißt du es?“, erkundigte Catriona sich gefasst. Ihr Blick flog zu Lachlan. „Und du wusstest auch Bescheid?“

Lachlan hob zur Verteidigung die Hände. „Nay. Heute erst herausgefunden.“

„Ian?!“ Wut funkelte in Catrionas Augen.

„Er gehört zur Erbmasse“, knurrte der Gefragte. „Er ist lediglich … Catriona, er wird nicht zu unserem Bruder, weil wir dieselben Gene teilen. Er ist verschlagen und kein Umgang für euch.“ Er füllte sein Glas nach und schüttete den Whisky mit einem Schluck hinunter. „Finn wird dein Mitleid nur ausnutzen.“

Catriona schüttelte den Kopf. „Etwas ganz Ähnliches sagtest du auch über Richard.“ Sie fischte nach der Hand ihres Mannes und reckte die Schultern. „Ich werde mir selbst ein Bild von unserem Halbbruder machen.“

„Catriona", knirschte Ian, der sich Rückhalt von seinem Zwillings-Bruder mittels eines Blicks erbat. „Vertraue in diesem Fall …"

„Catriona, Katharina ist verwirrt, du solltest auf Ian vertrauen", sprang Vanessa ein. Ich verdrehte die Augen.

„Finn ist ein sehr großzügiger und mitfühlender Mann. Er arbeitet, und kümmert sich ergreifend um seine kranke Mutter." Und um mich, aber das wollte ich nicht als Argument nutzen. „Er hat nicht verdient, herumgeschubst und bedroht zu werden."

„Er hatte dich in seiner Gewalt!", bellte Ian. „Er hat mich belogen und versteckte dich, wobei er genau wusste, wie instabil du bist." Er hob beruhigend die Hände. „Katharina, selbstverständlich ist er charmant zu dir, er will dich um den Finger wickeln. Du weißt nicht, was er vorhat. Er ist ein Erbschleicher!"

„Vielleicht hat er einfach vor, in Frieden zu leben?"

Vanessa rang die Hände. „Oh, vielleicht sollten wir …"

„Ja, diese Diskussion führt zu nichts, solange der Herr Duke stur auf seiner Haltung beharrt." Ich schoss einen giftigen Blick auf ihn ab. „Verzeiht mir, aber ich denke, ich habe genug von dieser Gesellschaft für heute!"

Obwohl ich es nicht erwartete, besuchte Catriona mich spät in der Nacht. Um meinen Wachhund, Mrs Cole, nicht aufzuwecken, verschanzten wir uns im Bad. „Ich habe dein Bericht eines Leutnant Carstairs an das Oberkommando gefunden, dass sich der Verräter McInnes in Gewahrsam befindet. Datiert ist er auf den 13. März 1747. Außerdem soll er an der Seite Lord Lovats am 9. April hingerichtet worden sein, und zwar in London."

Das bedeutete dann, dass er nach meiner Befreiung und meiner Rückkehr noch am Leben und in Freiheit war. Und zwar gute sechs Wochen lang.

„Die Hexe wurde übrigens laut der vorliegenden Daten am 02. Februar dem Feuer übergeben." Catriona zuckte unschlüssig die Achseln. „Allerdings habe ich auch Dokumente gefunden, die besagen, dass es sich dabei nicht um die Hexe von Dunvegan gehandelt haben soll, sondern um eine ältere Frau, die niemand kannte. Eine namenlose Hexe."

„Hm", machte ich verwirrt. Es passte alles sehr gut, auch, dass eine andere Frau an meiner Stelle gestorben sein konnte. Aber was bedeutete das nun für mich? War es noch von Bedeutung, nachdem ich diese Spiegeltheorie aufgestellt hatte? „Was weißt du über die Fairy Pools?"

„Puh, eine Menge."

„In dem Zusammenhang schon mal etwas über Zeitreisen gehört?" Ich fischte im Trüben.

„Nay, aber über Besuche im Feenreich." Catriona zuckte die Achseln. „Gegen Lebenskraft kannst du eine wilde Party mit ihnen feiern." Sie zwinkerte. „Allerdings soll es Nachwirkungen geben, die dich in Schwierigkeiten bringen. Inklusive unerwünschter Nachkommen." Sie lachte auf. „Ich hielt es immer schon für Unfug, aber der Gedanke ist faszinierend, meinst du nicht?"

„Klingt nach einem schlechten Trip." Ich kicherte gezwungen. „Was ist Lebenskraft?"

„Wer weiß." Sie seufzte gedehnt, wobei sie mich eingehend betrachtete. „Was meinst du, kann man Finn trauen? Ian meint, er wolle nur sein Erbe abgreifen."

„Ich bin davon überzeugt, dass ihm sein Erbe weniger bedeutet als seine Familie." Ich gähnte versteckt. „Aber ich bin wohl voreingenommen."

Catriona verabschiedete sich und ich kuschelte mich wieder in mein kaltes Bett. Meine Gedanken kreisten um Lebenskraft, Feen und Spiegelbilder. Mein Bauch sagte mir, dass es zwei Seiten in dieser Geschichte gab, wenn auch nur ein Bild. Es zog mich zu Finn, wie es mich auch zu Finlay gezogen hatte. Sie waren sich sehr ähnlich, genau wie alles Drumherum sich wiederholte. Meine Gefangenschaft, meine Befreiung, die Ressentiments zwischen den Familien. Die Heilkundige.

Gut möglich, dass es ein Spiel der magischen Geschöpfe war, und sie sich die Bäuche hielten vor Lachen, weil ich die Augen nicht aufbekam. Gut möglich, dass ich hier alles hatte, was ich mir wünschte. Aber Finlay ging mir nicht aus dem Kopf. Er war gestorben, wie man sagte, mit meinem Namen auf den Lippen. Das konnte ich nicht einfach vergessen. Ich fühlte mich schuldig und war mir sicher, niemals in Frieden glücklich sein zu können, ohne es nicht zumindest zu versuchen. Ich musste ihn retten. Ich musste gradebiegen, was ich verbockt hatte. Also, was war Lebenskraft?

Wenn ich dieses Mal sprang, musste ich alles richtig machen, denn ich konnte und wollte Finn nicht weiter mit meiner Leichtsinnigkeit belasten. Er machte sich Sorgen und es war nun mal nicht ungefährlich, von dieser Plattform in die Fairy Pools zu springen. Ein letztes Mal. Nur, wie schaffte ich es, alles richtig zu machen?

Mrs Cole erneut zu entkommen war nicht schwierig, denn nach fast einer Woche wusste ich, dass sie tatsächlich wie eine Tote schlief. Damit hatte ich die Nacht zu meinen Gunsten, die ich aber brauchen würde, um Finns Haus zu erreichen. Ich brauchte aber bedeutend mehr Zeit. Viel mehr Zeit, weshalb ich zum einen den Zugang zum Geheimgang öffnete, um anzudeuten, ich sei auf Entdeckungsreise. Er gehörte zu denen, die sich mit einigen anderen kreuzten, was für mich wie gerufen kam. In einen anderen Gang, der ohnehin auf meinem Weg lag, warf ich einen Pantoffel und eine Batterie auf den Boden, in der Hoffnung, dass man ihn fand und annahm, ich sei noch irgendwo in den Gängen verborgen. Ich nahm den Seitenausgang, schlich mich wie ein Dieb durch den Garten und verließ das Gelände am Seeufer, wobei ich mir kalte und vor allem nasse Füße holte. Vanessas Handy wies mir den Weg. Ich haderte zwar mit mir, dass ich das Gerät mitgenommen hatte, aber Vanessa ließ es häufig liegen und so hoffte ich, fiele es nicht auf, wenn es mal wieder verschwunden war.

Ich erreichte Finns Haus noch vor Sonnenaufgang, jedoch ziemlich außer Atem.

Auf dem Weg um das Haus herum entdeckte ich, dass Licht in einem der unteren Zimmer brannte, allerdings waren die Gardinen zugezogen. Die Hintertür ließ sich überraschenderweise ohne Probleme öffnen. Das beleuchtete Zimmer lag gleich zu meiner Linken. Die Tür stand offen und das Licht tanzte vor mir auf dem Boden. Finn saß in dem großen, braunen Lehnsessel vor dem Kamin, Laird zu seinen Füßen und eine Flasche Whisky baumelte in seiner Hand.

Die Dogge sah mir entgegen und hob die Ohren.

„Sagtest du nicht, Alkohol wäre ungesund?“

Die Flasche ging zu Boden und erschreckte Laird, der aufsprang und sich in die Ecke trollte. Finn torkelte, als er ebenfalls hochkam, und hielt sich an der Lehne fest.

„Katharina!“

„Du hast dich volllaufen lassen.“

Finn riss sich von meinem Anblick los und betrachtete das Durcheinander inklusive Scherben auf dem Boden. „Daingead, das ist …“

„Halb so wild. Laird, raus mit dir.“ Die Dogge blaffte, trottete aber zur Tür, wo sie noch einmal zu uns zurücksah, bevor sie abbog und aus meinem Blickfeld verschwand. „Das sollten wir saubermachen.“

Finn strauchelte vorwärts und riss mich an seine Brust zu einer innigen Umarmung.

„Es tut mir so leid“, flüsterte er eindringlich. „Ich habe versucht, dich zu besuchen, aber der Stümper hat mich am Tor abblitzen lassen, immer wieder.“ Sein massiger Körper erschauerte. „Aber ich gebe nicht auf.“

„Ich war auf Dunvegan, unter Beobachtung, aber zumindest nicht zwangsmedikamentiert und eingeschlossen.“ Ich schob ihn resolut von mir. „Also genug mit dem Selbstmitleid verstanden!“

„Aye, Mylady.“

Ich knuffte ihm in die Schulter und wurde erneut in eine mächtige Umarmung gezogen. Dieses Mal gab er mich nach wenigen Augenblicken frei und zog mich mit sich. „Ich brauche Kaffee. Dann zehn Minuten zum Packen.“ In der Tür zur Küche blieb er stehen und überdachte seine Worte. „Zwanzig. Mir dröhnt der Schädel. Kannst du fahren?“

Ich folgte ihm bis zum Wasserkocher an der Fensterfront, wo er meine Hand endlich freigab. Er häufte sich gleich drei Löffel löslichen Kaffees in eine kleine Tasse, gab doppelt so viel Zucker hinzu und wartete auf das Wasser, ohne den Blick von mir zu nehmen.

„Was hast du vor", fragte ich ihn sanft, als er an dem kochend heißen Mocca nippte.

„Abhauen. Wenn wir erst einmal über die Brücke am Kyle of Lochalsh sind, wird es für ihn verdammt schwer, uns zu finden." Er schnappte sich meine Hand und spielte zärtlich mit meinen Fingern.

„Das hast du nicht durchdacht." Der Plan war bescheuert. „Wovon sollen wir leben, hm? Hey, im 21. Jahrhundert verschwindet man nicht so einfach, man hinterlässt immer elektronische Spuren und ich komme nicht einmal von der Insel!" Gemeint war die britische Insel, nicht Skye. „Ich habe keinen Ausweis."

„Aye, ich weiß." Er rieb sich mit der Tasse in der Hand die Stirn, um meine Finger nicht loslassen zu müssen. „Es wird nicht leicht und es gibt tatsächlich einige Punkte, die ich noch einmal überdenken muss, aber wir können nicht hierbleiben." Er zog mich näher. „Ian mag ein arroganter Idiot sein, aber er steht zu seinem Wort. Er wird mir alles wegnehmen, was er nur in die Finger bekommen kann, aber dich nicht. Nicht noch einmal." Er hob unsere Hände und legte seinen Daumen an meine Wange, als er sich vorbeugte und seinen Mund sacht auf meinen presste. „Zur Hölle mit der Professionalität", raunte er. „Katharina, ich bekomme dich einfach nicht aus meinem Kopf."

Die Tasse klirrte, als sie abgesetzt wurde, dann umrahmten seine großen Hände mein Gesicht und aus seinem keuschen Kuss wurde ein heißer. Seine Zunge schnellte vor, sobald ich meine Lippen öffnete und suchte nach meiner.

Es brauchte nicht mehr, um die Sache zu entscheiden. Schon sein erster sanfter Vorstoß weckte meine unbändige Sehnsucht und ließ mich zittrig gegen ihn sinken. Obwohl ich stocknüchtern war, bebten meine Knie, als hätte ich die Flasche Whisky geleert und nicht er. Meine Finger konnte ich selbst dann nicht ruhig halten, als ich sie fest auf seine Brust legte. Meine Atemzüge kamen zittrig.

„Fi-Finn."

„Ich kann nicht aufhören." Trotzdem presste er die Lippen zusammen, anstatt auf meine. „Seit ich dich auf der Plattform gesehen habe, vergeht kein Tag, an dem ich mir das hier vorstelle. Dass ich dich im Arm halten könnte, dich küssen könnte. Herrgott, wenn es sein muss, opfere ich den Feen mein Erstgeborenes, wenn ich dich nur nicht verlieren muss."

Er brach mir das Herz. Heiße Tränen rollten über mein Gesicht. „Ich will gar nicht, dass du aufhörst", gestand ich ihm. „Sondern ins Bett gehen."

Er brauchte einen unheimlichen Moment, bis er meine Worte verarbeitet hatte, dann riss er mich zurück in seine Arme und küsste mich einmal mehr, als gäbe es kein Morgen.

Er überrumpelte mich, als er mich auf den Arm nahm, weshalb ich mich quiekend an ihn klammerte.

„Lass mich runter!"

„Nay, Prinzessin. Ich versäume keine weitere Sekunde, dich auf Händen zu tragen."

„Amadain", wisperte ich, meinen Mund wieder auf seinen pressend, um den Moment in seiner vollen Süße auszukosten. Finn hielt nicht genau Kurs, aber achtete darauf, dass er es war, der irgendwo gegenstieß und nicht ich.

Er legte mich auf dem ungemachten Bett ab, während wir uns noch immer küssten, und begann meine Jacke zu öffnen.

„Ich weiß nicht, ob ich kann", murmelte er, nachdem er einige Küsse auf meinem Gesicht und meinem Hals verteilt hatte.

„Was?" Ich drückte ihn von mir.

„Zu viel Whisky", er verzog drollig das Gesicht, „aber ich weiß, dass ich dich zumindest verwöhnen kann, wie du es verdienst."

Ich versagte mir meine Enttäuschung, bemühte mich um ein verständnisvolles Grinsen und strich über seinen Rücken. „Vielleicht legt sich der Alkoholpegel genug, möchtest du es probieren?"

„Aye", stöhnte Finn. Er befreite mich von meinen Ärmeln und rutschte ab, um eine Spur heißer Küsse über meinen Hals und dann mein Dekolleté zu legen. Da ich auf einen BH verzichtet hatte, kam ich sofort in den Genuss seiner heißen, feuchten Lippen, die sich unglaublich zärtlich um meine Brustwarze schlossen und an ihr saugten. Mein Seufzen erstickte ich auf halbem Weg.

Er neckte mich, ließ seine Lippen über die sensible Spitze meiner Brust reiben, bevor er sie blitzschnell anleckte oder sie sanft um sie schloss. Süßes Verlangen schaukelte sich in mir auf, dass ich mir auf die Lippe beißen musste, um meine Seufzer zu unterdrücken.

Nach einer erregenden Ewigkeit verabschiedete er sich mit einem Seufzen von meinen Brüsten und ließ seinen heißen Mund tiefer wandern. In meinem Bauch tanzten Schmetterlinge Samba, während es etwas tiefer, etwas intensiver wurde. Finn zog mir die Jeans mitsamt meinem Slip über die Hüften und blies in meinen Schritt. Meine Schamlippen schwollen augenblicklich an und schickten tausend Boten aus, um meine Bereitschaft kundzutun.

„Finn", stöhnte ich leise. „Bitte." Ich zog die Beine an, zerrte an dem nervigen Stoff, der uns nur daran hinderte, endlich zusammenzukommen, und fischte nach ihm, als ich endlich die Beine frei hatte.

Finn gönnte mir einen leidenschaftlichen Kuss, bei dem er mich zurück in die Matratze drückte, bevor er mich enttäuscht zurückließ. Seine Hände huschten über meinen Körper, drückten meine Brust, neckten die Innenseite meiner Schenkel und schoben sie dabei auseinander, aber nicht, um sich endlich mit mir zu vereinen.

„Finn, ich will dich."

„Und ich dich." Er küsste meinen Bauchnabel. „So wahnsinnig sehr." Der nächste Kuss landete auf meinen Venushügel.

„Finn."

Seine Zunge huschte über meine Schamlippe, wodurch ich seinen Namen verschluckte. Mit den Fingern öffnete er meinen Schoß für seine intime Liebkosung. So von ihm geküsst zu werden, sprengte meine Zurückhaltung. Mein Stöhnen hallte im Raum wider, aber das war mir gleich. Ich wollte, dass er wusste, was er in mir auslöste.

Sein Lachen schickte eine erotische Vibration durch meinen Körper, saugte er doch gleichzeitig an meiner Klitoris. Seine sanfte Berührung, er streichelte unentwegt meinen Körper, wobei er die sensible Haut meiner Schenkelinnenseiten besondere Aufmerksamkeit schenkte. Mein Körper bebte, mein Kopf drehte sich, aber ohne schwere Gedanken wälzen zu müssen. Ich war ganz im Jetzt. Nur hier, bei ihm, und ich wollte auch nirgendwo anders sein. Nicht in diesem Moment, eigentlich nie wieder, aber eine leise Wehmut blieb. Ich wusste, dass es nicht für immer wäre. Tränen brannten in meinen Augen, als die Lust immer höhere Wellen schlug.

„Finn." Ich suchte den Kontakt zu ihm, griff in sein Haar und zupfte daran. „Oh!"

Ich wollte mich im Zaum halten, wollte warten, bis er richtig mit mir schlief, aber die Sehnsucht übertölpelte mich. Ich schrie. Meine Schenkel schlossen sich und auch meine Finger krallten sich fest in seinen Schopf, als ich mich aufbäumte. Ich zitterte am ganzen Leib, Tränen rollten über meine Schläfen und mein Herz schlug so schnell, dass es zwischendrin einen Takt aussetzte. Finn beendete seine Liebkosung nicht sofort. Er streichelte mein Inneres mit sanften Bewegungen, bis sich mein Körper langsam wieder entkrampfte.

Dann rutsche er zu mir hoch. Sein Körper presste sich an meinen und er grinste mich an. „Gut?"

„Amadain", wisperte ich zärtlich und zog ihn zu mir herab, um ihn zu küssen. Ich schmeckte mich selbst, aber das machte den Kuss nur noch süßer. „Ich sehne mich nach dir."

„Was für ein Glück", murmelte Finn grinsend. Er presste seinen Schoß an meinen. „Dass dein Reiz stärker ist, als die Wirkung des Alkohols."

Ich lachte auf, nannte ihn erneut einen Idioten und schlang die Beine um ihn.

„Dein Wunsch ist mir Befehl, Prinzessin." Damit vereinte er sich endlich mit mir. Ich hielt den Atem an, blinzelte zu ihm auf und verbrannte fast in der Hitze, die sein Anblick in mir auslöste. Mein Herz blieb stehen, mein Atem setzte aus und mein ganzes Leben kam zu einem jähen Stopp. Ich war angekommen.

Finn strich mir über die Wange. Er sah mich an, als sähe er mich zum ersten Mal. Verwunderung leuchtete in seinen Augen und ein zartes Lächeln spielte um seine Lippen.

„Das ist anders."

Da konnte ich ihm nur zustimmen.

Sein Grinsen wurde abenteuerlustig. Er legte die Hände an meinen Po und zog sich langsam aus mir zurück. Eine Weile piesackte er mich mit langsamen, inniglichen Stößen, bis ich atemlos den Kopf hin und her warf. Ich war fast davor, erneut in den Rausch der Leidenschaft zu fallen.

Ich wisperte seinen Namen, küsste ihn verlangend, in der Hoffnung er verstände meine unausgesprochene Forderung.

„Finn, ich kann nicht länger!"

„Gut, du bringst mich nämlich um!" Er küsste mich, bevor er sein Tempo anhob und uns beide gemeinsam über die Klippe springen ließ. Ich klammerte mich an ihn, gab ihm nicht die Möglichkeit, auch nur einen Millimeter von mir abzurücken. Sicherlich hatte mein Schrei sein Trommelfell platzen lassen, seinen hatte er mannhaft unterdrückt.

„Ich bin sprachlos", murmelte Finn. Er schlang die Arme um mich und rollte sich auf den Rücken. „Entschuldige, aber ich glaube nicht, mich länger anstrengen zu können." Tatsächlich wurde er unter mir schlaff und auch seine Hände rutschten ab. Sie blieben an meinen Seiten liegen, aber ohne Druck. „Katharina ..."

Ich setzte mich auf und beugte mich vor, um ihm die Worte von den Lippen zu küssen. „Du darfst dich nun ausruhen." Ich grinste breit. „Nur eines noch: Ich bin froh, dich kennengelernt zu haben. Dafür hat sich der ganze Ärger gelohnt."

Finn wollte etwas erwidern, aber ich legte ihm die Finger auf den Mund.

„Scht. Ich weiß."

Finn entspannte sich, seine Lider senkten sich halb und fielen immer wieder zu. Aber er kämpfte mit der Müdigkeit, nur um mich einen Moment länger ansehen zu können.

Es tat weh, ihn zu spüren, seinem Blick zu begegnen und zu wissen, dass ich dies vielleicht nie wieder erleben würde.

21. Showdown an den Fairy Pools

Meine Knie waren selbst eine Stunde, nachdem ich Finn verlassen hatte, noch immer zittrig und machten mir jeden Schritt zusätzlich schwer. Ich trug schwer an der emotionalen Last, schließlich hatte ich Finn mit meiner Aktion an diesem Morgen etwas versprochen, was ich nicht halten konnte. Es war nichts Einmaliges gewesen, weder für mich noch für ihn. Wir wussten es beide, und doch verließ ich ihn. Ich konnte nur hoffen, dass er mich hasste, wenn er es herausfand und er es so leichter verkraftete.

In der Ferne meinte ich ein Bellen zu hören, aber das war nicht das erste Mal, dass ich mir einbildete, von Laird verfolgt zu werden. Allerdings hatte ich die Monsterdogge überlistet und in der Küche eingesperrt. Vermutlich hörte ich einen anderen Hund, trotzdem warf ich einen furchtvollen Blick zurück.

Ich hatte mich entschieden und wollte Finn nicht wieder mit einer neuerlichen Konfrontation verletzen. Die Letzte war noch zu frisch in meinem Gedächtnis, und zumindest mir hatten meine eigenen Worte wehgetan.

Laut dem Navi auf Vanessas Handy näherte ich mich meinem Ziel, auch wenn mein Auge steif und fest behauptete, dass die Entfernung einfach nicht schrumpfte.

Ich war schrecklich müde, schließlich war ich bereits die Nacht hindurch gewandert, hatte Marathon-Sex gehabt und hielt mich immer noch zu einem straffen Marsch an. Aber natürlich war Zeit ein entscheidender Faktor. In Dunvegan werden sie mittlerweile bemerkt haben, dass ich weg war. Mit etwas Glück durchsuchten sie noch einige Stunden lang die Geheimgänge, dann wäre ihr nächster Weg vermutlich zu Finn. Der schlief durch die Anstrengung und den Alkoholrausch hoffentlich, bis ihm seine Halbbrüder auf die Pelle rückten.

Mein schlechtes Gewissen quälte mich, aber letztlich war es unvermeidbar. Auch wenn ich nicht bei ihm gewesen wäre, wäre er der Erste gewesen, bei dem sie mich gesucht hätten. So hoffte ich, sie durch meine Briefe beruhigen zu können.

Was machte ich mir vor?

Es war noch ein Stück und auf dem Weg konnte ich meiner Mutter eine Nachricht aufnehmen.

„Hallo, Mama. Ich wollte dir schreiben, aber ich bekam die Worte nicht auf das Papier. Ich dachte, es fiele mir leichter …“ Ich stoppte die Aufnahme, weil ich keine Ahnung hatte, wie ich fortfahren sollte. „Hör zu. Vanessa wird sagen, dass ich schlicht verrückt geworden bin, aber das stimmt nicht. Ich weiß, was ich tue und weder Gott, noch Engel oder sonstwas flüstern mir etwas zu. Ich bin wirklich bei klarem Verstand.“ Ich verhedderte mich in Ausreden. „Mama, es tut mir einfach leid. Denk bitte daran … Es ist ja nicht so, dass ich euch wirklich fehlen werde.“ Oh, das klang falsch, also löschte ich alles und begann von vorn. Ich brauchte drei weitere Aufnahmen, bevor ich auf ein simples Ende kam. „Ich liebe dich und es tut mir wahnsinnig leid, dir wehtun zu müssen. Verzeih mir.“

Ich schickte es ab, als ich die Felsformation erreichte, in der die Fairy Pools sich versteckten. Obwohl ich bereits Dutzend Male den Weg hinaufgetigert war, erschien er mir heute doppelt lang, und oben angelangt schnappte ich nach Atem. Der Ausblick war majestätisch und genau so, wie ich es von meinem allerersten Besuch her in Erinnerung hatte. Ein leichter Nebel hing über dem Becken und feine Wasserperlen legten sich auf mein Gesicht. Es rauschte ohrenbetäubend und doch war es, als zwitscherten Vögel und summten Bienen um mich herum. Friedlich war wohl das Wort, das diesen Moment am besten beschrieb, denn obwohl ich mit einer schweren Last hier heraufgekommen war, empfand ich nun pure Zufriedenheit. Es endete, wie es begonnen hatte und dieses Mal richtete ich die richtige Bitte an die Feen. Ich machte alles wieder gut. Weder Finlays noch Finns Leben sollten durch mich negativ beeinträchtigt werden, egal, was es kostete.

Ich atmete erneut tief ein.

„Katharina!“

Und riss entsetzt die Augen auf.

„Nicht. Tu das nicht.“ Finn kam mit flehentlich gehobenen Händen langsam auf mich zu. „Du wirst das Gefühl haben, dass du diesen Schritt tun musst, aber so ist es nicht.“ Die Eindringlichkeit in seiner Stimme stach mir ins Herz.

„Als ich dich das erste Mal sah, standest du genau dort. Du hast gelacht und dich dann zum Wasserfall gewendet, um die Augen zu schließen, genau, wie du es gerade eben getan hast. Katharina, seit diesem Augenblick bekomme ich dich einfach nicht mehr aus dem Kopf." Er kam immer noch langsam näher. „Ich weiß noch, dass ich auf dich zugegangen bin, obwohl ich es gar nicht bemerkt hatte. Erst als deine Schwester etwas schrie, wurde mir bewusst, dass es mich zu dir gezogen hatte – unbewusst." Finn streckte mir die Hand entgegen. „Als du von dieser Klippe stürztest, dachte ich nicht einmal darüber nach, ich sprang einfach hinterher." Sein Blick war furchtgetränkt. Es machte mich wehrlos und zerriss mich gleichermaßen.

„Es tut mir leid."

Er berührte mich fast. „Gib mir deine Hand."

„Ich muss das tun. Ich muss es wieder gradebiegen." Auch wenn niemand es verstehen konnte, fühlte ich mich doch dazu verpflichtet, Finlay und seinen Clan vor dem Los zu bewahren, dass sie meinetwegen ereilt hatte. Ich wollte nicht der Fluch der McInnes sein, die Hexe von Dunvegan. Damit konnte ich nicht leben.

„Es ist kein Tor, Katharina, so funktioniert es nicht!", sprach er eindringlich auf mich ein. „Du wirst nicht in die Vergangenheit springen. Wenn du Pech hast, verletzt du dich ernstlich oder ertrinkst schlicht. Wenn du Glück hast ..."

„Passiert nichts." Das hatte ich mir auch überlegt. „Aber ich muss zumindest versuchen, die Feen dazu zu bringen, alles rückgängig zu machen. Denk doch, was das für dich bedeuten kann." Ich stieß seine Hand fort.

„Vielleicht wirst du auf Mull aufwachsen? Wäre es das nicht wert?"

Finn klappte der Mund zu, allerdings erholte er sich schnell wieder. „Ich liebe dich."

Da es das Letzte war, was ich hören wollte, drehte ich mich weg.

„Und das ist es doch, was du dir gewünscht hast, als du damals in die Fairy Pools fielst. Liebe."

Die Konfrontation lief noch schlimmer ab, als ich es mir ausgemalt hatte. „Finn …"

„Ich liebe dich, Katharina."

„Warum wundert es mich nicht, dich hier zu treffen", schnarrte es hinter uns. Meine Überraschung ließ mich aufspringen, was mich beinahe über die Klippe hätte gehen lassen. „Katharina, was auch immer er dir einredet, das ist es nicht wert." Ian deutete in die Tiefe. Er hielt ein Telefon in der Hand und richtete seinen schneidenden Blick verächtlich auf Finn. „Ich habe dich gewarnt, McInnes, und das hier ist selbst für dich …"

„Was tust du hier!", fragte ich ihn, weil mir absolut schleierhaft war, wie Ian jemals darauf hätte kommen sollen, mich hier zu finden. Es sei denn natürlich, er wäre Finn gefolgt. Verflixt, daran hätte ich denken sollen.

Ian hob die Hand. „Du hast Vanessas Handy dabei."

Mir klappte der Mund auf. „Du hast eine Spyware auf dem Telefon deiner Frau? Wow, ihr McDermitts seid echt einmalig."

„Eine Tracing-App und zwar mit ihrer Einwilligung. Daingead, sie verlegt das Gerät drei Mal am Tag! Jetzt komm her. Vanessa macht sich Sorgen und der Arzt rät zur absoluten Ruhe." Er winkte mir auffordernd zu, wartete aber nicht darauf, dass ich gehorchte. Resolut kam er näher. Wenn ich das durchziehen wollte, dann sofort.

„Bei Finn liegen erklärende Abschieds-Briefe für euch."

„Katharina ..." Er klang ahnungsvoll, was mich antrieb. Mit einem Schritt von ihm fort, holte ich das Messer aus meiner Jackentasche. Ich fasste fest zu und streckte die andere Hand aus, während ich vorwärtsging. Der Schnitt schmerzte und ließ mich zusammenzucken. Mein Fuß hing im Nichts, als meine Hand nach hinten gerissen wurde. Erschrocken entwich mir ein leises Nein.

Mein Schwung riss mich trotzdem von der Plattform, aber eben nicht allein. Finn schlang die Arme um mich, wodurch er mein Gelenk freigeben musste. Wir drehten uns im Fall und kamen mit einem Schwung auf, der mir den Atem aus der Lunge presste, obwohl er den Aufprall mit seinem Körper abfing. Wir gingen unter. Ich spürte seine Arme um mich und schrie. Blasen stiegen an die Wasseroberfläche und im nächsten Moment gab es einen Ruck nach oben. Finn trat Wasser. Obwohl es eiskalt war und meine Gliedmaßen nicht gehorchten, wuchtete er uns mit kräftigen Beinbewegungen nach oben.

Meine Lunge vereiste, als ich endlich Luft einziehen konnte.

„Du weißt es!", keuchte Finn. „Verflucht, ich drehe màthair den Hals um." Er trat weiterhin Wasser, während er mich fest umschlungen hielt und mich wütend mit seinem Blick durchbohrte.

„Ich bin von selbst drauf gekommen", schnatterte ich, zitternd vor Kälte. „Lebenskraft. Finlay behauptete, mich ohne das Blut, das ihm den Weg wies, gar nicht hätte ausmachen können und als du mich rauszogst, hatte ich auch eine schwer blutende Wunde."

„Es ist kein Portal! Es ist ein Wunschbrunnen! Daingead, Lassie, ich hoffe, du hast deinen Wunsch gut formuliert." Er sah sich um. „Komm, wir müssen aus dem Wasser, bevor uns die Hyperthermie zu sehr zusetzt."

„Ich wollte nicht, dass du dich in Gefahr bringst." Meine Zähne schlugen aufeinander. Sein Blick kehrte zu mir zurück und fokussierte sich auf mich. Er legte die Hände um mein Gesicht.

„Egal wie oft, ich werde dir jedes Mal hinterherspringen."

Wärme durchströmte mich, als er mich sanft küsste.

„Jedes Mal, denn lieber sterbe ich bei dem Versuch, dich zu retten, als dass ich auch nur einen Moment ohne dich sein muss. Ich liebe dich."

„A ghràidh agam ort-sa", flüsterte ich in Tränen ausbrechend.

„Gut." Er hob mein Kinn an. „Ich bin hier und du gehörst auch hier hin. Selbst wenn es ein Tor in die Vergangenheit wäre, ist das nicht dein Platz. Du gehörst in die Zukunft, in meine Zukunft, sofern ich ein Wort mitzusprechen habe, und glaube mir, das wird noch ein hartes Stück Arbeit."

„Ian", mutmaßte ich, wobei ich mich seiner Schwimmbewegung anpasste.

„Aye. Er wird es uns nicht leicht machen, aber ich bin bereit, für dich durch die Hölle zu gehen ..."

22. Weihnachten auf Skye

Ich steckte meinen Pony fest und sprühte Haarlack auf die Spange. Tief durchatmend starrte ich mich im Spiegel an. Schon wieder stand ein Weihnachtsessen an und ich wünschte, ich müsste nicht teilnehmen.

„Hey", murmelte es in meinem Rücken, bevor er in der Reflektion auftauchte. Finn schlang die Arme um meine Mitte und drückte mir einen Kuss in die Halsbeuge. „Da ist ja mein Lieblingsgeschenk."

„Ich bin kein Geschenk, Finn", mahnte ich ruhig. „Können wir das nicht einfach ausfallen lassen?"

„Wir haben stundenlang gekocht", tat Finn schockiert von meinem Vorschlag. „Und die Gäste sind sicherlich bereits auf dem Weg!"

Ich stöhnte gedehnt. „Wer kam nur auf diese blöde Idee, ein Familienweihnachtsessen zu geben?"

„Du." Er gab mir noch einen Kuss. „Und niemand wird bohrende Fragen stellen."

„Ha!" Das glaubte ich erst, wenn ich tatsächlich verschont bliebe. Es klingelte an der Haustür und ich zuckte zusammen. „O mo chreach."

„Keine Sorge, a ghràidh. Wenn wir Glück haben, kommen nur unsere Schwestern und Mütter. Das sollte einigermaßen harmonisch über die Bühne gehen."

Wieder klingelte es und Finn zwinkerte mir zu. „Lass dir ruhig Zeit.

Aber ich brachte es nicht über mich, ihn alleinzulassen. Ich folgte ihm die Treppe hinab und klammerte mich an das Geländer, als er die Tür öffnete.

„Halò. Kommt rein." Er wich zur Seite. Mir stockte der Atem. Jetzt entschied es sich, ob meine Bemühungen, die Familie näher zusammenzubringen, zumindest kleine Früchte trugen. Catriona trat ein und sah sich neugierig um. Als sie mich entdeckte, winkte sie mir zu. Ihr Mann folgte ihr bepackt mit Geschenken.

„Richard", grüßte Finn. „Es ist der Vierundzwanzigste Dezember, Geschenke wären gar nicht nötig gewesen."

„Meiner Recherche nach", korrigierte Catriona ihn, während sie aus der Jacke schlüpfte und sie Finn in die Hand drückte, bevor sie ihm einen Kuss auf die Wange hauchte. „Öffnet man in Deutschland die Geschenke bereits am Vierundzwanzigsten."

„Aber wir sind in Schottland." Ich umarmte Catriona und deutete den Flur hinunter. „Bitte geh vor." Nachdem ich auch Richard umarmt hatte, schloss ich die Tür. „Wir freuen uns sehr, dass ihr gekommen seid."

„Selbstverständlich", rief Catriona über die Schulter zurück. „Vanessa bringt eure Mutter mit, leider war sie noch nicht fertig und wir dachten uns, wir verzichten auf die Fahrgemeinschaft zu Gunsten der Pünktlichkeit."

Ich folgte Finn, dessen breiter Rücken mir die Sicht auf unsere Gäste versperrte und sparte mir meine Worte, bis wir das Wohnzimmer erreichten.

„Wow!", frohlockte Catriona, als sie sich umsah. Ich hatte mir besonders viel Mühe mit der Dekoration gegeben und aus dem rustikalen Wohnzimmer ein weihnachtliches Glanzstück gezaubert. „Rick, die Geschenke gehören unter den Baum. Ah, Gladys!" Catriona eilte zu der alten Dame, die sich am Kamin warmhielt und umarmte sie fest. „Wie geht es dir?"

„Schön, dass ihr uns Gesellschaft leistet. Ich habe deinen Roman vorgelesen bekommen und muss sagen, ich habe selten so gelacht." Sie tätschelte Catrionas Hand, die feixte.

Finn legte den Arm um mich. „Ich liebe dich."

„Amadain."

„Aye. Aber …" Ein Klingeln unterbrach ihn. Mit einem Zeichen verschwand er zur Haustür.

„Dein neuer Roman kam auch vor Kurzem raus", sprach ich Richard an, der seine Last unter dem riesigen, geschmückten Tannenbaum abgeladen hatte. „Ich habe ihn aber noch nicht angefangen."

„Es beruhigt mich, dass ihn überhaupt jemand lesen wird." Richard lächelte schief. „Leider schaffe ich es noch immer nicht, meine Familie zu unterhalten, was Ian mir gerne vorhält."

„Ian ist besonders." Ich tätschelte seinen Arm. „Magst du unsere Feuerzangenbowle probieren? Catriona, Gladys?"

Catriona winkte schnell ab. „Für mich nicht."

Gladys kicherte. „Noch ein Baby."

Catriona nahm Farbe an und verlor sie wieder, als eine nur zu bekannte, schneidende Stimme durch den Raum schnitt.

„Auch das noch!"

Ich zuckte zusammen, wobei ich einen Teil der Bowle verschüttete.

Ian musterte Richard, der an meiner Seite unruhig herumeierte.

„Da musste einer seine Schäfchen schnell ins Trockene bringen, was!", ätzte mein Schwager weiter. Vanessa seufzte, wobei sie mir einen entschuldigenden Blick zuwarf.

„Ian, mit dir habe ich nicht gerechnet." Hinter ihm drückte Lachlan sich an seinem Bruder vorbei. Lachlan, Liny, schön dass ihr es einrichten konntet." Ich drückte Richard zwei Gläser in die Hand, in der Hoffnung, er verstand den Wink, Gladys ihre Bowle zu bringen, bevor ich den Raum durchquerte und Lachlan und Liny umarmte. Ian und Vanessa folgten, wobei mein Schwager steif blieb.

„Bowle oder lieber Whisky? Habt ihr euren Fahrer reingebeten?" Finn fing meinen Blick auf und verschwand. Er würde sich um alles Weitere kümmern, während ich hier die Wogen glättete.

„Whisky", murrte Ian, seinen mit Groll beladenen Blick weiter auf Richard belassend, der seine Bowle mit einem Zug leerte.

„Ich nehme an, deinen Besuch haben wir Vanessa zu verdanken?" Ich führte Ian zur Bar. Vanessa gesellte sich zu Gladys und Catriona, während Liny und Lachlan uns folgten, um ebenfalls mit Getränken versorgt zu werden.

„Lachlan", murrte Ian dunkel. „Er meint, ich müsse McInnes eine Chance geben."

„Immerhin hört er auf jemanden!", mischte sich Besagter ein und griff selbst nach der Flasche Whisky, um sich und Ian einzugießen. Für Liny bereitete ich ein Glas Bowle zu und stieß mit meinem Wasser mit ihr an.

„Auf die Familie.“

„Aye, auf die schrecklich versnobte Familie.“ Sie kicherte.

„Du meinst, durch Bürgerliches Blut verwässerte Familie.“ Auch ich prustete.

„In dem Punkt hatte màthair letztlich Recht behalten“, knirschte Ian, seinen Whisky leerend. „Sie stellen unsere Lebensweise auf den Kopf.“

Ich übernahm es, sein Glas zu füllen. „Nay, wir waschen euch nur eure Dickschädel. Es hat eine gewisse Ironie, dass ihr fast 300 Jahre nach den Jakobiteraufständen deutsche Frauen wählt, findet ihr nicht?“

„Da besteht noch ein feiner Unterschied“, behauptete Ian steif. „Abgesehen davon, dass es keinen Beweis für eine Verstrickung der McDermitts in irgendwelche verräterischen Verstrickungen gibt.“

Ich verdrehte die Augen. „Eure eigene Urahnin hat alles niedergeschrieben, Ian. Mairead war sehr detailliert in ihren Schilderungen.“ Es war gut, dass ich mich auf Tatsachen beziehen konnte, denn jeder Hinweis auf die Geschichte brachte mir skeptische Blicke ein.

„Wie läuft deine Therapie?“

„Charmant wie immer!“ Finn tauchte hinter seinem Halbbruder auf und wühlte sich zu mir durch.

„Hervorragend, Ian. Danke der Nachfrage. Finn, möchtest du deinen Brüdern zeigen, was wir aus dem Haus gemacht haben?“

„Aye, a ghràidh.“ Er küsste meine Stirn. „Soll ich das Zimmer auslassen?“

Ian stöhnte gedehnt. „Lass mich raten. Du bist schwanger! Mann, McInnes, hättest du ihr nicht wenigstens die Zeit geben können, ihren Fehler einzusehen?"

„Tatsächlich handelt es sich um ein Labor", korrigierte Finn gelassen. „Katharina lernt Naturheilkunde in einem Fernstudium und richtet sich eine Praxis ein." Sein Stolz schwang in jeder Silbe mit. „Aber ein Kinderzimmer ist ebenfalls geplant."

„Finn", mahnte ich ihn leise. „Wir wollen uns doch vertragen, nicht wahr?"

„Aye. Immerhin schreiben wir hier Geschichte. Das erste gemeinsame Dinner von McDermitts und McInnes seit ... keine Ahnung, dreihundert Jahren?"

„Eine Familienzusammenführung", beschied ich fest, wobei ich Ian ins Auge fasste. „Wir bringen zusammen, was seit jeher zusammengehörte."

Finn feixte, als er sich über mich beugte und mich dabei besitzergreifend an sich zog. Mein Argwohn, er wolle Ian nur weiter auf die Palme bringen, verpuffte, als seine Lippen sich mit unglaublicher Zartheit auf meine legten. Zur Hölle mit dem Familienfrieden! Ich schlang die Arme um seinen Hals und küsste Finn mit der geballten Leidenschaft, die ich für ihn empfand, bis das süße Schlingen in meinem Magen mein Herz zum Schwingen brachte. Endlich wusste ich, was er schon viel früher begriffen hatte. Die Lektion, die die Feen mir erteilten, hieß: Liebe.

Anhang

A

A ghaoil – Liebling
A ghràidh – Liebling
A ghràidh agam ort-sa – Ich liebe dich sehr
agus – und
Amadain – Idiot
An tì agad – Der Tee

B

Bean – Frau, Ehefrau
Bràthair – Bruder
Bràthair-màthair – Onkel mütterlicherseits
Brèagha – schön

C

Chan eil – Ist nicht (nein)

D

Daingead – Verdammt
Dearie – Schätzchen
Dùn – Burg

F

Fàthair – Vater
Feasgar mhath – Guten Abend
Fòn – Telefon

G

Gàidhlig – Gälisch

H

Halò – Hallo

L

Lassie – Mädchen

Latha math – Guten Tag

M

Madainn mhath – Guten Morgen

Màthair – Mutter

Mo bhéan – Mein Weib

Mo chrid _ Mein Herz

Mo ghaoil – Meine Liebe

Mo nighean – Mein Mädchen

Mòran Taing – Vielen Dank

N

nay – nein

no – oder

O

O mo chreach – Um Gottes Willen

P

Poileas – Polizei

S

Sguir dheth – Lass das sein

Slàinte mhath – Prost

T

Tabadh leat – Danke dir

Tabadh leibh – Danke Ihnen

Tàmh – Ruhe

Tha agam ort – Ich liebe dich

Tìoraidh an-dràsda – Bis dann

U

Uisge – Wasser, Regen